# JAPON

**CHEZ LE MEME EDITEUR**

C. Chancel
**Nippon**
*Géo-Economie d'une grande puissance*

Dr.K. Kamioka
**Les pionniers de l'industrie japonaise**

M. Imai
**Kaizen**
*La clé de la compétitivité japonaise*

B Saporta
**Marketing industriel**

J. Le Peltier
**Initiation aux marchés publics**
*De la réglementation à la pratique*

R. Laridan
**Cercles de Qualité**
*Mode d'emploi pour réussir*

P.J. Benghozi
**Innovation et gestion de projets**

Ph. Baux
**Marketing**
*Une approche de MEGA-MARKETING*

H.J. Harrington
**Le coût de la non-qualité**

M.P. Rousseau
**Le management des économies locales**

# JAPON

## Éthique et étiquette dans le monde des affaires

Boye DE MENTE

Traduit de l'américain
par
Stéphane Carn

EYROLLES

61, boulevard Saint-Germain – 75005 PARIS
1990

Traduction autorisée de l'édition originale en langue anglaise de l'ouvrage "JAPANESE ETIQUETTE & ETHICS IN BUSINESS" publié par NATIONAL TEXTBOOK COMPANY, LINCOLNWOOD, ILLINOIS, USA.

# Table des Matières

# Préface

Imaginez, dans une pièce immense au sol recouvert de tatamis, un groupe composé de 20 hommes et de 5 femmes, installés sur des coussins autour de tables basses chargées des reliefs d'un banquet et disposées de façon à former un grand carré. Devant chaque homme, une bouteille de bière ou une flasque de *sake* entamée. Les cinq femmes sont des geisha. Sans cesser de badiner et de gazouiller des plaisanteries grivoises, elles veillent à ce qu'aucun verre ni aucune tasse de *sake* ne reste vide.

Soudain, l'une s'écrie : "Et si on dansait ? Allez ! Quelqu'un se dévoue !" Ses compagnes reprennent en chœur cet appel, en exhortant nommément certains des participants. Enfin, celui vers qui converge la majorité des demandes se lève et s'avance vers le milieu de la pièce, après avoir rectifié les plis de son *yukata* (kimono d'intérieur). Son visage se métamorphose peu à peu en un masque vide d'expression. Il prend la pose rituelle, jambes écartées, sort un éventail de sa ceinture et l'ouvre d'un geste gracieux.

L'assistance applaudit et murmure son approbation. L'une des geisha prend son *shamisen* et joue un air solennel. Le silence s'installe. La danse peut commencer. Le danseur est ventripotent. Son visage se noie dans la graisse, et ses joues boursouflées donnent à sa tête la forme presque parfaitement ronde d'un ballon. Sa silhouette trapue, difforme, a quelque chose d'incongru, mais il danse à merveille, avec la grâce d'une apprentie-geisha de 18 ans.

La vedette de notre scène improvisée est le président d'une compagnie japonaise qui fabrique des pièces détachées d'ordinateur. Il a 55 ans. D'un point de vue japonais, ce n'est qu'un homme d'affaires comme tant d'autres. Mais pour un esprit occidental, c'est un labyrinthe de contradictions.

Il pourrait sembler que notre homme d'affaires japonais typique n'a qu'un seul point commun avec son homologue occidental : le désir de gagner de l'argent. Mais même cette hypothèse de base n'est pas toujours vraie. Comment alors s'étonner que les hommes d'affaires occidentaux aient tant de mal à comprendre la conduite de leurs collègues japonais et à s'y adapter ?

Leurs méthodes de travail sont différentes. Leurs relations avec ceux qui les entourent, employés et autres, sont différentes. Et, si l'on s'en tient aux apparences, leurs motivations le sont aussi. Leur vie et leur travail sont régis par un ensemble de règles qui proviennent d'une culture spécifique, unique. La plupart des étrangers ignorent ces règles, souvent diamétralement opposées à la façon de penser de l'Occidental moyen.

Depuis que le Japon entretient avec l'Occident des relations intensives, il a incroyablement évolué. Certaines façons de faire et certains codes du Japon féodal ont disparu parce qu'ils étaient incompatibles avec le nouvel ordre des choses. Mais d'autres survivent, et avec une remarquable vitalité. Ils distinguent les Japonais de tous les autres peuples.

On aurait tort de penser que toutes les caractéristiques que les Japonais ont hérité de leur passé sont systématiquement nuisibles ou désavantageuses. Bien au contraire. Mais nombre d'entre elles, surtout parmi celles qui se manifestent dans la vie professionnelle quotidienne, sont particulièrement difficiles à comprendre, à accepter et à apprécier pour un esprit occidental.

Les hommes d'affaires américains, surtout, se sentent frustrés et perplexes lorsqu'ils traitent avec des Japonais. Leurs méthodes se heurtent violemment sur un grand nombre de points avec les principes fondamentaux du système japonais.

Bien sûr, l'homme d'affaires japonais typique est un produit du système qu'il incarne et, pour le comprendre, on doit apprendre à connaître ce système. Plus : l'homme d'affaires étranger résidant au Japon, ou le cadre qui y fait un voyage d'affaires, doit être dans une certaine mesure capable de s'y adapter. Il lui est donc essentiel de savoir pourquoi ce système existe et comment il fonctionne.

Quel que soit le point de vue dont on considère les Japonais, il est vital de se rappeler qu'ils sont le résultat d'une civilisation exceptionnelle. Que leurs valeurs et leurs standards sont les fruits d'une tradition millénaire, d'un conditionnement religieux, métaphysique et moral tout à fait différent de celui qui a forgé le caractère, la personnalité et les habitudes des Occidentaux.

L'éthique et l'étiquette caractéristiques du monde des affaires japonais sont les conséquences naturelles de ces influences culturelles et découlent d'un ensemble de concepts étroitement imbriqués, que ce livre s'est fixé pour but d'étudier.

Boye De Mente

*Tokyo, Japon*

# 1

# Le choc culturel

En 1958, après avoir passé près de dix ans au Japon comme étudiant, journaliste et membre des services de renseignements américains, je devins rédacteur au journal IMPORTER, le principal journal anglophone de Tokyo, qui traitait de l'exportation des produits de consommation au Japon. Pendant les quelques années qui suivirent, j'eus l'occasion d'interviewer à la fois les industriels et les exportateurs japonais qui s'efforçaient de vendre leurs produits à l'étranger, et les importateurs étrangers qui affluaient au Japon pour passer des accords de fabrication et récolter des commandes.

De ma position d'intermédiaire neutre, je pouvais observer les malentendus et les problèmes qui surgissaient des deux côtés. Parallèlement à mon métier d'analyste du monde des affaires japonais dans les colonnes d'IMPORTER, j'étais souvent appelé à la rescousse lors d'entrevues mixtes, pour tenir un rôle de conseiller et expliquer à l'une ou l'autre partie les réactions et les comportements de son interlocuteur.

Je pus donc assister "en direct" à un véritable choc culturel. Les Japonais venaient de subir une défaite sanglante ; leur survie dépendait étroitement de leur aptitude à développer et à entretenir des relations efficaces avec des milliers d'étrangers qui ignoraient pratiquement tout de leur culture et qui, à de rares exceptions près, n'avaient aucune envie de la connaître.

Après la Seconde Guerre mondiale, les Japonais ont redoublé d'efforts pour s'informer sur le reste du monde, et assimiler tout ce qui pouvait les aider à reconstruire leur pays. De 1945 aux années 60, la plupart des commentateurs du monde économique et beaucoup d'hommes d'affaires japonais étaient persuadés que le Japon devrait renoncer à ses caractéristiques culturelles s'il voulait se mesurer avec succès au reste du monde. Les grandes figures de l'industrie telles que Konosuke Matsushita, fondateur de l'empire Matsushita Electric, ou Sazo Idemitsu, fondateur d'Idemitsu Oil Company, qui continuaient à prôner et à appliquer les valeurs japonaises traditionnelles, étaient considérées comme des anachronismes qui sombreraient bientôt dans les brumes de l'histoire.

Des dizaines de compagnies tentèrent d'imposer "l'american way of management" dans leurs firmes, avec des résultats généralement catastrophiques. Parmi ceux-ci, les géants de l'édition Kaizosha et Ushida Rokakuho. Dès la fin de la guerre, les jeunes présidents de ces deux compagnies, fraîchement promus, partirent étudier l'économie et le management aux U.S.A. A leur retour au Japon, ils s'empressèrent d'appliquer ce qu'ils avaient appris en Amérique.

En très peu d'années, Uchida Rokakuho fit faillite et disparut. Chez Kaizosha, le directeur général, épaulé par d'autres cadres, organisa un coup d'état juste avant la mise en faillite. Après avoir limogé le président, ils proposèrent aux principaux créanciers de devenir actionnaires, ce qui leur permit de sauver leur compagnie.

Selon Shichihei Yamamoto, un éditeur-écrivain de renom, "le directeur général de Kaizosha n'avait jamais étudié l'économie ni les théories de direction des entreprises, mais il était parfaitement à l'aise dans les lois implicites du monde des affaires japonais, qui font partie intégrante de leur culture nationale." L'incontestable échec des principes de management américains à Kaizosha et à Uchida Rokakuho, tout comme dans plusieurs autres compagnies, eut de profondes répercussions sur l'ensemble des managers japonais. Ils se fixèrent ensuite pour but d'adapter aux nécessités du monde contemporain leurs schémas traditionnels de comportement et de pensée, dont l'origine se perd dans la nuit des temps — ce qu'ils firent avec des résultats étonnants.

## LA VOIE DU WA

Il fallut cependant attendre les années 70 pour que les hommes d'affaires japonais acceptent vraiment d'admettre que leur culture comportait des caractéristiques uniques et constituait un atout économique de taille, face aux nations occidentales. Ce n'est qu'aux alentours des années 80 qu'ils se sentirent assez sûrs d'eux pour attribuer leur succès à des valeurs ancestrales telles que le *Wa*.

Soudain, devant des auditoires de toutes sortes, y compris leurs propres employés, les dirigeants n'eurent plus que ce mot à la bouche. C'était en effet un concept consacré par les siècles, qui constituait une explication satisfaisante pour l'esprit.

Et tout un chacun de souligner que *Wa*, terme ancien pour désigner la paix et l'harmonie, signifie d'abord "cercle", et que ces "cercles" à orientation humaine qui régissent les rapports cadres-entreprise (au lieu de l'organisation en strates horizontales caractéristique du management occidental) sont la clé du succès économique japonais.

Les mérites de ce principe, dans toute la variété de ses nuances, sont à présent reconnus dans pratiquement tous les domaines où le management japonais a fait ses preuves. Comme l'expliquent tous les responsables, le *Wa* implique la confiance mutuelle entre la main-d'œuvre et les cadres, une coopération exempte d'égoïsme, le maintien de l'harmonie entre les employés de tous niveaux, une loyauté sans faille envers sa compagnie, la responsabilité réciproque, la sécurité de l'emploi, l'absence de pressions ou de rivalité entre les employés, et la responsabilité collective aussi bien des décisions que des résultats.

Le *Wa* serait aussi responsable de l'absence presque totale de conduites anti-productives sur les lieux de travail — l'échange de "potins", les jeux d'argent, la "grogne" ou l'ébriété — et de la participation active de toute l'équipe d'un atelier aux processus de management, grâce à des techniques telles que le *Jishu Kanri*, ou "groupe de management bénévole". Chacun de ces groupes est constitué d'une dizaine de travailleurs qui se rassemblent régulièrement pour parler de leur travail et du travail de ceux qui influent sur leur propre production. Ils font ensuite des suggestions d'améliorations à l'équipe dirigeante.

Le concept du *Wa* fournit au système économique japonais une philosophie universelle, mais qui inclut aussi des directives quotidiennes et pratiques. En outre, ce système de pensée et de conduite n'a pas besoin d'être enseigné dans des séminaires ou dans les écoles de gestion, puisqu'il fait partie intégrante de la culture nationale. Néanmoins, les grandes compagnies tiennent souvent à ce que leurs nouveaux employés suivent des stages intensifs sur les principes et la pratique du *Wa*.

Le *Wa* n'a rien de mystérieux ni d'ésotérique. Ce n'est rien de plus qu'un système profondément assimilé de règles et de principes avec pour objectif la prévention des conflits et le maintien de l'harmonie, de la confiance, du respect mutuel, de l'aide, de la coopération, etc... — toutes vertus avec lesquelles les Occidentaux entretiennent des relations plus ou moins lâches. La première de ces différences est que, tout inhumain qu'il puisse parfois nous paraître, le système japonais s'appuie sur les sentiments et sur les besoins humains, ainsi que sur des relations intensément personnelles.

Konosuke Matsushita, fondateur de la plus grande compagnie de matériel électrique du monde, est considéré par nombre de Japonais comme un maître suprême en l'art du *Wa*. Avant de se retirer de la présidence de sa compagnie, dans les années 70, Matsushita a codifié son approche du *Wa* en 7 directives fondamentales, que chacun de ses employés est supposé méditer et appliquer :

1. Le service de la Nation par le service de l'économie.
2. L'harmonie.
3. La coopération.
4. La lutte pour s'améliorer.
5. La courtoisie et l'humilité.
6. L'adaptation et l'assimilation.
7. La gratitude.

Pour comprendre l'importance que les ouvriers et les cadres de Matsushita (et pratiquement tous les travailleurs et tous les managers japonais) accordent à ces concepts, il faut les comparer aux dix commandements de la religion chrétienne. Dans leur ensemble, les Japonais prennent très au sérieux les directives de Matsushita.

## LES HOMMES D'AFFAIRES SONT-ILS DES "BOUDDHAS VIVANTS" ?

Pour comprendre les pratiques japonaises et travailler efficacement avec les hommes d'affaires japonais, une connaissance superficielle des principes du *Wa* ne suffit pas. Il faut avoir une grande habitude de l'éthique et du tempérament japonais, tels qu'ils ont été modelés par l'une des plus grandes civilisations du monde.

Selon Shichihei Yamamoto, écrivain, éditeur et spécialiste de la Bible, c'est Shosan Suzuki (1), un prêtre Zen du XVIe siècle (1579-1655), qui

(1) Musashi Miyamoto (1584-1645), guerrier Samouraï contemporain de Shosan Suzuki, avait pour seul titre de gloire son incroyable habileté au maniement du sabre. A trente ans, il avait déjà tué en duel plus de soixante adversaires. A la fin de sa vie, il écrivit un bref traité intitulé *Le livre des 5 cercles*, où il exposait ses idées sur la meilleure manière de remporter un combat. Dans les années 70, son livre fut traduit en anglais, à l'intention des adeptes des arts martiaux. Une anodine citation de ce livre sous la plume d'un journaliste New Yorkais en fit un best-seller auprès des hommes d'affaires américains — au grand amusements des Japonais.

serait à l'origine de la philosophie du capitalisme au Japon. Ensuite, au XVIIe siècle, Baigan Ishida, un économiste qui avait débuté comme comptable et qui s'appuyait sur les idées de Suzuki, énonça les grands principes du travail et de l'économie qui sont toujours en vigueur dans le Japon actuel.

Dans son livre *Nihon Shihon-shugi no Seishin* (L'esprit du capitalisme japonais), Yamamoto explique que Suzuki prônait une éthique sociale fondée sur le Zen. Il enseignait que pour atteindre à ce qu'il considérait comme la perfection, les hommes devaient devenir des "bouddhas vivants". Le travail équivalait selon lui à l'ascétisme, et il le concevait comme une expression de la piété religieuse. Le premier devoir de l'homme d'affaires était de rester d'une honnêteté indéfectible. Il considérait le commerce, non pas comme le gouvernement shogunal du Japon féodal, qui y voyait un mal nécessaire, mais en l'assimilant à une entreprise divine dont le premier but était d'apporter la liberté à la Nation. Dans ses conseils aux marchands, Suzuki écrit :

> Lancez-vous dans des entreprises universelles. Pour le bien de la Nation et de ses citoyens, envoyez les marchandises de votre région vers les autres provinces et importez-en de l'extérieur. Parcourez tout le pays, jusqu'aux contrées les plus reculées, pour apporter aux hommes ce dont ils ont besoin. Votre travail vous purifiera de vos péchés mieux qu'un exercice ascétique. Mettez à l'épreuve vos corps et vos esprits, passez les montagnes, purifiez vos cœurs en traversant les fleuves. Lorsque vos vaisseaux s'aventurent sur la mer infinie, abîmez-vous en Bouddha, dans la prière. Si vous comprenez que cette vie n'est qu'un voyage dans l'évanescence du monde, si vous dépassez tous vos désirs et vos attachements pour vous plonger dans le travail, vous obtiendrez la protection et la faveur des Dieux, et vous ferez des bénéfices exceptionnels. Votre vraie richesse sera de vertu, et peu vous importeront les biens terrestres. Enfin, vous serez armés d'une foi inébranlable. Nuit et jour, vous vous plongerez dans la méditation.

En d'autres termes, ajoute Yamamoto, il invite les hommes d'affaires à parcourir le pays en distribuant leurs marchandises comme s'ils avaient fait vœu de pèlerinage, et comme s'il s'agissait d'une vocation divine. Lorsqu'on se donne à son travail avec un zèle absolu, on accède à l'état de Bouddha. Tout travail équivaut donc à une pratique religieuse.

Suzuki avait été Samouraï et avait fait une carrière politique. Il aurait voulu étendre la loi bouddhique au monde entier. Son éthique sociale deviendrait la base de toutes les sociétés, et serait au service d'une morale de la Nation qui satisferait les besoins spirituels, religieux et économiques de tous les peuples.

D'après Suzuki, un homme d'affaires qui ne vise que le profit court à l'échec. On ne peut réussir qu'en plaçant les besoins de la Nation et des consommateurs au premier rang de ses préoccupations et de ses projets. Sinon, on encourt la colère de Bouddha.

Yamamoto pense que les agents commerciaux japonais d'aujourd'hui se comportent, de fait, comme des pèlerins qui sillonneraient le monde avec leurs slogans publicitaires et leurs échantillons en guise de bâtons. Ils se livrent à leur activité commerciale avec autant de dévotion que s'ils pratiquaient un exercice ascétique. Autrement dit, c'est en faisant du travail une sorte de religion que les Japonais sont devenus les travailleurs infatigables et zélés que l'on sait. Selon Yamamoto, le succès économique du Japon s'est entièrement construit sur cette attitude religieuse. Les Japonais sont en effet animés d'une foi qui confine à un authentique fanatisme religieux, dans leur effort pour faire reculer les limites de leurs exploits économiques. Sans doute très peu de Japonais seraient prêts à admettre que c'est le désir d'atteindre à la sainteté bouddhique qui les pousse à travailler. Mais tous sont capables de concevoir cette idée, et de l'estimer à sa juste valeur.

Jusqu'à ses 40 ans, Baigan Ishida (1685-1744) avait travaillé comme comptable dans un magasin de détail. A 45 ans, il fonda une école du nom de *Sekimon Shingaku* (Ecole Ishida pour une nouvelle éthique), à Kotyo sa ville natale. Tous les matins et un soir sur deux, il y tenait des conférences ouvertes à tous. D'abord, seuls quelques amis y assistèrent, et il ne fit aucun effort de publicité. Mais son auditoire s'élargit progressivement grâce au bouche-à-oreille. Il organisa des séminaires trois fois par mois.

Sept ans après avoir ouvert son école, Ishida donna une conférence dans une grande salle de meeting, qui fut remplie d'une foule dense. Il dut déménager peu après dans des locaux plus vastes, pour accueillir ses auditeurs qui se pressaient de plus en plus nombreux. Il fut invité à parler à Kyoto et à Osaka. Sa renommée se répandit dans tout le pays, et il fit des adeptes aussi bien parmi les nobles que parmi les Samouraïs.

La philosophie d'Ishida était plus pratique et plus pragmatique que celle de Shosan Suzuki. Il enseignait que l'homme était responsable de sa conduite et de son éthique. Que seule la vérité pouvait faire le bien de l'humanité, que l'homme ne devait prendre pour guide que son *honshin* (cœur des cœurs), autrement dit, la nature humaine.

Il affirmait que l'ordre et le progrès social pouvaient se développer en harmonie avec les lois du cosmos, si chacun se fixait comme précepte la tempérance, l'honnêteté et l'ordre. Que l'ordre intérieur (la vraie nature humaine) et l'ordre naturel (le cosmos) sont deux manifestations d'un même élément, reliées l'une à l'autre par la forme.

Ishida défendait le rôle des hommes d'affaires. Selon lui, la poursuite du profit était une cause juste et noble, tant que les marchands restaient honnêtes envers leurs clients et se contentaient d'un style de vie simple.

Après sa mort, en 1744, Doni Nakazawa, l'un de ses disciples ouvrit à Tokyo une école où il perpétua l'enseignement de son maître. Puis il entreprit un grand voyage, qui le mit en contact avec des gens de toutes classes sociales. A leur tour, les disciples de Nakazawa fondèrent 21 écoles où l'on transmettait les nouveaux principes moraux d'Ishida.

Ishida encourageait ses disciples à rechercher l'accomplissement personnel même dans les tâches les plus routinières. Pour lui, tout acte raisonnable, accompli au sein d'un groupe fonctionnel était un service rendu à toute la communauté, et par extension, à la Nation. Il élevait le travail au rang d'une activité religieuse, dans laquelle les individus pouvaient investir leur enthousiasme et leur énergie.

## L'ESSENCE DU MANAGEMENT JAPONAIS

Yamamoto pense que la base même du management à la japonaise est la promotion à l'ancienneté — système qui a toujours existé au Japon, mais qui a atteint son apogée lors de la période Tokugawa (1603-1868), conformément aux préceptes de l'école Ishida. Pendant cette période, les employés des grands magasins de détail ou de gros étaient répartis selon un classement minutieusement pré-établi. Les grades en étaient *detchi* (employés généraux), *tedai* (superviseur), *bantoh* (chef de rayon) et *o-bantoh* (chef de service). Les personnes relevant de ces grades vivaient toutes sur place. Puis venaient les *yado-iri* (directeurs généraux) qui n'habitaient pas sur les lieux et le *norenwake*, chef d'une compagnie ou d'une filiale.

La hiérarchie des usines comportait trois grades : *kozoh* (apprenti), *shoku-nin* (ouvrier) et *shoku-cho* (contremaître). Après de nombreuses années de service, les contremaîtres étaient autorisés à fonder des filiales, qui jouaient le rôle de sous-traitants pour la compagnie-mère. Les *norenwake* et les *shoku-cho* pouvaient obtenir leur indépendance en remboursant à la compagnie-mère son stock ou ses investissements, et en s'engageant à ne pas la concurrencer directement.

Les apprentis ne recevaient pas de salaires, mais on subvenait à leurs besoins, et par la suite, ils pouvaient grimper dans la hiérarchie et éventuellement lancer leur propre affaire comme travailleurs indépendants, ou comme chefs de filiale. Cela les incitait à travailler d'arrache-pied, à apprendre consciencieusement leur métier et à faire preuve d'une loyauté sans faille envers leur compagnie.

Ce système favorisait la prolifération de compagnies qui restaient réunies entre elles pour former des groupes communautaires. Dans une communauté, les compagnies étaient régies, tout comme leurs employés, par le principe d'ancienneté.

Chaque boutique et chaque entreprise constituait une unité, dont les membres étaient fortement soudés par l'esprit communautaire. Les compagnies n'avaient pas besoin de réglementation écrite. Chacune fonctionnait comme une famille où les responsabilités et les rétributions était partagées. Yamamoto fait remarquer qu'aujourd'hui encore les règlements ne jouent pas de rôle prépondérant dans les entreprises japonaises. Ils sont prévus et utilisés pour préserver le consensus traditionnel et le système d'ancienneté, un peu comme la coutume chrétienne de jurer sur la Bible ou en invoquant le nom de Dieu pour témoigner de la sincérité des parties dans un contrat.

Les contrats ne servent qu'à étayer le système de consensus. Au Japon, s'il contredit les normes sociales établies et protégées par le consensus, un contrat s'annule de lui-même. Les Japonais sont prêts à faire des compromis lorsqu'ils ont affaire à des non-Japonais. Ils savent que les étrangers ne sont pas tenus par le système du consensus. Mais entre eux, il est exceptionnel qu'ils établissent des contrats détaillés. Leur parole suffit.

Aujourd'hui, la compagnie japonaise typique reste d'abord un groupe communautaire, et ensuite un groupe fonctionnel. Les nouveaux-venus ne sont pas acceptés dans la communauté tant qu'ils n'ont pas été soigneusement sondés, testés et entraînés à la pratique de ses valeurs éthiques et morales. Une fois engagés, ils ne sont généralement pas licenciés pour faute professionnelle, mais ils peuvent l'être s'ils ne respectent pas les valeurs de la communauté, ou s'ils ternissent l'image de leur compagnie. Les employés sont principalement tenus par l'honneur du groupe et la honte que l'on encourt lorsqu'on ne se conforme pas au comportement que l'on attend de vous.

Selon Yamamoto, la compagnie est la véritable famille des personnes qui y travaillent. Leur maison n'est que l'endroit où ils dorment. La nouvelle éthique d'Ishida pour le Japon du XVII^e siècle ne reliait pas le monde du travail ou du commerce au monde politique. Il pensait que la responsabilité de maintenir la paix et la stabilité politique incombait aux Samouraïs qui formaient une caste héréditaire de guerriers, et que les hommes d'affaires n'avaient pas à se mêler de politique.

Selon Yamamoto, la réticence des chefs d'industrie du Japon actuel à prendre la moindre responsabilité dans la politique et l'ordre mondiaux découle directement des idées qu'a enseignées Ishida il y a deux siècles et demi. Il conclut que le succès industriel et commercial du Japon repose sur la nature communautaire des groupes fonctionnels qui composent la société et le monde des affaires, et que le fondement de ces regroupements communautaires est religieux. Tout individu qui assume une fonction sert sa communauté et en retire un sentiment d'accomplissement spirituel.

Toujours selon Yamamoto, il est donc naturel qu'une organisation qui veut perdurer se concentre sur un objet de dévotion, sur un objectif commun à tous ses membres, ou qu'elle se place sous l'autorité d'une personnalité charismatique qui incarne pour elle certains idéaux. Et comme ce groupe est par définition communautaire, l'emploi ne s'y conçoit qu'à vie, et le système d'ancienneté y prévaut sous une forme ou sous une autre.

Témoins de l'orientation religieuse du management japonais, les autels shinto aménagés dans nombre de compagnies. Il est très fréquent de voir des responsables d'entreprises se rendre régulièrement dans les temples d'Inari, le dieu du commerce. Un haut responsable de la Japan National Broadcasting Corporation (NHK), qui possède des bureaux et des usines dans tout le pays exerce en même temps des fonctions de prêtre shinto. Il va d'une succursale à l'autre en officiant lors des cérémonies organisées dans les temples de cette énorme entreprise. Pratiquement toutes les grandes firmes ont des slogans qui prônent l'harmonie, la loyauté et l'effort avec des connotations religieuses. Voici "l'acte de foi" d'une firme de Kyushu, particulièrement remarquable en ce qu'il a d'anti-conformiste : "Servez-vous de votre jugeote. Si vous n'en avez pas, remplacez-la par de l'huile de coude. Si vous manquez des deux, rentrez tranquillement vous coucher."

L'idée de service telle que la concevaient Suzuki et Ichida reste d'une importance primordiale dans la psychologie des hommes d'affaires japonais. Ils pensent en général qu'une compagnie incapable de se fixer un but par-delà sa survie est promise à la mort. Sur ce point, les capitaines d'industrie américains qui veillent d'abord à ce que leurs actionnaires perçoivent des bénéfices, sont en profonde contradiction avec leurs homologues japonais.

La conception japonaise du rôle d'un chef d'entreprise remonte à l'époque des Shoguns et des seigneurs féodaux, lorsque les seigneurs répugnaient à s'occuper des affaires bassement matérielles, et laissaient ce soin à des hommes de confiance. Ils vivaient avec frugalité, prônaient la pratique des arts martiaux et des activités culturelles. Ils servaient d'exemples aux classes inférieures, et les encourageaient à rechercher l'épanouissement dans leur travail et dans la simplicité de leur vie. Les seigneurs laissaient leurs subordonnés administrer leurs fiefs, tout comme aujourd'hui le président idéal laisse ses lieutenants se charger des affaires courantes de la compagnie.

Ken Takaoka a écrit de nombreux ouvrages économiques, techniques et scientifiques, et dirige le prestigieux Institut Moderne des Sciences Humaines. Selon lui, l'approche économique des Japonais est influencée à la fois par leurs conceptions de la nature, de la culture et de la technologie moderne. Il dit que c'est leur sens profond du spirituel, allié à un goût hautement raffiné de la forme et de la sophistication, qui a conditionné les Japonais à investir dans leur travail tant de soin, de précision et d'aspiration à l'excellence. Ils partent en quête de la perfection avec un zèle quasi-religieux.

Dans le *Journal of Japanese Trade and Industry,* Kenji Ekuan, président du GK Industrial Design Research Institute, écrit que des siècles de pratique des arts du sabre, de la calligraphie, du judo, des arrangements floraux et de cérémonie du thé ont permis aux Japonais de développer un sens aigu "de la façon dont les choses doivent être faites, des cheminements et des conclusions appropriées... pour juger des proportions avec une intuition aiguisée, et atteindre, au-delà de telle ou telle disposition particulière, à l'ordre universel."

## UN PEU DE VOCABULAIRE...

Le lexique des Japonais contient des mots qui définissent les fondations du *Wa*, et qui déterminent en les expliquant les croyances et les comportements des Japonais. Pour un Occidental qui ne peut comprendre et apprécier la portée de ces termes, les hommes d'affaires japonais restent des sortes de fantoches débordants d'un zèle absurde.

De fait, les principes de base du système japonais, dans la vie professionnelle ou privée, peuvent être cernés grâce à quelques mots qui se réfèrent à des séries de valeurs, de motivations, d'attitudes et de pratiques toutes reliées entre elles, et qui forment le soubassement de la morale et de l'étiquette du monde des affaires japonais.

## L'AMAE
### L'essence de la vie

L'ordre dans lequel on doit aborder ces mots-clés a quelque chose d'arbitraire. Je choisis de commencer par *amae* parce que je le considère comme un pilier central autour duquel rayonnent le tempérament, la personnalité et les aspirations des Japonais. *Amae* fait référence à ce qu'on pourrait appeler en français, faute d'une expression plus appropriée, "l'amour indulgent". L'amour que donne une mère absolument bienveillante et affectueuse à son petit enfant — et que tout bébé doit recevoir pour rester en harmonie avec le monde.

Le principe et la pratique de l'*amae* ne sont certes pas des spécialités japonaises. Mais les Japonais semblent être le seul peuple (hormis peut-être certaines tribus isolées qui vivent sur des îles) à en avoir fait l'essence même de leur système social.

Dans *Amae no Kozo*, son livre qui fait autorité et qui a été publié en anglais sous le titre The Anatomy of Dependence, Takeo Doi, l'un des plus grands psychiatres du Japon, fait observer que l'*amae* est pour les Japonais l'essence même de la vie. En Occident, ce n'est généralement pas reconnu, même s'il s'agit d'un élément fondamental de la personnalité humaine (et animale).

En termes concrets, les Japonais se sentent mal à l'aise dans une relation d'être humain à être humain qui ne relève pas de l'*amae*. Ils entendent par là un sentiment de sécurité et de confiance absolue, qui implique que l'autre ne profitera pas d'eux, et qu'ils peuvent compter sur son indulgence, qu'ils soient hommes d'affaires ou simples particuliers.

Selon Doi, tout être humain a un désir profond et inné d'*amae* — se décharger de ses soucis sur quelqu'un en qui on a toute confiance, de qui on attend d'être guidé et reconnu. En d'autre termes, nous avons besoin de quelqu'un qui puisse nous soulager de l'excès de notre fardeau psychique.

Doi affirme qu'au Japon, c'est la personne qui peut favoriser "en toute sécurité" la dépendance infantile sous sa forme la plus pure qui est la plus qualifiée pour accéder à un poste de dirigeant. Comme le leader dépend étroitement de ceux qui sont sous ses ordres, il est moins susceptible de les trahir, puisque ce faisant, c'est d'abord à lui-même qu'il nuirait.

Le facteur "*amae*", toujours dans le raisonnement de Doi, serait ce qui sous-tend le comportement "puéril", souvent attribué aux Japonais adultes.

Autrement dit, le verbe *amaeru* signifie "materner" ou "être materné" et fait spécifiquement référence à la forme de relation la plus pure, par-delà l'ego, entre une mère absolument aimante et un bébé absolument confiant. Si un être humain manque d'*amae* dans sa petite enfance ou dans son enfance, note Doi, il souffre d'insécurité pendant toute sa vie, dans son psychisme et sa personnalité.

Dans les sociétés occidentales, grandir est traditionnellement relié au refoulement du besoin d'*amae* qui aboutit à l'abandon de sa pratique. Ce facteur est de toute évidence la clé de quelques-unes des différences les plus profondes entre les comportements et les attitudes occidentales et japonaises, puisque les Japonais, eux, prônent la pratique de l'*amae* tout au long de la vie.

Doi avance l'hypothèse que cette importance accordée à l'*amae* par les Japonais remonte à leur expérience primale, à l'aube de leur histoire. Jusqu'au début de l'ère moderne, le principe d'*amae* a joué le rôle d'une règlementation nationale. Selon Doi, le concept traditionnel de paix et d'harmonie *(Wa)* ne serait rien de plus qu'un *amae* idéalisé. Certains vieux Japonais considèrent toujours que le devoir du Japon est d'étendre ce concept au reste du monde.

## SHINYO
## La confiance viscérale

Les Occidentaux s'étonnent parfois des difficultés qu'ils rencontrent lorsqu'ils veulent développer une relation intime et personnelle avec un homme d'affaires japonais, surtout sur une courte période. En plus des problèmes de communication et des autres barrières culturelles qui se dressent habituellement entre les deux parties, les Japonais hésitent à accorder leur amitié à une personne en qui ils n'ont pas *shinyo* — la confiance, la foi. Pour un Japonais, une personne en qui on peut avoir *shinyo*, est un homme d'honneur, qui fera ce qu'on attend de lui, quoi qu'il lui en coûte.

Le *shinyo* ne se développe entre deux personnes qu'au terme d'une relation satisfaisante, fondée sur l'*amae*, ce qui prend énormément de temps. Non pas des semaines, ou des mois, mais des années. Un homme d'affaires étranger qui arrive à Tokyo pour un contrat de deux ou trois ans, ou, pire, pour un séjour encore plus court, ne peut espérer établir avec ses collègues japonais des liens personnels capables de transcender à la fois son statut d'étranger et son rôle professionnel.

La relation fondée sur l'*amae*, qui fait intervenir la personnalité enfant-parent-adulte de chaque individu est une sorte de "jeu" que les Japonais "jouent" dans toutes les circonstances sociales, entre subordonnés et supérieurs, et parfois aussi entre pairs. Chacun doit savoir quel rôle convient à chaque situation, qui peut légitimement jouer ce rôle, et comment il doit le jouer.

L'homme d'affaires étranger qui arrive au Japon n'a pas l'habitude de se placer dans un rôle de parent avec ses employés (ni dans un rôle d'enfant en face d'un homme d'affaires japonais d'un grade plus élevé que le sien), et il est souvent incapable d'établir le genre de rapports que les Japonais attendent, et dans lesquels ils se sentent à l'aise — ce qui crée presque toujours des tensions latentes entre les employés et le management des entreprises mixtes, et dans les réunions entre Occidentaux et Japonais.

De la même manière, les managers japonais qui travaillent à l'étranger sentent qu'ils ne peuvent plus se placer dans un rôle de parent, même avec leurs subordonnés japonais. C'est simplement que le système ne peut fonctionner hors du contexte culturel du Japon. En ce qui concerne les employés autochtones des entreprises japonaises établies à l'étranger, les managers japonais doivent choisir soit de garder leurs distances, soit de tenir de leur mieux un rôle d'adulte à adulte — une situation inconfortable pour eux, puisqu'ils n'ont habituellement aucune expérience d'une telle relation avec leurs subordonnés.

Lorsqu'on les presse d'expliquer au-delà du *wa* le taux de productivité de leurs usines, les dirigeants japonais invoquent souvent le *shinyo*, la confiance qui lie les travailleurs et leurs cadres, les entreprises et les syndicats.

La "confiance-à-la-japonaise" est assez facile à décrire, mais difficile à copier. Elle s'intègre dans le système japonais d'emploi garanti à vie (dans les plus grandes entreprises), de formation "sur le tas" à long terme, de promotion et d'avancement reposant principalement sur l'ancienneté, la prise de décision collective, la responsabilité mutuelle, la loyauté à la compagnie poussée à un degré qui transcende la plupart des considérations personnelles, la possibilité pour les jeunes cadres de se former dans plusieurs secteurs de la compagnie, plutôt que de devoir se spécialiser dans un seul. Il faut aussi considérer que les managers ne sont pas isolés des travailleurs, et ont toujours été traditionnellement tenus pour responsables du bien-être émotionnel de leurs employés, autant que de leurs compétences techniques et professionnelles.

Le fossé culturel est tel que le système du *shinyo* est impossible à importer globalement dans le management occidental. Mais certains de ses principes peuvent être adaptés assez facilement. On pourrait par exemple envisager des stages ou des programmes de formation où les cadres apprendraient à faire confiance aux compétences de leurs employés, ainsi qu'à leur intégrité. Nombre de compagnies américaines gaspillent les talents de certains de leurs meilleurs éléments pour "revoir" ce que font d'autres employés "sujets à caution", ce qui provoque un relâchement du moral des troupes, une baisse de productivité, et un alourdissement des frais généraux.

## URAMU
### Une certaine hostilité

Au Japon, un subordonné dont les efforts pour instaurer une relation fondée sur l'*amae* ne sont pas pris en considération ou sont repoussés, en est profondément affecté. Selon Doi, lorsqu'un Japonais ne peut exprimer son *amae*, qui est l'ingrédient de base de la confiance, il développe une hostilité d'un certain type, que désigne le terme *uramu*. Cette hostilité se manifeste sous la forme d'une rancune profonde, viscérale, contre la personne ou le groupe concernés.

## ENRYO
### Prendre ses distances

Lorsqu'un Japonais se sent mal à l'aise en face de quelque chose ou de quelqu'un — en d'autres termes, quand il ne peut s'installer dans l'*amae* — il se retranche dans l'*enryo* ("voir les choses d'une certaine distance"). On entend très souvent ce mot au Japon, surtout dans l'expression *go enryo naku* : "Ne soyez pas si timide". Doi explique que, pour leur part, les Japonais n'aiment pas se tenir sur des positions d'*enryo*, mais qu'ils s'attendent à ce que les autres le fassent. Le Japonais moyen a néanmoins très souvent l'occasion d'y recourir, à cause de la règle absolue qui lui impose d'éviter toute situation susceptible de lui faire contracter des obligations ou de troubler l'harmonie.

Dans toute relation avec des inconnus, qu'ils soient Japonais ou étrangers, dans le travail ou la vie privée, les Japonais se sentent contraints d'avoir recours à l'*enryo*, parce qu'il subsiste toujours des barrières entre des personnes qui ne sont pas liées par l'*amae*.

Les Occidentaux ne verbalisent généralement pas le concept d'*amae*, comme le font les Japonais. Ils en sont même souvent incapables : pour le désigner, nous n'avons pas de mot spécifique et courant. Nous pouvons le pratiquer d'une façon superficielle, mais avec une certaine intensité, envers presque n'importe qui et immédiatement après avoir fait connaissance. Les Japonais, eux, ignorent les étrangers et le monde extérieur. Ils développent même à leur égard une certaine hostilité, parce que leur aptitude à communiquer sur le mode de l'*amae* repose sur une relation personnelle à long terme.

Earl Okumura, un expert-conseil qui exerce à Los Angeles et qui s'est spécialisé dans les relations professionnelles avec les Japonais, utilise deux schémas pour illustrer les divergences fondamentales entre la personnalité et le fonctionnement psychique des Japonais et des Occidentaux.

Les Occidentaux ont un "noyau central" (leur psyché) dense et dilaté, protégé par une fine coquille facile à pénétrer ; les Japonais ont une psyché rétractée, fragile, entourée de deux barrières qui ont pour rôle de tenir à distance tout envahisseur. La première est épaisse et résistante, la deuxième est manifestement plus mince, et discontinue.

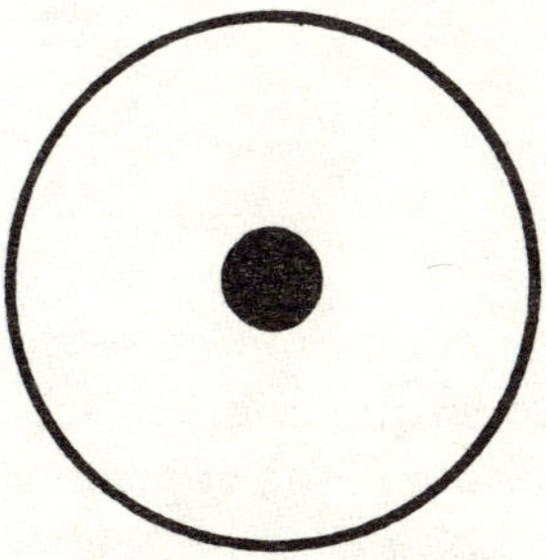

*Figure 1. Occidentaux*

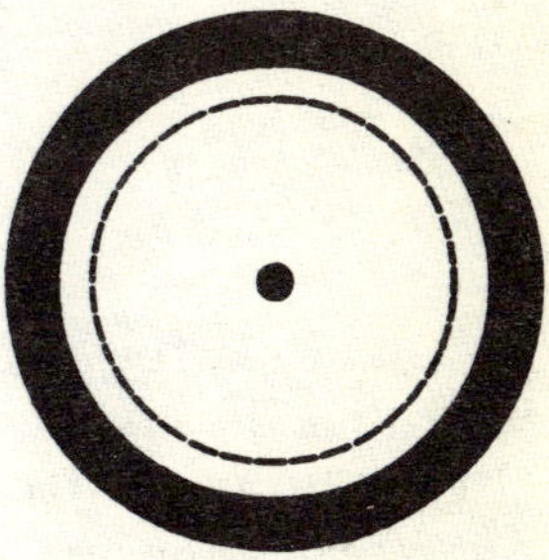

*Figure 2. Japonais*

Comme l'indique la figure, il est facile d'approcher un Occidental, et d'établir avec lui, en peu de temps — parfois en quelques minutes — des liens relativement étroits. Mais le caractère compact et résistant de son "noyau central" empêche l'individu de s'ouvrir véritablement, et de renoncer à toutes les défenses de son "moi profond". Quel que soit le degré de proximité entre les Occidentaux — par exemple entre époux — rares sont ceux qui peuvent sincèrement prétendre connaître l'autre parfaitement. Il subsiste toujours des zones d'ombre.

En ce qui concerne les Japonais, la barrière extérieure qui les protège rend long et difficile le développement initial des relations de tout ordre. Mais une fois dépassé ces défenses massives, la psyché du Japonais est très accessible et extrêmement vulnérable aux gens dépourvus de scrupules. On comprend pourquoi les Japonais font preuve d'une grande prudence à l'égard de ceux qui tentent d'accéder à leur "sphère personnelle".

## GISEISHA
### La mentalité de la victime

Toujours d'après Doi, les Japonais souffrent d'une susceptibilité extraordinairement aiguë aux offenses causées par une attente d'*amae* déçue, ce qui leur donne une tendance presque irésistible à la dépendance totale. Ils expérimentent ce *giseisha*, le "syndrome de la victime", dès que quelqu'un ou quelque chose fait obstacle à leurs efforts ou interfère avec leurs projets. Cette réaction a toutes les chances de se déclencher si un individu, une compagnie ou un pays dont ils ont été passivement dépendants, fait quelque chose qu'ils ressentent comme contraire à leurs intérêts.

Cette "mentalité de victime", ajoute Doi, va de pair avec un besoin de vengeance, un désir viscéral de "réparer l'outrage".

## CHOKKAN TO RONRI
### Intuition ou logique ?

On dit parfois que les hommes d'affaires Japonais fonctionnent selon la logique du *Jan-Ken-Pon*, ce jeu populaire du "papier-que-coupent-les-ciseaux-qu'use-la-pierre-qu'enveloppe-le-papier" auquel petits et grands ont recours pour trancher une question ou régler un point d'ordre. Dans le contexte japonais, cela fait référence à une forme de logique cyclique, ou élastique, qui n'a en tous cas rien d'absolu.

En général, la pensée japonaise tend à être plus intuitive que logique, ce que Doi explique là aussi en termes d'*amae* : la caractéristique culturelle qui consiste à nier la séparation mère-enfant et à générer un sens émotionnel de l'identité avec la nature est en effet fondamentalement irrationnelle.

Bien sûr, la pensée intuitive a fait ses preuves. La politique adoptée par Konosuke Matsushita, fondateur de l'empire Matsushita Electric Corporation, et à sa suite, par de nombreux autres capitaines d'industrie hautement efficaces fait largement appel à cette forme de pensée.

Le terme *kongen* qui signifie quelque chose comme "la racine de l'univers", recouvre une importante partie de ce processus intuitif. Il fait référence à l'énergie qui fait tourner le monde, énergie psychique, sagesse cosmique sur laquelle on peut se "brancher" par la méditation, en faisant le vide dans sa pensée et en s'ouvrant à la communication avec la conscience universelle. Pour Matsushita, que certains considèrent comme le plus grand chef d'industrie japonais des temps modernes, le *kongen* était la source même de sa philosophie du management. A son exemple, ses principaux lieutenants pratiquent régulièrement la méditation.

La pratique de l'*amae* présente beaucoup d'aspects positifs. Il implique la tolérance, l'absence de discrimination, l'égalité. Il permet aussi aux Japonais d'accepter, d'absorber et d'assimiler les idées nouvelles, quand ils peuvent le faire sans danger, et sans provoquer de conflits internes.

C'est peut-être aussi à ce besoin profond, irrésistible d'*amae* qu'ils doivent leur soif d'apprendre. Tout ce qui leur est inconnu ou inhabituel, et qui, donc, entrave leurs relations d'*amae*, constitue pour eux une menace intolérable. Confronté à une nouveauté, le Japonais typique se dit : "Nous devons apprendre tout ce qu'il est possible de savoir à ce sujet, pour être en mesure de nous protéger. Si dans cette innovation nous découvrons quelque chose d'utile et d'avantageux, nous l'adapterons à notre propre usage et à nos propres besoins."

## KOTO TO SHIDAI NI WA
### Une "vérité" de circonstance

L'une des premières remarques qu'ont faites les commentateurs étrangers, à commencer par Townsend Harris, le premier représentant diplomatique des U.S.A. au Japon, concernait leur apparent mépris de la "vérité", au sens où l'entendent les Occidentaux. Harris rapportait qu'ils ne se souciaient absolument pas d'instaurer une politique simple et directe, étayée sur la vérité, et qu'ils n'hésitaient pas à proférer des mensonges, alors même que la vérité aurait abouti au même résultat.

Les Japonais voyaient en Harris un dangereux agent de l'ennemi. Il n'est donc pas surprenant qu'il ait été en butte à un "brouillage des pistes" systématique.

Les observateurs qui sont venus après lui ont fait les mêmes remarques. Il est donc essentiel de regarder d'un peu plus près l'idée que les Japonais se font de la vérité, et la façon dont ils s'en servent.

Au Japon, la vérité ne repose sur aucun principe absolu.

Elle s'exprime plutôt en termes d'*amae* (lire : en termes "humains"), comme quelque chose de tout relatif, qui dépend des circonstances et des obligations. Quand ces dernières changent, la vérité en fait de même. Une loi fondamentale de la société japonaise traditionnelle veut que rien ne perturbe la sérénité du grand lac qu'est l'existence. Autrefois, lorsqu'on posait une question à un Japonais, sa tendance naturelle était de donner la réponse qui ferait plaisir à l'interlocuteur, même si elle n'était pas tout à fait vraie. S'il ne trouvait pas de réponse appropriée ou plausible, il répondait en termes vagues, ou fuyait la question, pour éviter de mentir ouvertement.

Dans le Japon actuel, un autre aspect de la vérité se rapporte à la responsabilité personnelle, à la prise de décision et à l'orientation collective. Les possibilités d'expression d'un individu sont parfois très limitées, parce qu'il ne peut agir ni formuler de jugement de façon autonome — ce qui met souvent les Japonais dans la position de ne pas pouvoir dire grand-chose de tel ou tel sujet.

## TATEMAE/HONNE
### Le syndrôme des deux visages

Les concepts de *tatemae* et d'*honne*, qui sont eux aussi des formes d'*amae*, peuvent être considérés comme le yin et le yang japonais. Ils sont invariablement utilisés en tandem, et jouent un grand rôle dans tous les domaines de la vie japonaise. *Tatemae*, qui signifie littéralement la "façade", l'apparence, est utilisé à l'origine par les Japonais pour exprimer le fait de masquer ses idées ou ses intentions réelles. Inversement, *Honne* signifie "voix honnête" et fait référence à ce qu'on pense vraiment.

Dans presque tous les contextes sociaux, professionnels et politiques, ces principes opposés sont utilisés pour voiler la réalité dans les situations où il serait inconvenant ou embarrassant de la reconnaître publiquement. Ces situations peuvent s'échelonner de la plus anodine — prétendre, par exemple, qu'on préfère sa vieille voiture cabossée à une neuve, quand on n'a pas les moyens d'en changer, pour ménager sa dignité — à la plus sérieuse — comme affirmer qu'une transaction importante est en bonne voie, alors que les choses n'ont pas avancé d'un pouce.

Bien sûr, ce type de comportement se rencontre communément dans la plupart des sociétés. Mais le Japon l'a élevé au niveau de l'un des Beaux-Arts. Il constitue dans la conduite des Japonais une véritable institution, que l'on doit reconnaître et dont on doit tenir compte dans toute relation.

Tout comme les hommes politiques ou les diplomates, les hommes d'affaires s'attirent le mécontentement de leurs interlocuteurs japonais lorsqu'ils négligent cette caractéristique de comportement — sans comprendre ce qui leur arrive. Professionnellement, le facteur *Tatemae/Honne* est utilisé le plus souvent pour cacher une déficience quelconque, et plus rarement, des intentions qui ne pourraient être exprimées ouvertement. Par exemple, lorsqu'un président envoie l'un de ses directeurs s'occuper d'une filiale en lui expliquant qu'il est la seule personne capable de mener cette tâche à bien, et en le proclamant haut et clair, alors que le véritable but de l'opération est de se débarrasser d'un rival potentiel.

Pour retrouver son chemin dans cette tactique des "deux-visages", il faut avoir des antennes capables de discerner finement toutes les nuances du comportement japonais, et une grande habileté pour contourner ses pièges, si l'on veut conserver de bonnes relations avec ses interlocuteurs japonais.

Ignorer la loi du *Wa* qui impose de préserver l'harmonie, même au prix de petites manœuvres provoque immanquablement un grand embarras (du côté japonais), puis de la colère (dans les deux parties), et enfin des représailles. Un Japonais qui échoue à se conformer aux lois du *Tatemae/Honne* risque l'ostracisme.

Il est doublement difficile, pour un étranger non-initié au comportement japonais de distinguer le *tatemae* du penchant encore plus répandu pour l'art de l'ambiguïté (laisser planer un doute pour atténuer de possibles répercussions indésirables de toute origine et pour tous motifs, éviter de donner l'impression que l'on campe sur des positions inflexibles, etc...). Dans ce dernier cas, la seule solution pour un étranger inexpérimenté est de faire appel à une tierce personne, habituée, elle, à percer la façade du *tatemae*, ou l'écran de fumée de l'ambigu planifié, sans bousculer le *wa*.

Nous n'avons pas évoqué toutes les ramifications du principe d'*amae* dans les attitudes et les comportements japonais. Ce principe semble omniprésent, sous une forme ou une autre, dans chacun des aspects de la vie japonaise. En fait, selon Doi et les autres spécialistes des sciences sociales, toute la structure de la société japonaise traditionnelle ne serait qu'une excroissance des préceptes de l'*amae*. Cette structure sociale est, pour employer un terme communément usité au Japon, un *Tate Shakai*, autrement dit une "société verticale".

# 2

# Tate Shakai

## *Vivre et travailler dans une société verticale*

Au Japon, à peu d'exceptions près, les relations humaines et surtout les liens professionnels et officiels, reposent sur les relations hiérarchiques de supérieurs à subordonnés. Une société fondée sur une organisation verticale avec des inférieurs et des supérieurs n'a, bien sûr, rien d'exceptionnel puisque pratiquement toutes les sociétés ont plus ou moins adopté cette structure. Ce qui fait la différence du Japon, c'est qu'entre les personnes et les groupes, il existe soit un lien spécifique et unique, soit aucun lien du tout. C'est la nature de ce lien — ou de cette absence de lien — qui conditionne non seulement l'éthique et le comportement des hommes d'affaires japonais, mais aussi ceux de pratiquement tous les Japonais.

Chie Wakane, professeur d'anthropologie sociale à l'université de Tokyo a utilisé la première l'expression "société verticale" dans son livre *Tate Shakai no Ningen Kankei* ("Les relations humaines dans une société verticale").

Le professeur Wakane considère la structure "de supérieur à subordonné" de la société japonaise comme le soubassement même de l'ordre social, non seulement parce qu'elle conditionne les attitudes et les comportements, mais aussi parce qu'elle déteint sur tout le reste : caractères, personnalités, professions, capacités et performances.

Si l'organisation hiérarchique est l'une des facettes de la société japonaise, le besoin omniprésent et tout aussi profond de se regrouper sur une base de proximité ou d'activité en est un autre versant. La hiérarchie et le regroupement ont tous deux de profondes racines dans la culture japonaise. Depuis les temps les plus reculés, la société japonaise a été constituée de classes, de clans et de corporations distinctes. Chacun de ces regroupements était hiérarchisé verticalement en commençant par le plus humble des serviteurs ou des manœuvres, puis venaient le chef ou le patron, le chef du village ou de la ville, le seigneur du clan et enfin l'empereur.

Pendant la période féodale (qui ne s'est achevée qu'en 1868) l'appartenance à ces groupes était principalement héréditaire. Ils restaient rigidement refermés sur eux-mêmes, ce qui signifiait qu'on ne pouvait espérer de promotion qu'à l'intérieur de son propre groupe.

Avec la chute du régime féodal en 1868 et les débuts de l'industrialisation, les clans et le système de classes héréditaires furent tous deux abolis. Durant les quelques décennies qui suivirent, la société japonaise subit de profondes mutations. Les entreprises privées et les grandes bureaucraties gouvernementales remplacèrent les clans traditionnels dans leurs fonctions économiques et politiques. Dans cette situation nouvelle, plus ouverte, la base du regroupement et de la hiérarchisation qui auparavant était la naissance, devint les diplômes et le succès sur le marché économique, mais ni la nature, ni le fonctionnement du système vertical de supérieur à subordonné n'avait changé. Il avait été tout simplement transféré dans le nouvel ordre bureaucratique et industriel.

Durant la longue période féodale (1192-1868) cette hiérarchisation s'exprimait dans le monde du travail par les termes *oyabun* (chef, patron, maître) et *kobun* (serviteur, employé). Les patrons d'usines, de boutiques ou de restaurants, les dirigeants des regroupements de constructeurs, d'organisations politiques et même de gangs de malfaiteurs, étaient tous des *oyabun*. Leurs employés ou leurs acolytes des *kobun*. Comme *oya* signifie "parent" et *ko* "enfant", certaines conclusions s'imposent quant à la connotation familiale de ces termes.

Depuis la nuit des temps, les relations entre *oyabun* et *kobun* étaient généralement des arrangements à long terme, souvent à vie, fortement personnalisés, qui relevaient de liens parent-enfant, maître-serviteur, ou seigneur-esclave. Quelle que soit la vraie nature de la relation, chaque groupe *oyabun-kobun* fonctionnait comme une seule unité, la vie des membres et de leurs familles étant étroitement liée.

Ce système a exercé un effet stabilisateur sur la vie politique et économique du Japon, et s'est révélé un excellent moyen de transmission des techniques et des méthodes de gestion d'une génération à l'autre. Dans le système *oya-ko* les promotions et l'autorité étaient généralement attribuées d'abord sur la base de l'ancienneté, puis selon les talents et les performances. Dans les entreprises familiales, la succession se faisait normalement du père au fils aîné ou au beau-fils. Mais si l'héritier légitime se révélait incompétent, on confiait l'affaire à l'employé le plus haut en grade.

Ce système protégeait les moins capables et subvenait à leurs besoins, mais il tendait aussi à étouffer le potentiel des éléments les plus doués et les plus ambitieux qui, par leur naissance, ne pouvaient prétendre à la succession du maître. Leur seul recours était de s'exclure du groupe et de fonder le leur. Ce n'était pas chose facile dans le Japon féodal où ces tentatives étaient strictement limitées, quand elles n'étaient pas tout à fait interdites.

Le système *oyabun-kobun* est toujours florissant dans le Japon actuel, même s'il n'est pas toujours explicitement décrit comme tel. Dans nombre de boutiques ou de groupes professionnels (et même dans les bandes de malfaiteurs) le chef est toujours considéré avec le plus grand respect, comme l'*oyabun*, tandis que les employés ou les membres des groupes se comportent dans la plus pure tradition *kobun*. Les films historiques dont l'intrigue gravite autour des relations *oya-ko* sont des valeurs sûres de la télévision et du cinéma qui, au Japon, attirent des millions de spectateurs.

## SEMPAI-KOHAI
## Seniors et Juniors

Dans le Japon actuel, la relation supérieur/subordonné entre deux individus peut être tout à fait manifeste ou au contraire si subtile qu'elle devient très difficile à discerner, et encore plus à évaluer, pour un non-initié. Mais dans tous les cas elle existe — et elle est très puissante.

Aujourd'hui, la hiérarchisation verticale s'exprime la plupart du temps dans les situations pédagogiques ou professionnelles par le terme *kohai* (junior) et *sempai* (senior). Il existe certes un mot pour dire "pair" — *doryo*, mais on ne l'emploie que rarement parce qu'il y a toujours quelque chose qui fait d'une personne le supérieur ou l'inférieur d'une autre. Les associations entre partenaires et groupes égaux sont des exceptions, parce que très peu de Japonais peuvent fonctionner efficacement d'égal à égal.

Les bases de la relation *sempai-kohai* sont le degré d'instruction, la richesse et l'ancienneté. Elle dépend étroitement de l'école où l'on a fait ses études, de l'année où l'on a obtenu son diplôme, du niveau d'instruction que l'on a atteint, de l'organisation pour qui l'on travaille (sa taille, son importance, son ancienneté) et du grade que l'on y a obtenu.

La relation senior-junior concerne uniquement les individus qui appartiennent à la même école ou à la même organisation (et ceux qui, travaillant dans la même compagnie, sont des anciens de la même école). Mais le statut dont on bénéficie lorsqu'on a fait ses études dans une université prestigieuse, et que l'on est employé par une compagnie de renom ou par un ministère, garantit du même coup un prestige social globalement reconnu — sans parler des avantages financiers que cela implique.

Bien que quelqu'un qui a obtenu son diplôme à l'école X, qui travaille pour la compagnie Y, et qui a atteint l'échelon Z dans la hiérarchie de sa compagnie ne soit pas obligé de se conduire en subordonné lors d'un contact occasionnel vis-à-vis d'une personne dont l'école et la compagnie sont plus importantes que la sienne, il y a toutes les chances pour qu'il le fasse si la supériorité du "pedigree" de son interlocuteur vient à être soulignée.

Le système supérieur-inférieur fondé sur les études et le statut professionnel concerne chaque Japonais d'une façon ou d'une autre. Même l'héritier d'une grande famille est nominalement "l'inférieur" de ses camarades d'école des classes supérieures, et plus tard, de ses collègues de travail plus "anciens". Même si la compagnie appartient à sa famille, il doit se plier aux règles de comportement qui s'appliquent aux subordonnés.

## KATA-GAKI
### Hors du grade, point de salut

Le *kata-gaki*, ou "classement", est la clé de la structure hiérarchique du système japonais. Dans les écoles comme dans les compagnies, tout et tout le monde est classé, d'abord sur la base des diplômes, puis selon l'ancienneté et enfin selon la capacité à s'adapter au fonctionnement collectif, la personnalité et le talent.

Dans le monde des affaires, comme dans un certain nombre d'autres professions, les grades sont exprimés par des titres généralement suivis du suffixe *-cho*, qui signifie chef ou leader.

Le "rang" de l'organisation ou de la compagnie dans laquelle la personne exerce cette fonction vient en plus et par-dessus ces symboles manifestes d'autorité. Plus l'employeur est important, et plus le statut de toutes les personnes qui travaillent pour lui en sera élevé. Le statut de l'employeur est indiqué par le badge que les employés de la plupart des principales compagnies et des organismes gouvernementaux portent au revers de leur veston.

## MEISHI
### Qui doit saluer le premier ?

Les statuts relatifs des individus d'une entreprise ou d'une organisation particulière (et à un moindre degré, le classement qui s'établit entre eux et des personnes extérieures) déterminent non seulement leur comportement, mais aussi leurs droits, leurs privilèges, leurs responsabilités et leurs obligations. Il est donc essentiel pour un homme d'affaires de connaître le rang de toute personne avec qui il est en relation. Il doit non seulement savoir quel est le grade personnel de l'individu concerné, mais aussi celui de l'organisation qui l'emploie. Il faut remarquer qu'un chef de service dans une importante compagnie "surpasse" en grade le directeur d'une compagnie plus petite, qui dispose de moins de pouvoir.

Ce besoin vital de connaître le rang de son interlocuteur explique l'usage généralisé et le rôle que joue dans le monde japonais des affaires le *meishi*, la "carte de visite". Elle indique le grade de la personne qui la remet à celui qui la reçoit, ainsi que l'importance de sa compagnie.

Lorsque l'on se voit remettre l'une de ces cartes, il faut la saisir des deux mains avec un léger salut, prendre quelques secondes pour lire attentivement le nom de la compagnie, son adresse et le titre de son interlocuteur, avant de s'engager dans un quelconque échange verbal. En plus d'indiquer quel interlocuteur est supérieur à l'autre, et donc le ton à adopter par chacun, les cartes de visite révèlent souvent des domaines d'intérêt communs qui peuvent immédiatement servir à renforcer la nouvelle relation — des adresses professionnelles situées dans le même quartier, des parents qui travaillent pour la même compagnie ou l'une de ses filiales, etc...

Les hommes d'affaires étrangers qui travaillent avec les Japonais doivent avoir conscience du rôle essentiel que jouent ces cartes de visite et savoir s'en servir. A cause de cette fonction particulière, il existe une "manière correcte" d'échanger les cartes. Vous devez remettre la vôtre dès le début des présentations pour que votre interlocuteur japonais puisse déterminer votre rang et savoir quel ton il doit adopter avec vous.

Dans la procédure normale, le Japonais vous remet sa carte et prend simultanément la vôtre, la lit et vous fait les compliments d'usage, généralement en s'inclinant. Il est désormais assez courant de se serrer la main, en plus du salut traditionnel. Le déroulement de la cérémonie est grandement facilité si une face de votre carte comporte la traduction de votre nom, de votre titre et de votre compagnie en japonais. Bien sûr, présentez toujours votre carte du côté "japonais".

On est surpris de voir combien d'hommes d'affaires étrangers vont au Japon ou accueillent des visiteurs étrangers dans leur bureau sans avoir prévu de version japonaise de leur carte de visite. Il ne s'agit même pas de politesse. C'est le reflet le plus élémentaire de votre sens professionnel, de l'image que vous avez de vous-même et de votre compagnie, de votre attitude vis-à-vis du Japon, etc...

A côté de ce mauvais usage de la carte de visite par les non-initiés, l'habitude occidentale de se serrer la main immédiatement dès qu'on se rencontre, peut perturber le bon déroulement des présentations. L'ordre prescrit est d'échanger les cartes avant de s'incliner et de ne se serrer la main qu'ensuite.

Bien sûr, inverser l'ordre des opérations n'est pas très grave, surtout si l'échange de cartes suit promptement les serrements de mains. Mais en respectant l'ordre correct, l'homme d'affaires étranger montre l'attention et l'estime qu'il porte aux coutumes japonaises — ce qui lui donne une longueur d'avance.

Le classement hiérarchique s'insinue à tous les niveaux de la vie des Japonais. Ils racontent en souriant que lors des parties de golf, ils commencent à jouer dans l'ordre décroissant de leur salaires. Il y a seulement quelques années, c'était selon le capital de leur compagnie...

Dans toutes les entrevues, l'homme d'affaires japonais est bridé par la règle du système hiérarchique senior/junior et par la nécessité supplémentaire de préserver l'harmonie. Son rang dans le groupe détermine ce qu'il dit, la façon dont il le dit et le moment où il le dit. Autre manifestation visuelle de l'importance accordée au statut : la coutume de procéder à de savants arrangements pour que chaque participant soit placé en fonction de son rang, lors des dîners ou des autres réjouissances officielles.

## HABATSU
### Les déplacements en groupe

Malgré la cohésion et l'homogénéité dont semble faire preuve la société japonaise vue de l'extérieur, les Japonais sont en fait divisés économiquement, socialement et politiquement en petits et grands groupes qui gravitent autour des compagnies privées, des organismes gouvernementaux, des hôpitaux, des écoles et des diverses organisations. Ces milliers de petits groupes jouent un rôle essentiel dans la vie des Japonais, parce qu'ils leur ouvrent ou leur ferment des portes, et constituent pour eux la clé du succès.

Pour les Japonais, à peu d'exceptions près, le succès c'est d'être admis dans le bon groupe. On ne peut généralement y pénétrer qu'au premier échelon de la hiérarchie verticale, à la sortie de l'école, quand on est encore tout jeune. Les hauts-fonctionnaires à la retraite constituent les exceptions les plus notables à cette règle. Ils sont souvent engagés dans l'industrie à des postes de cadres supérieurs, à cause de l'influence qu'ils gardent sur leurs ex-collègues qui ont travaillé sous leurs ordres, dans leurs anciens services. Cette pratique est communément appelée *amakudari* ou "descendre du ciel".

Cette expression signifie deux choses. D'abord que renoncer au pouvoir, au prestige, à la sécurité et à la tranquillité d'un poste de secrétaire d'état pour affronter les incertitudes du monde des affaires, est une "chute" considérable. Et ensuite, que ces "entités célestes" peuvent accomplir des miracles lorsqu'ils traitent avec leurs ex-ministères.

Il existe une nouvelle exception à la vieille habitude de n'admettre de nouveaux membres ou de nouveaux employés qu'aux premiers échelons, c'est le *chuto saiyo* ou "embauche à la mi-carrière". Cette nouvelle pratique,qui est apparue vers 1970, est actuellement pour nombre de compagnies un moyen commode de recruter, en dehors du vase clos que constitue leur propre système, des cadres ou des techniciens déjà expérimentés dans des spécialités définies.

Comme on peut s'y attendre, les employés de la catégorie *chuto saiyo* ne sont généralement pas traités comme des employés "normaux". Leur salaire est parfois inférieur d'un ou deux échelons à celui de leur groupe d'âge (parce que les rétribuer à égalité serait être "injuste" envers ceux qui ont passé toute leur vie professionnelle dans la compagnie), ils ont parfois à subir de la part des autres employés des formes de discrimination plus subtiles.

En dépit des exceptions que constituent l'*amakudari* et le *chuto saiyo*, les compagnies les plus importantes restent dans leur ensemble fondamentalement opposées au recrutement de personnes extérieures, à l'exception des jeunes diplômés qui entrent à la base de la pyramide. Lorsqu'on a travaillé pendant plusieurs années dans une grande compagnie, ou dans une organisation de premier plan, se faire admettre dans une autre organisation comme membre à part entière devient impossible, ou du moins très difficile.

Cela tient à plusieurs raisons. Dans un système où les promotions, les revenus, le prestige, etc..., reposent d'abord sur l'ancienneté, un nouveau membre qui s'immiscerait à tout autre niveau qu'au premier (ou au dernier) romprait la chaîne et retarderait d'autant la promotion de tous ceux qui sont en dessous de lui, puisque le nombre de postes de cadres supérieurs et de managers est forcément limité.

D'autre part, lorsqu'un Japonais démissionne d'une grande compagnie pour en rejoindre une autre — ce qui reste très inhabituel — il ne peut emporter avec lui ses connexions personnelles et ses bonnes relations. Il n'arrivera généralement pas à retrouver le même réseau de contacts parmi ses nouveaux collègues. Certains managers japonais qui ont changé d'employeur disent que même après 10 ans de service dans leur nouvelle compagnie, ils se sentent toujours considérés comme des éléments extérieurs.

Quitter une compagnie réputée pour une autre ou être transféré par la compagnie-mère dans une filiale éloignée ou dans une co-entreprise nouvellement créée est donc une étape difficile à franchir pour un manager japonais, parce que cela implique qu'il rompe des liens qui sont pour lui d'une importance vitale.

Puisque les systèmes de regroupement et d'avancement à l'ancienneté reposent entièrement sur des bases personnelles, l'intensité des relations humaines est pour la société japonaise une sorte de "ciment", dans la vie professionnelle comme dans la vie privée. Une compagnie ne fait pas d'affaires avec une autre tant que les managers dont dépend le démarrage et le déroulement des transactions n'auront pas établi entre eux des relations personnelles satisfaisantes, qui leur permettent de communiquer dans l'*amae*. Ce processus de développement de relations personnelles préalables à tout travail avec une nouvelle compagnie est incontournable, long, et délicat.

## GAKUBATSU
## La loi des cliques

Comme dans tous les pays, les institutions d'enseignement supérieur sont officieusement classées selon certains critères : leur âge, leur origine, leur taille, leurs moyens financiers, la réputation de leur personnel enseignant et de leurs installations, leur influence politique et économique. Encore plus important pour un "jeune loup" japonais : on peut aussi les classer selon les possibilités qu'elles ouvrent pour le choix d'une carrière. Les postes les plus alléchants sont pratiquement tous réservés aux diplômés des universités les plus cotées.

Dans les premières années de la modernisation du Japon, les postes les plus élevés de l'administration et du haut-management revenaient tout naturellement aux diplômés des plus grandes universités, dont certaines étaient sponsorisées par le gouvernement. Au fil des années, d'autres universités apparurent, mais les diplômés des anciennes institutions continuèrent à monopoliser les meilleurs postes du pays, tout simplement parce qu'ils étaient favorisés par les anciens de leurs écoles qui occupaient les hautes sphères des principales compagnies et des organismes d'état.

Cette pratique est connue sous le terme de *gakubatsu* ou "clique scolaire". Bien qu'officieuses, ces chapelles dont chacune regroupe les diplômés d'une certaine université continuent à monopoliser les postes les plus élevés du gouvernement et d'une bonne partie du secteur privé.

*Tokyo Daigaku* (en bref, *Todai*), l'université de Tokyo occupe le sommet de la pyramide de l'enseignement japonais. Chaque année, des centaines de jeunes gens et de jeunes filles se ruinent la santé et s'imposent un stress énorme en tentant le concours d'entrée à *Todai*. Et presque tous les ans, un ou plusieurs étudiants se suicident à cause d'échecs répétés à cet examen.

Les jeunes Japonais savent que s'ils n'arrivent pas à entrer à *Todai*, les portes de plusieurs compagnies de premier plan et de plusieurs ministères leur resteront fermées pour toujours, puisque ces institutions n'engagent pratiquement que des diplômés de *Todai*. Du même coup, ceux qui parviennent à y entrer savent qu'ils sont sur les rails du succès pour le reste de leur vie. On a parfois l'impression que ce qu'ils apprennent sur les bancs de *Todai* importe peu, ce qui compte, c'est d'y entrer et d'en sortir avec un diplôme.

"Le chemin pour *Todai* commence au jardin d'enfants". Ce dicton, donne une idée de l'exploit que représente une admission dans cette université. La compétition est si forcenée qu'elle s'est étendue, à partir des années 60, aux écoles maternelles. Certaines d'entre elles s'enorgueillissent d'avoir formé un plus grand nombre de lauréats au concours d'entrée à *Todai*.

Les universités japonaises organisent leur concours une fois par an. Lorsqu'on échoue, on doit attendre une année entière avant de pouvoir renouveler sa tentative. Les étudiants qui échouent à l'université de leur choix et qui préfèrent attendre l'examen suivant plutôt que de tenter l'entrée d'une université moins renommée sont familièrement surnommés les *ronin* (littéralement les "hommes-vagues"), d'après l'ancien terme dont on désignait les samouraïs qui, pour une raison ou une autre, avaient perdu leur chef de clan et qui erraient en semant le désordre.

Dans le cas de l'université de Tokyo, pour chaque étudiant admis du premier coup, plusieurs douzaines d'autres échouent et deviennent *ronin*. Ils refusent souvent de renoncer sans une longue lutte et ils renouvellent leurs tentatives, année après année, dans l'espoir que la prochaine sera la bonne. D'autres, estimant que leurs chances sont trop faibles, préfèrent abandonner et opter pour une université de second ou de troisième ordre.

A un moindre degré, la situation est la même pour les universités qui se classent immédiatement après *Todai* — *Keio, Waseda, Kyoto University, Hitotsubashi, Kobe University*, etc... Comme *Todai*, elles bénéficient du "patronnage spécial" de certaines entreprises et de certains services gouvernementaux.

Le mythe de *Todai* commence cependant à évoluer, ce qui sera sans doute accueilli avec joie par la plupart des Japonais. L'influence de cette université reste prépondérante dans la plupart des ministères et dans les hautes sphères de nombre d'entreprises de premier plan. Mais l'arrogance de ses diplômés fait l'objet de critiques de plus en plus virulentes. Leurs compétences sont remises en cause, et particulièrement en regard de la croissance et des bénéfices de certaines des compagnies qu'ils dirigent.

Un professeur de *Todai* résumait ainsi la situation : "Les diplômés de *Todai* sont intelligents, mais ils manquent de l'imagination et de l'esprit d'innovation qu'exige désormais l'industrie japonaise. Notre diplômé moyen est actuellement d'une médiocrité... supérieure."

Ces critiques peuvent aussi entraîner une évolution dans la politique d'enseignement de *Todai* et dans l'attitude de ses diplômés, ce qui provoquerait le renouvellement de son image, quelque peu ternie ces derniers temps.

Les Japonais ont un terme spécial pour exprimer le taux de succès des diplômés des lycées et des universités : le *shushokuritsu*, c'est-à-dire la proportion de ses diplômés qui ont trouvé un bon emploi, par rapport au nombre total de diplômés — le taux de "succès à l'embauche" de ses étudiants.

Les activités sportives jouent un rôle important dans les universités japonaises et y remportent un grand succès, parce que les grandes compagnies ouvrent volontiers leurs portes à des athlètes connus.

On y trouve généralement un club pour chaque sport. Parmi les membres de ces clubs, tout est régi par la loi du *sempai-kohai* (senior/junior), surtout en ce qui concerne le comportement à adopter par les juniors vis-à-vis des seniors — c'est-à-dire la subordination complète.

Un "ancien" de l'école, qui bénéficie pour une raison ou une autre d'un statut privilégié, s'appelle un *dai-sempai* soit un "super-senior". Parfois un *dai-sempai* diplômé d'une certaine université, et qui occupe un poste de responsabilités dans une importante compagnie, accepte l'invitation de son ancien club sportif d'assister à un stage d'été, ce qui lui permet de réaffirmer ses liens avec son club et son école. Il est aussi fortement sous-entendu que le *dai-sempai* fera tout ce qui est en son pouvoir pour aider les membres du club sportif à entrer dans sa compagnie après leur diplôme.

Toute leur vie, les étudiants gardent une reconnaissance émerveillée pour ces liens qu'ils ont établis sur un terrain de sport, par un beau jour d'été. Lorsqu'ils présentent par la suite leur candidature dans la compagnie concernée, ces relations privilégiées constituent un facteur très positif dans la décision de la compagnie.

La plupart des universités fixent certaines règles, telles que le nombre de bonnes notes que l'on doit récolter pendant la dernière année de ses études pour pouvoir être recommandé par son professeur auprès d'une compagnie renommée.

Pendant cette dernière année, les étudiants se concurrencent aussi pour le privilège de faire leur thèse avec les professeurs les plus cotés, qui sont souvent engagés comme experts-conseils par les principales entreprises et bénéficient donc de liens privilégiés avec les services du personnel de ces entreprises. Chaque professeur organise un "séminaire de thèse" pour 15 ou 20 étudiants qu'il conseille dans le choix de leur sujet, dans leurs recherches et dans la rédaction de leurs textes.

Il arrive que des managers occidentaux qui font autorité dans certains secteurs professionnels se voient offrir le rôle de conseillers bénévoles pour ces séminaires de thèse. Ce genre de relation avec les universités, les professeurs et leurs étudiants permet à ces personnalités de prendre contact avec de jeunes éléments brillants, en quête d'opportunités pour leur carrière.

## NENBATSU
## Les groupes d'âge

Dans les hautes sphères professionnelles et administratives japonaises, outre le facteur *gakubatsu* (les "copains de l'école"), on trouve aussi les *nenbatsu* ou "clubs de l'année". Un "club de l'année" regroupe tous les nouveaux diplômés qui sont entrés dans tel ministère ou dans telle compagnie cette année-là, quelle que soit l'université dont ils proviennent.

Comme l'ancienneté des membres d'un même "club de l'année" croît de façon égale pour tous, ils ont tendance à se regrouper.

Leur fidélité à leur classe d'entrée peut être si forte qu'ils évitent d'établir des relations trop étroites avec leurs autres collègues, y compris ceux qui sortent des mêmes universités, mais dont le diplôme date d'une autre année.

Tous les membres d'un même club espèrent être promus en même temps — et donc gravir ensemble les échelons hiérarchiques. Même si les nouveaux employés ne se regroupent pas officiellement en clubs de ce genre, ils forment toujours une petite "chapelle" et s'attendent à être promus simultanément.

Certains observateurs japonais reprochent à ces "clubs" et au système d'avancement à l'ancienneté de provoquer une pléthore d'assistants administratifs et de managers dans la plupart des compagnies japonaises. Mais plus une compagnie est ancienne et importante, plus le système y est profondément ancré. Ces dernières années, les nouvelles compagnies et les petites entreprises à croissance rapide ont tenté dans leur ensemble d'avoir recours, au moins partiellement, à un système d'avancement par le mérite, pour les augmentations de salaires et les promotions. Jusqu'ici, dans tous les cas, on a vu le système de l'ancienneté réapparaître avec le temps — parfois graduellement, mais parfois subitement. Selon les spécialistes autochtones du monde des affaires, les Japonais sont profondément attachés à la sécurité que leur garantit ce système.

Au Japon, le succès est étroitement lié au niveau d'étude, et au prestige de l'université où l'on a obtenu son diplôme. Les grandes universités jouent donc un rôle prépondérant et sont l'objet d'une vénération quasireligieuse. Elles offrent ainsi aux étrangers un moyen aisé de se faire partiellement accepter dans la société japonaise. Je souligne l'adverbe "partiellement", car aucun étranger n'a jamais réussi à y pénétrer à cent pour cent, et aucun n'y parviendra sans doute dans un futur proche.

Cette voie d'accès consiste à s'inscrire dans une université japonaise parmi les plus célèbres et les plus reconnues. Cela permet non seulement de se faire des camarades de classe, mais aussi de bénéficier du respect et de l'approbation des étudiants qui ont obtenu un diplôme avant vous — et de ceux qui l'obtiendront ensuite.

Au Japon, aller ensemble à l'école se rapproche beaucoup du rite des "frères de sang" tel que le conçoivent les Indiens d'Amérique.

## SHUDAN ISHIKI
### Ensemble, ensemble...

Dans le monde des affaires japonais, beaucoup de leaders tendent à jouer le rôle de philosophes de l'économie et sont très attentifs à l'éthique, à la morale du système des entreprises et à sa perpétuation. L'un des moyens auxquels ils ont recours pour atteindre leurs objectifs est d'organiser des groupes de réflexion en commun, les *shudan ishiki*. Cette façon de penser exalte le rôle et les objectifs du groupe, par opposition à la réflexion en termes d'expérience, de qualification et de responsabilité individuelle. La réflexion du type *shudan ishiki* représente depuis toujours un idéal de la société japonaise.

# 3

# Le Wa
## *La paix et l'harmonie dans un monde hyper-hiérarchisé*

### SHINTO
### La voie des Dieux

Quelles que soient ses structures, aucune société ne peut survivre très longtemps sans règles et sans restrictions explicites qui régissent la conduite de ses membres. En ce qui concerne la société verticale japonaise, ces lignes de conduite se sont appuyées, entre autres, sur les concepts contenus dans des termes tels que *wa, on, giri, ninjo* et *tsukiai*.

*Wa*, que l'on peut traduire par "paix et harmonie", est l'un des mots les plus importants du lexique japonais. Le concept de "paix et de sérénité" (en esprit, mais aussi dans les actes) est contenu dans celui d'*amae*, l'amour indulgent dont nous avons déjà parlé et dont on peut rechercher les origines dans le Shinto, la religion autochtone.

Le Shinto, la "voie des dieux", est un ensemble de croyances sans textes sacrés, selon lesquelles les Japonais seraient les descendants d'un groupe d'entités célestes. Selon le Shinto, tous les hommes et tous les objets seraient spirituellement frères ; l'harmonie, aussi bien physique que spirituelle est une condition nécessaire pour que les êtres et les choses restent en accord avec le cosmos.

Le principe Shinto le plus évident dans la philosophie du management japonais est la croyance au *musubi* — la "co-existence indifférenciée de l'homme, de la nature et des Dieux". En transposant tout cela en termes pratiques, les Japonais pensent que l'unité spirituelle doit être la base de toute relation entre le management et les employés.

La "voie des Dieux" enseigne que chacun est responsable de son prochain et que pour pratiquer l'*amae*, on doit renoncer à tout égoïsme. Bien sûr, dès l'origine, des contradictions apparurent dans le tissu social, puisque ceux qui descendaient des "entités célestes" revendiquaient leur supériorité en tant qu'êtres temporels. Mais pour l'essentiel le Shintoïsme a fait que jusqu'aux temps modernes, une majorité de Japonais ont été fortement influencés par les principes "d'altruisme instinctif" et de respect de l'harmonie.

En tout cas, le *wa* a été constamment désigné dans l'histoire du Japon comme la base même du système impérial et comme l'idéal pour lequel tout Japonais devait lutter. Aujourd'hui encore, ce mot est sur les lèvres des politiciens, des hommes d'état et des hommes d'affaires lorsqu'ils exhortent leurs compatriotes à s'auto-discipliner et à servir de modèle au reste du monde. Il existe même une vieille croyance selon laquelle les Japonais seraient destinés par les dieux à répandre le *wa* dans le monde entier (un peu comme les missionnaires occidentaux pour le christianisme).

## LE BOUDDHISME
### La voie du bambou

La passivité et l'art de "plier sans rompre" que l'on retrouve dans les manières et les attitudes japonaises, sont souvent attribuées au Bouddhisme qui fut importé de Chine au Japon au VIe siècle et qui y coexiste depuis avec le Shintoïsme et avec différents aspects du Confucianisme.

La cohabitation de l'homme et de la nature, et la non-violence constituent deux des principales poutres-maîtresses du Bouddhisme. Les détails pratiques de la vie ont cependant amené les Japonais à développer des principes tel que "la résistance passive" pour arriver à ses fins, "reculer pour mieux sauter" et le *jujitsu*, l'art martial dont le but est de retourner la force et l'agressivité de son adversaire comme une arme contre lui.

Le Confucianisme, la troisième philosophie religieuse qui a joué un rôle essentiel dans la formation et la coloration de la culture japonaise, est à l'origine de la philosophie de loyauté absolue à son supérieur qui a justifié et renforcé la structure verticale de la société.

## ON
### Le tissu d'obligations qui nous lie

Le *on* est un autre concept-clé du tissu social traditionnel japonais. Il fait référence aux divers niveaux d'obligations — envers soi-même, envers les autres, envers son clan, son pays et le monde — auquel chaque Japonais se trouve soumis à sa naissance et qu'il rencontre inévitablement à un moment ou à un autre de sa vie.

Ces diverses obligations, toutes organisées pour maintenir la paix et l'harmonie à l'intérieur du système vertical, constituaient le soubassement sur lequel put se développer l'extraordinaire société japonaise — une société reposant entièrement sur un système hiérarchisé de classes, dans laquelle la position sociale, la réglementation des manières, les droits et les responsabilités étaient des valeurs absolues imposées à tout le peuple par un pouvoir inflexible. S'ils voulaient rester membres de la société, les Japonais du Japon pré-industriel n'avaient pas la liberté de dire, de faire ou même de penser quoi que ce soit en dehors de ce qui leur était prescrit par leur position et par le *on* qui lui correspondait. Un Japonais ne pouvait (et ne peut d'ailleurs toujours pas) inviter un hôte à s'asseoir autrement qu'en utilisant les termes appropriés, qui indiquaient sa propre situation sociale par rapport à celle de son interlocuteur. Pour saluer, il devait déterminer non seulement le moment propice pour le faire, mais aussi la profondeur de son salut, sa durée et le nombre de fois où il devait le répéter.

## SAHO
### L'étiquette élevée au rang d'une vertu

Il est difficile pour un Occidental de se figurer l'importance que prenaient ces rites protocolaires dans le Japon ancien. Nous sommes généralement conditionnés à nous conduire selon certains principes abstraits, où les manières ne jouent qu'un rôle mineur. Au Japon c'était l'inverse. La vertu suprême, c'était le comportement prescrit. La morale telle que nous la connaissons en Occident n'était qu'un aspect des bonnes manières.

Depuis le IVe siècle jusqu'au début de l'ère moderne en 1868, les Japonais se sont davantage préoccupés de la forme que de la sincérité ou des résultats. On devait marcher, bouger les mains, ouvrir les portes d'une certaine façon, dormir avec la tête dans une certaine direction et les jambes disposées d'une certaine manière. Pour plusieurs générations avant le début de l'ère moderne, le style vestimentaire fut fixé par la loi. La façon de manger était sévèrement réglementée. On ne pouvait entrer dans une maison ou se souhaiter la bienvenue qu'en respectant certaines règles. Dans certains travaux, les mouvements de base étaient rigidement définis sans déviance possible.

Cette réglementation du savoir-vivre était si sévère qu'elle s'est intégrée à la personnalité japonaise. Elle s'est insinuée à chaque phase de la vie, et elle en a façonné tous les aspects. Elle s'est transmise d'une génération à l'autre. Aujourd'hui, la plupart des hommes d'affaires étrangers qui traitent avec les Japonais apprennent très vite qu'il existe toujours une manière japonaise de faire chaque chose qui découle de ce conditionnement séculaire.

La période féodale regorge d'anecdotes, parfois épouvantables, sur la façon dont on punissait ceux qui enfreignaient les règles de conduite à tenir. L'une des histoires les plus célèbres est celle d'un fermier du nom de Sogo qui passa par-dessus son seigneur local pour aller se plaindre au Shogun, un dictateur militaire, des impôts écrasants qu'on lui faisait payer. Pour avoir violé les convenances, Shogo dut assister à la décapitation de ses trois enfants avant d'être lui-même crucifié en compagnie de sa femme, alors même que ses réclamations s'avérèrent fondées, et que le seigneur local fut destitué par la suite.

La cruauté de la société japonaise résidait en ce que la moralité de chacun était visible et étalée aux yeux de tous. Pendant de nombreux siècles, un manquement grave à l'étiquette était considéré comme un crime, au même titre qu'un meurtre ou qu'un vol en Occident, et la règle de conduite qui avait été violée n'avait pas besoin d'être très importante, de notre point de vue.

Jusqu'à la fin du XIX^e^ siècle, un Samouraï avait légalement le droit de tuer sur-le-champ toute personne de condition modeste qui ne lui manifestait pas le respect dû à son rang. Or, de nombreux Samouraïs comptaient parmi les hommes les plus arrogants et les plus soucieux d'étiquette que la terre ait jamais porté. Peut-être pire encore, lorsqu'un Japonais ne satisfaisait pas à ses obligations, ou négligeait l'étiquette vis-à-vis d'une personne d'importance, il perdait sa place dans la société.

Encore actuellement, cet aspect joue un rôle important dans la vie de nombre de Japonais. Non seulement le rang, mais aussi le sexe, l'âge, les liens familiaux et les relations antérieures déterminaient leur conduite dans chaque domaine de l'existence. La forme, les manières, l'expression extérieure du système étaient portées aux nues et accédaient au rang de vertus. Si l'on ne pouvait constater qu'elle est toujours actuellement florissante, et surtout dans le monde des affaires et du management, sous une forme à peine atténuée, on aurait peine à croire qu'une société si stratifiée et si catégorisée ait pu se développer.

Comme toutes les autres formes de relations, les affaires ont toujours été menées conformément aux impératifs de l'étiquette reposant sur les obligations personnelles. Toutes les transactions publiques ou privées étaient (et dans une certaine mesure, elles le sont toujours) menées conformément à un ensemble de règles prévues pour prévenir les heurts, et pour contrôler et freiner les changements. La "règle d'or" du Japon était le maintien d'une harmonie hiérarchique parfaite, quel qu'en soit le prix humain.

Pendant de nombreuses générations, la loi imposait qu'on punisse également les deux parties en cas de conflit, sans enquêter sur la cause de la dispute et sans tenir compte de l'éventuelle innocence de l'une des deux parties. Ceci découragea les querelles de toutes sortes dans le peuple. L'harmonie publique devint une sorte d'habitude, si profondément enracinée que jusqu'aux environs des années 50, on pouvait passer au Japon de nombreuses années sans assister à une seule altercation publique.

Si quelqu'un écrasait les orteils de quelqu'un d'autre, ou en cas d'accident, les protagonistes s'inclinaient, marmonnaient une litanie de politesses et passaient leur chemin. Si l'accident était plus grave, ils échangeaient leurs cartes de visite, toujours dans la plus grande sérénité. Même les chauffeurs de taxi appliquaient ces principes de politesse à la lettre jusqu'au milieu des années 50. On n'élevait que rarement la voix et il était encore plus exceptionnel de voir des gens se battre en public.

Pour garantir le respect de ces règles, les gouvernements du Japon féodal mirent en œuvre un système de contrôle et de répression qui rappelle celui qu'a décrit Georges Orwell dans *1984*. Les Japonais étaient alors tenus de surveiller leur famille, leurs proches et leurs voisins, et de signaler toutes les infractions aux autorités concernées — ce qui entraînait souvent des résultats désastreux pour les victimes de cette délation.

Ce système de contrôle était encore plus totalitaire et plus inflexiblement appliqué que celui du cauchemar futuriste orwellien. Dans le monde d'Orwell, la répression restait individuelle, alors que dans le Japon féodal, les autorités tenaient toute la famille pour responsable des actes de l'un de ses membres, quand ce n'était pas tout le voisinage ou tout le village. Si une loi avait été violée, le groupe entier était soumis au châtiment. L'histoire du Japon fourmille d'exemples où des familles ou des clans entiers ont été exterminés à cause d'une faute commise par une seule personne.

Aujourd'hui, l'homme d'affaires japonais porte toujours les stigmates de ce conditionnement à "l'harmonie" : sa terreur devant la responsabilité personnelle, sa préférence pour la collaboration et l'effort collectif, sa tendance à suivre la masse, à imiter ce qui a du succès, sa réticence à s'opposer ouvertement à quiconque, son désir de dissoudre son individualité dans son environnement, etc... Plus d'un millénaire de conditionnement autoritaire a fait de lui l'homme organisationnel par excellence.

L'homogénéité mentale des Japonais résulte, elle aussi, de l'application de la règle d'or du *Wa*. C'est un facteur qui permet de généraliser avec un taux d'erreur étonnamment faible.

Dès le Xe siècle, le Japon avait atteint un haut niveau de développement. La civilisation japonaise était très spécialisée, intense, et uniformisée : tous les gens d'une même classe s'habillaient de la même manière, mangeaient la même nourriture, vivaient les mêmes expériences, avaient le même savoir et les mêmes préjugés.

Cette uniformité était si omniprésente que, d'après les historiens, elle rendait inutiles les moyens de communication ordinaires. Les Japonais étaient si sensibilisés aux attitudes et aux manières des autres, que le moindre geste, la moindre nuance, suffisait à transmettre les messages avec une facilité quasi magique.

Les raisons de cette incroyable homogénéité sont faciles à comprendre. D'abord le Japon est resté isolé du reste du monde pendant les premiers millénaires de son histoire. Ensuite, la faible étendue habitable qu'offraient les îles faisait que les diverses influences qui modelaient la culture se manifestaient à peu près en même temps pour tous, et avaient sur tous un impact à peu près égal.

Jesse F. Steiner, qui a décrit le Japon avant la guerre du Pacifique dans son livre *Behind the Japanese Mask* (Macmillan, New York, 1943), était plus terre-à-terre dans son analyse de l'uniformisation japonaise. Il affirmait que comprendre les Japonais ne présentait aucune espèce de difficulté, puisque depuis des siècles leur vie était gouvernée par des conventions stéréotypées et par un code social rigide. Ils avaient prévu, notait-il, une conduite appropriée à tenir dans chaque situation et un protocole à suivre pour chaque moment de la vie, aussi bien publique que privée.

## GIRI
### Le code d'honneur personnel

On peut définir le *on* comme l'obligation "universelle" qui incombe à chaque Japonais en échange de sa naissance, de son éducation et de son emploi, mais le *giri* est le code personnel, le sens profond du devoir et de l'honneur qui le contraint à remplir ses obligations — pour le meilleur et pour le pire.

Le *on* et le *giri* sont de nature complémentaire et dérivent d'une relation dans laquelle le subordonné doit à son supérieur ses services et sa loyauté, et où le supérieur doit manifester de la gratitude à son subordonné et s'en porter responsable. Sans le *giri*, le système du *on* volerait en éclat.

Ce code d'honneur est souvent appelé le "*giri* envers son propre nom". Lorsqu'on échoue à préserver son *giri*, on "perd la face". En Occident, le principe de sauvegarde des apparences nous est tout à fait familier, parce que l'expression a été souvent appliquée aux Japonais et aux autres Asiatiques depuis le début du XXe siècle. Mais peu de gens ont conscience de la portée de ce terme et de l'importance de la "façade" dans la vie quotidienne, professionnelle et sociale des Japonais. Pour un Japonais, "perdre la face" est bien plus qu'éprouver un sentiment de vexation ou d'embarras — à moins qu'on ne prenne ces mots dans leur sens le plus définitif.

Une sensibilité aussi exacerbée aux influences extérieures est un handicap énorme, mais les Japonais ne peuvent s'en défaire comme d'un manteau. Cela fait partie de leur tempérament national. Protéger leur façade est particulièrement important pour ceux qui ont un certain statut professionnel ou un quelconque grade. Préserver leur réputation professionnelle n'implique cependant pas de compétences spéciales dans le domaine où ils travaillent, ni une conduite moralement irréprochable.

Cela signifie plutôt que leur "*giri* envers leur propre nom" leur interdit d'admettre leur ignorance ou leur incompétence, ou de laisser quiconque ternir leur réputation, sans conséquences sérieuses pour leur image d'eux-mêmes, et pour leur sens de l'honneur.

## NINJO
### Les sentiments d'abord

Pour un Japonais, le *giri* ne pourrait se concevoir sans directives morales, sur le plan humain. Ces lignes de conduite sont déterminées par d'autres principes, à l'intérieur du cadre que constitue le *ninjo*, les "sentiments humains". L'une des premières choses qui sautent aux yeux d'un observateur même occasionnel, c'est cette habitude qu'ont les Japonais d'évaluer toute chose en termes de sentiments humains. Leur système économique est, disent-ils, respectueux de la nature humaine, alors que la plupart des systèmes étrangers n'en tiennent pas compte.

En bref, donner la priorité aux sentiments chaque fois que c'est possible, y compris dans des situations où un homme d'affaires occidental réaliste penserait d'abord à des facteurs extra-humains tels que la rentabilité, est une conduite et une éthique typiquement japonaise.

La plupart des aspects du monde des affaires japonais qui déconcertent les Occidentaux et les frustrent ne peuvent se comprendre qu'en termes de *ninjo*.

En plus de leur aversion pour la logique "froide", les Japonais se méfient instinctivement des beaux-parleurs (ou de ceux qui parlent trop ou trop vite). Aux U.S.A., avoir la parole facile en affaires est pourtant considéré comme un atout majeur, comme un don qu'on cultive. Lors des réunions mixtes, on constate donc souvent de graves incompatibilités.

Les hommes d'affaires américains non-initiés ou peu sensibles aux différences culturelles tentent parfois de surmonter leurs problèmes de communication avec les Japonais en parlant plus que d'habitude, en se répétant, et trop souvent en élevant la voix. Au Japon, il vaut toujours mieux en dire pas assez que trop — même si cela implique qu'il vous faudra plus de temps pour arriver à un accord.

## KAO WO TATERU
### Ne me faites pas perdre la face !

La plupart des hommes d'affaires japonais de la "vieille garde" pensent toujours qu'énoncer des opinions ou des vérités délibérément déplaisantes est un comble d'impolitesse, à cause du risque de "faire perdre la face" à ses interlocuteurs. Les Américains ont plutôt l'habitude de "jouer cartes sur table", alors que les Japonais sont passés maîtres dans l'art de "noyer le poisson", et si c'est nécessaire, de recourir à des circonlocutions vagues pour échapper à l'obligation d'émettre franchement une opinion qui pourrait froisser quelqu'un.

Cette différence fondamentale d'attitude désavantage à la fois les Japonais et les Américains lorsqu'ils négocient ensemble. Les Occidentaux supposent trop souvent que leur franchise appelle une franchise réciproque et, lorsqu'ils découvrent leur erreur, il est déjà trop tard pour rectifier le tir.

Les compagnies japonaises sont particulièrement chatouilleuses quant à leur "façade", qu'elles veulent à tout prix préserver. A l'époque prémoderne, ce concept de "façade" était exprimé par le terme *noren* qui désignait à l'origine le court rideau fendu au milieu qui orne depuis des siècles l'entrée des boutiques et des restaurants japonais. Ces *noren* sont habituellement de cotonnade bleu-marine, frappée du sceau ou du nom du propriétaire. Les *noren* sont devenus l'image-symbole de l'entreprise concernée et leurs propriétaires les défendent jalousement contre tout détournement, et toute contrefaçon.

Les propriétaires d'un *noren* renommé autorisaient leurs employés favoris, ou leurs principaux "lieutenants" à quitter l'entreprise-mère pour fonder, sous le *noren* de leur ex-employeur, des filiales ou des compagnies affiliées. C'est ce qui a permis à de nombreuses entreprises de constituer un réseau de compagnies étroitement liées entre elles, et d'essaimer dans tout le pays.

Nombre de *noren* du Japon actuel remontent à plusieurs siècles. Dans certains cas, les propriétaires des *noren* les plus célèbres les louent à bail. La fameuse banque Fuji travaille sous le *noren* de la famille Yasuda, l'un des *zaibatsu* les plus importants et les plus respectés du Japon. Les hommes d'affaires d'aujourd'hui accordent toujours une immense valeur à l'image de leur compagnie.

Il est très commun, surtout à Osaka, d'entendre un homme d'affaires dire qu'il ne peut faire telle ou telle chose à cause du respect qu'il doit à sa propre "façade", ou parce que cela ternirait l'image de sa compagnie. Malgré tout, les Japonais doivent toujours mettre en jeu leur image pour une raison ou pour une autre. Ils ont donc souvent recours à l'expression *Kao wo tatette kudasai*, qui signifie quelque chose comme "Ne me faites pas perdre la face".

## TSUKIAI
## Honorer ses dettes sociales

Les Japonais sont naturellement très soucieux de ne pas contracter arbitrairement d'obligations, puisque celles qui leur sont inévitables représentent déjà pour eux un lourd fardeau. On honore très souvent les obligations (qui ne sont pas toujours des devoirs agréables) qu'implique toute relation spéciale entre deux personnes dans le seul but de maintenir des relations cordiales, et en vertu du *tsukiai*, selon l'expression japonaise consacrée.

D'un point de vue pratique, le *tsukiai* désigne la dette sociale qu'un étudiant contracte envers son professeur, l'employé envers son employeur, l'homme politique envers le chef de son parti, ou quiconque envers toute personne qui lui fait une faveur, surtout dans un domaine vital, et surtout si cette faveur a des effets à long terme. Devoir le *tsukiai* et rendre quelqu'un redevable envers vous du *tsukiai* est au Japon un important facteur économique et social.

Tous les Japonais sont soumis à de fortes pressions, pour honorer leurs dettes de *tsukiai*. Manquer à ce devoir lorsque l'occasion de s'en acquitter se présente est une faute grave — par exemple, lorsqu'un professeur demande une faveur à un ex-étudiant qui est parvenu à un poste important dans une compagnie, ou dans un organisme gouvernemental.

## SHOKAIJO
### La voie rapide vers le succès

En affaires, le *tsukiai* s'octroie souvent sous forme de *shokaijo*, les lettres d'introduction qui constituent un ingrédient important de l'étiquette professionnelle japonaise.

Dans la pratique normale des affaires, les Occidentaux connaissent bien cette habitude qui consiste à donner et à recevoir des recommandations. Mais le système qui a cours aux U.S.A., par exemple, ne peut se comparer au *shokaijo* japonais. Les Américains ne sont pas contraints par des siècles de conditionnement et de traditions à considérer une introduction comme autre chose qu'une simple politesse. Un homme d'affaires américain à qui l'on présente une lettre d'introduction peut refuser de recevoir le solliciteur ou de faire ce qu'il lui demande, sans craindre pour ses relations avec la personne qui a accordé l'introduction. Mais pas un Japonais, surtout si la recommandation vient d'un ami cher, d'un supérieur ou d'une importante relation d'affaires. Plus un homme d'affaires se soucie de maintenir son image auprès de ceux à qui il doit le *tsukiai*, et plus il sera sensible à une introduction émanant d'eux.

Le système du *shokaijo* est au Japon une véritable institution, qui plonge d'innombrables ramifications dans la plupart des aspects de la vie quotidienne. Il tire son pouvoir de plusieurs types d'influences culturelles : la méfiance envers les personnes extérieures, qui découle du système du groupe verticalement hiérarchisé ; la crainte de perdre la face pour quelque raison que ce soit ; le principe de responsabilité collective ; et la tendance à éviter tout lien personnel avec des inconnus.

Dire qu'au Japon il est très impoli de s'adresser directement à une personne ou à une compagnie sans être introduit par des amis communs ou par des relations d'affaires serait un euphémisme. Si vous suivez la filière appropriée, c'est-à-dire le *shokaijo*, la partie tierce endosse une certaine responsabilité et fournit une base de sécurité. Les Japonais se méfient de toute personne qui les aborderait sans introduction. Aucun Japonais ne songerait à tenter une telle manœuvre pour entrer en contact avec un autre Japonais.

Il existe plusieurs types de *shokaijo*, auxquels les Japonais ont fréquemment recours lorsqu'ils veulent faire la connaissance de quelqu'un. Le plus commun et le plus efficace est de se faire introduire par quelqu'un envers qui la personne à rencontrer a contracté des obligations personnelles — comme l'un de ses supérieurs, un ex-professeur de l'université, quelqu'un qui a aidé sa famille, un proche parent, ou un ami.

On peut aussi passer par un haut responsable d'une compagnie vis-à-vis de laquelle la personne à rencontrer a des obligations professionnelles — comme le vice-président d'une banque qui lui a consenti un prêt, ou un important client.

Moins efficace, mais tout de même utile : l'introduction d'une personnalité dont la compagnie entretient des relations d'affaires avec celle de l'intéressé. Une introduction impersonnelle venant d'une banque, d'une compagnie ou de toute organisation renommée est sans doute plus faible, mais vaut toutefois mieux que rien. Un homme d'affaires étranger qui projette de travailler au Japon ou qui y a déjà des relations professionnelles doit s'efforcer d'obtenir des introductions auprès de toute personne ou de toute compagnie avec qui il veut entrer en contact.

La meilleure des introductions est souvent une introduction personnelle auprès d'un individu déterminé, mais on découvre généralement qu'on ne peut uniquement compter sur les bons contacts qu'on a établis auprès d'une personne isolée. Pour être réussie, une prise de contact doit prendre en considération toutes les sections et tous les services concernés.

Bien que la meilleure manière d'établir le contact avec un responsable japonais reste d'avoir recours à une introduction, les Japonais peuvent faire exception à cette règle pour les étrangers. Il arrive même qu'un étranger débarquant dans une compagnie sans rendez-vous ni lettre d'introduction soit tout de même admis dans le bureau du plus haut responsable disponible. Mais ce n'est là qu'un effet de la "politesse japonaise", et l'on ne peut l'interpréter comme un véritable signe d'intérêt pour le demandeur ni pour ses propositions.

Certaines personnes sont passées maîtres en l'art d'exploiter le système du *shokaijo*, et vont jusqu'à en tirer des avantages abusifs, ou contraires à l'éthique. Certains en font un véritable commerce. Ils échangent leur statut sous forme d'introductions contre divers "petits cadeaux", ou contre d'autres faveurs. Les vendeurs d'espace publicitaire sont particulièrement connus pour abuser de ce pouvoir du *shokaijo*. Ils s'arrangent pour contacter un homme d'affaires ou une personnalité réputée ou influente — la plus haut placée étant toujours la meilleure — et lui demandent d'écrire quelques phrases d'introduction sur plusieurs de ses cartes de visite. La recommandation est généralement constituée de quelques mots passe-partout, tels que "Voici Monsieur Untel. Vous m'obligerez en faisant pour lui tout ce qui sera en votre pouvoir..."

L'agent publicitaire présente ensuite ces cartes à des compagnies où la personnalité est honorablement connue, et s'en sert pour leur vendre de l'espace publicitaire. On parle rarement de publicité en tant que telle. Le vendeur laisse entendre au responsable de la compagnie que sa publication aimerait bénéficier de son "soutien". Ce dernier sait alors à quoi s'en tenir, et la plupart du temps, il signe le contrat de publicité, ou remet la somme suggérée par le vendeur. La plupart des compagnies japonaises ont prévu des fonds spéciaux, que l'on appelle les *tsukiai-ryo*, ou "caisses réservées au règlement des dettes sociales".

Il faut cependant souligner qu'un homme d'affaires à qui on force la main pour en obtenir un *tsukiai-ryo* peut aussi se sentir indûment contraint et le prendre très mal.

## HOSHONIN
## Le Garant

L'usage du *shokaijo*, solidement ancré dans la société et dans les affaires, tire sa force du besoin psychologique et pratique de se prévaloir d'une garantie avant de pouvoir traiter avec quelqu'un sans relations d'*amae* préalables. Outre le *shokaijo* lui-même, ce besoin d'aval est à l'origine d'une autre institution japonaise, le *hoshonin* — le "garant".

Dans de nombreux cas, parmi lesquels l'établissement de documents officiels ou l'attribution d'un crédit, le système japonais exige la présence d'un aval, qui se porte garant de la moralité et de la conduite de l'intéressé. Dans le cas du *shokaijo*, à un niveau élevé, la personne qui l'accorde devient partiellement et parfois entièrement responsable de ce qui peut en advenir, en bien comme en mal. Un *hoshonin* endosse quant à lui cette pleine responsabilité, à la fois de fait et de principe.

Dans nombre de cas, une recommandation d'un Japonais à un autre Japonais n'a apparemment pas plus de portée que la simple lettre d'introduction que nous connaissons en Occident, et qui n'engage à rien de plus que ce qu'exige la simple politesse. Mais au Japon, on n'accorde aucune faveur à la légère, même celles qui, d'un point de vue occidental, sembleraient ne pas porter à conséquence, et surtout lorsqu'il s'agit d'introduire quelqu'un.

## CHUKAI-SA
### Le médiateur

La forme ultime du *shokaijo* est le *chukai-sa* — la personne qui joue un rôle d'intermédiaire dans une transaction. En Occident ce principe nous est certes familier, mais le Japon a institutionalisé cette fonction. Le médiateur y joue un rôle bien plus fondamental, tout comme le *nakodo*, dans l'arrangement des mariages.

Faire appel à un *chukai-sa* présente de nombreux avantages, et on le comprend aisément. Il faut d'abord savoir que les meilleurs médiateurs sont ceux qui disposent d'une bonne réputation et d'un large cercle de relations. Au Japon, il est difficile d'engager un face-à-face entre des personnes qui ne se connaissent pas. L'intermédiaire intervient alors pour diriger le dialogue, prévenir toute "perte de face" de part et d'autre, et préparer le terrain pour une éventuelle officialisation des relations entre les deux parties, s'il s'avère que leurs intérêts concordent.

Son *chukai-sa* peut rendre d'immenses services à un homme d'affaires étranger. Il peut le conseiller utilement sur ce qu'il doit ou ne doit pas faire pour préserver la paix et l'harmonie, et pour négocier efficacement avec les compagnies japonaises. Certaines compagnies étrangères en ont parfaitement conscience et recourent depuis des années aux services d'un *chukai-sa* pour toutes leurs opérations au Japon.

## O'MIYAGE
### Les petits cadeaux entretiennent l'amitié

Les cadeaux en général sont un important moyen de maintenir les bonnes relations, de préserver le *Wa*, et de tout accélérer. Il existe, en bref, trois catégories de cadeaux. La première est le *te-miyage*, ou "petit cadeau", que l'on offre à son hôte lorsqu'on est invité, ou à quiconque vous accorde une faveur lors d'un voyage. A l'occasion d'une invitation privée dans une maison, on offre plutôt des gâteaux, des corbeilles de fruits, ou des friandises traditionnelles (Attention : l'hôte n'ouvre jamais les paquets en présence de son invité).

Deuxième catégorie de cadeaux : ceux que l'on offre à l'occasion des fêtes du milieu ou de la fin de l'année. La fête d'été s'appelle le *chugen*, et celle de fin d'année le *seibo*. Cette dernière est la plus importante. C'est aussi celle à l'occasion de laquelle presque toutes les compagnies font des cadeaux à leurs clients.

Au Japon, les compagnies sont de grands distributeurs de cadeaux. Elles en font pour remercier leurs clients de leur accorder leur appui, pour les inciter à leur conserver leur clientèle, etc... Pendant toutes les années où j'ai commandé tous les mois des travaux à la Dai-Nippon, la plus grande imprimerie du pays, le service qui s'occupait de mon compte me faisait livrer une caisse de bière, ou d'autres cadeaux utiles, juste avant la Saint-Sylvestre. Comme la Dai-Nippon a des milliers de clients, on peut imaginer le montant de la note de ses cadeaux de fin d'année...

Les subordonnés font des cadeaux à leurs supérieurs en leur nom propre, et chacun en fait en général à ses *onjin*, c'est-à-dire aux personnes envers qui il se sent redevable.

La plupart des hommes d'affaires japonais qui partent à l'étranger emmènent avec eux des cadeaux de valeur diverse, qu'ils offriront à ceux qu'ils rencontreront. Les cadeaux "ordinaires", destinés par exemple aux personnes qui leur offriront l'hospitalité sont souvent des objets représentatifs du Japon et relativement peu coûteux, comme des éventails, des poupées sculptées (les *kokeshi*), des calculatrices miniatures, etc... Pour les importantes relations d'affaires, déjà établies ou potentielles, les cadeaux sont souvent assez coûteux et sophistiqués.

Cet échange de cadeaux est une telle institution que les Japonais sont toujours enchantés de voir leurs hôtes étrangers ou leurs partenaires professionnels se plier à la coutume. Une collection de clubs de golf, ou une caisse de bon whisky fait sans doute encore plus plaisir au Japon que dans tout autre pays.

La troisième catégorie de cadeaux porte le nom de *o'tsukaimono* — "quelque chose d'utile". Ces cadeaux se font tout au long de l'année, à n'importe quel niveau social ou économique. Un *o'tsukaimono* est spécialement destiné à une personne à qui on demande une faveur. Les Japonais ne voient pas en ces cadeaux des sortes de pots-de-vin. C'est simplement qu'à leurs yeux, il serait très impoli de présenter une requête sans rien offrir en retour.

Cette institutionalisation du cadeau n'est pas une nouveauté au Japon. Comme tant d'autres caractéristiques japonaises, elle s'enracine elle aussi dans la culture et depuis les temps les plus reculés, ce domaine a été méticuleusement régi par tout un tissu de règles. Des lois prescrivaient exactement quel objet devait être offert en quelle occasion, selon le rang de son destinataire. La façon dont le paquet devait être fait, la matière d'emballage à utiliser, l'étiquette à respecter lors de la présentation du cadeau à une personne de rang supérieur, tout était soigneusement prévu.

Le choix, l'emballage, et la remise du cadeau revêtait une importance telle que dans les familles les plus soucieuses de l'étiquette, une personne était spécialement chargée de surveiller le protocole de remise des cadeaux de toute la maisonnée.

## MOSHIWAKE ARIMASEN
### Un abîme de culpabilité

Tant de domaines de la vie quotidienne étaient si méticuleusement prescrits qu'il était impossible aux Japonais de l'époque féodale d'éviter toute transgression dans ce système appliqué avec tant de rigueur et de raffinement. Pour contrebalancer les entraves que leur imposait ce code tyrannique et pour prévenir l'effondrement du système sous son propre poids, les Japonais attribuèrent un grand pouvoir aux excuses. La plupart des fautes légères et un certain nombre de fautes graves pouvaient être effacées par l'aveu, les excuses, des manifestations d'humilité et de regret.

Au Japon, on considère l'humilité de l'attitude et la promptitude à s'excuser comme une vertu essentielle, surtout de la part des personnalités publiques. Pour vivre sans heurts dans le réseau de leurs obligations sociales, les Japonais doivent apprendre très jeunes à s'excuser et à manifester leur humilité. Il y a tant d'occasion d'offenser et d'être offensé que l'excuse est elle aussi devenue une sorte de pratique rituelle. On demande pardon pour ses défaillances aussi bien réelles que prétendues, aussi souvent qu'on se vante en Amérique de ses compétences ou de son savoir.

L'expression *sumimasen*, "je ressens une culpabilité infinie", est une formule tout à fait ordinaire, qui correspond à "Pardon !" ou à "Désolé !", en cas de transgression légère. *Moshiwake arimasen* signifie "Je n'ai pas d'excuse (et je me soumets à votre indulgence)", et on l'utilise dans les situations plus graves. Ces demandes de pardon renouvelées, entrecoupées de force courbettes, manifestations de regret et témoignages d'humilité, sont souvent suivis de l'expression "*O'yurushi kudasai*" — "Veuillez me pardonner".

Dans le système japonais, le péché suprême serait de refuser d'admettre une faute quelle qu'elle soit, ou de négliger d'exprimer ses regrets. Les excuses jouent donc un rôle fondamental.

Pour un Japonais (tout comme pour un Chinois ou pour un Coréen), avouer sa faute, s'excuser et manifester de sincères regrets équivaut plus ou moins à la punition qui en Occident lave la faute et réhabilite le coupable. Si l'aveu et les excuses sont sincères, les Japonais pardonnent totalement. Alors qu'en Occident, on exige des punitions à long terme.

## OJIGI
### La politesse comme voie vers la perfection

Lorsqu'on se rend au Japon pour la première fois, on est frappé par l'extraordinaire politesse des gens. Aucun autre accomplissement, aucune autre caractéristique des Japonais n'a été aussi universellement encensé. Mais il y a dans l'interprétation de cette politesse un élément de malentendu. Les Occidentaux non-initiés à l'étiquette japonaise traditionnelle, ne savent pas déchiffrer son rôle exact et s'y méprennent souvent.

Tout d'abord, il ne faut pas confondre systématiquement cette fameuse politesse japonaise avec de vrais sentiments de gentillesse, de considération ou de respect — confusion que font souvent les novices de la culture japonaise. Bien sûr, les Japonais sont très capables d'une politesse authentique, et la pratiquent sans doute plus souvent que la plupart des autres peuples, mais ce qui impressionne le plus le visiteur n'est souvent qu'un comportement mécanique, qui n'a rien à voir, ou très peu, avec les sentiments personnels des individus concernés.

Nombre de touristes occidentaux ne tarissent pas d'éloges sur cette politesse toute conventionnelle, mais ils fondent pour la plupart leur jugement sur des détails tels que le gazouillis des jeunes filles qui s'occupent des ascenseurs dans les grands magasins ou les hôtels de luxe. Ces adorables personnes, choisies pour leur grâce et sanglées dans de jolis uniformes passent leurs journées à saluer et à susurrer les mêmes formules de politesse d'une voix tout à fait attendrissante.

L'*ojigi*, ou salut, est la manifestation la plus visible de l'étiquette japonaise traditionnelle. On l'emploie aussi bien pour souhaiter la bienvenue que pour les adieux, lorsqu'on exprime son estime, des remerciements, des excuses, lorsqu'on demande une faveur, ou qu'on présente une requête, quelle qu'elle soit, à un bureaucrate du gouvernement.

Le type du salut est déterminé par les parties en présence et les circonstances. Plus le salut est long et profond, et plus on souligne son respect, sa gratitude, sa sincérité, son obéissance ou son humilité.

Il y a trois degrés de salut : le salut simple, le salut cérémonieux, et le *saikeirei* ou "forme suprême de salutation".

Lors d'un salut ordinaire, le corps s'incline environ à 15°, les bras restant le long du corps. On a recours à ce salut dans toutes les occasions courantes, entre personnes de tous rangs.

Dans le salut cérémonieux, le corps s'incline à 30°, avec les mains posées sur les genoux, jointes et tournées paumes vers le bas. On tient habituellement cette pause pendant deux ou trois secondes avant de revenir à la verticale. Si l'autre personne reste inclinée plus longtemps, il est poli de s'incliner à nouveau. Le destinataire du salut peut être un supérieur, qui y répond généralement par un salut à 15°. L'autre partie peut s'incliner une seconde et même une troisième fois. La synchronisation des saluts, pour que les participants se relèvent et s'inclinent à peu près au même moment peut devenir un problème délicat et parfois embarrassant.

Quand l'une des parties veut insister en prolongeant le salut de manière inhabituelle, tout en prononçant les formules de politesse consacrées, le destinataire doit continuer à s'incliner brièvement, généralement de moins en moins bas, pour manifester sa gratitude et sa considération pour celui qui le salue.

Le *saikeirei*, un salut lent et profond, réservé autrefois aux membres de la famille impériale et aux shoguns n'est pratiquement plus utilisé, sinon par les vieux Japonais qui, avec l'âge, ont tendance à revenir aux coutumes anciennes.

Lorsqu'on arrive dans une *ryokan* — une auberge tenue par des geisha, on est parfois accueilli par une hôtesse qui s'incline tout en restant assise à terre. Il n'est pas obligatoire de s'asseoir par terre pour répondre à ce genre de salut — mais cela peut servir de prétexte à de grandes parties de fou-rire.

La réputation de politesse des Japonais ne résiste pas longtemps à certaines situations, surtout lorsque les organismes gouvernementaux sont concernés, et lors de certains contacts professionnels.

Je me suis souvent retrouvé dans des bureaux où circulaient des douzaines de personnes et j'ai souvent dû attendre très longtemps avant qu'on ne s'aperçoive de ma présence. J'ai d'abord pensé que cette négligence bizarre était due à mon statut d'étranger. Comme les Japonais ne s'attendent généralement pas à entendre un étranger s'adresser à eux dans leur langue, j'étais tout prêt à croire qu'ils hésitaient à me parler parce qu'ils ne connaissaient pas l'anglais, ou qu'ils étaient tout simplement timides. Mais je me suis rapidement aperçu que les visiteurs japonais étaient soumis au même traitement, et particulièrement dans les services gouvernementaux.

L'expérience m'a appris à éviter ces attentes, au moins dans les bureaux. Mais pour ce faire, j'ai dû prendre des initiatives directes. Par exemple, retenir le regard de la première personne qui jette un coup d'œil et saluer très rapidement avant qu'il ou elle n'ait pu tourner les talons. Le plus efficace dans ce cas est un salut bref et saccadé, qui déclenche une sorte de réflexe chez les Japonais. Votre interlocuteur vous rend votre salut — et s'aperçoit donc de votre présence. Il est ensuite fortement contraint d'enchaîner en venant vous voir ou en envoyant quelqu'un vous demander ce que vous désirez.

Au Japon, les bureaux n'ont généralement pas de hall de réception, de réceptionnistes ou de personne chargée d'accueillir les visiteurs, ce qui complique beaucoup les prises de contact initiales. Vous pouvez vous trouver en présence d'une sorte de long comptoir, courant tout le long de la salle, mais derrière, pas âme qui vive. Quand vous entrez dans une salle, vous vous retrouvez devant des rangées de bureaux dont aucun n'est orienté vers l'entrée.

Autre facette de la politesse japonaise (si l'on oublie les excursions impromptues dans les bureaux) : l'obligation que ressentent la plupart des Japonais de s'assurer que tout visiteur étranger, qu'il s'agisse d'un touriste ou d'un homme d'affaires, passe un agréable séjour et quitte le pays avec de bons souvenirs. C'est ce qui a fait la célébrité méritée de l'hospitalité japonaise. Les visiteurs qui ne sont pas habitués à ce genre d'accueil sont souvent embarrassés de toutes les faveurs dont on les entoure.

Pour un homme d'affaires étranger, le principal point à respecter est de ne jamais confondre la politesse et l'hospitalité dont les Japonais font preuve à son égard avec une éventuelle faiblesse de leur part, ou un quelconque déséquilibre des forces en sa faveur. Si les Japonais lui font vraiment la cour, il devra peut-être limiter le nombre des faveurs qu'il acceptera, pour éviter d'être placé en situation de dette, aussi bien physiquement que psychologiquement. La plupart des Japonais sont habitués à organiser de petites fêtes très "arrosées". Ils ont aussi l'habitude de négocier en tant que groupe, et de se relayer pour discuter affaires. Un homme d'affaires étranger isolé qui se retrouve en face d'une telle équipe de Japonais pour négocier, après avoir passé avec eux plusieurs soirées en ville, peut s'attendre à avoir "du fil à retordre".

## KYOSO
## La compétition collective

Avant l'ère moderne, toute compétition entre les individus d'un même groupe était tabou, à cause des frictions et des perturbations qu'elle provoquait. On enseignait même que toute compétition tournée vers des buts égoïstes était un crime. Il n'existait pas de mot pour désigner ce concept, avant que l'éducateur Yukichi Fukuzawa, le fondateur de l'université de Keio, en ait inventé un à la fin du XIXe siècle.

Dans de nombreux domaines, et surtout dans l'enseignement, il existe maintenant au Japon une compétition exacerbée. Mais le système professionnel dans son ensemble a conservé les mêmes préjugés contre la compétition individuelle et continue à prôner le principe et la pratique de l'action collective et de l'esprit d'équipe.

Les tabous contre la compétition impliquent d'autres facteurs culturels. L'une des pires choses qui puisse arriver à un Japonais est de perdre la face, de se couvrir de honte. La compétition individuelle, à quelques exceptions près, parmi lesquelles les concours sportifs, comportent toujours le risque de se faire ridiculiser. Tout homme d'affaires étranger devrait garder à l'esprit qu'aucun de ses contacts dans les compagnies japonaises, quel que soit son rang, n'est jamais en compétition ouverte avec ses collègues, et qu'il refusera toujours d'opter pour une attitude ou pour une conduite qui pourrait le faire soupçonner de concurrencer ses propres collègues.

Dans nombre de cas, les hommes d'affaires étrangers disent en fait à leurs contacts japonais "Réfléchissez : si vous coopérez et si vous m'aidez à mener à bien cette affaire, cela fera de vous une star dans votre compagnie..." Or, s'il y a une chose qui empêcherait inévitablement un Japonais de progresser dans la hiérarchie de sa compagnie, c'est bien toute tentative de se singulariser par rapport à ses collègues, ou de s'en désolidariser, pour mener sa propre politique.

Même si les Japonais ne pensent qu'à progresser pour s'élever au rang de leurs supérieurs, et même si ce besoin est l'une des principales forces motrices de l'économie japonaise, l'extraordinaire énergie que cela donne au pays doit être canalisée dans l'effort collectif, au sein du système de l'entreprise.

## JICHO
## Eviter les ennuis

Le terme *jicho* exprime une autre caractéristique de la vie japonaise, dont le but est le maintien du *wa*, et de la dignité fondamentale de chacun. Il signifie littéralement "se respecter" — et donc faire preuve de prudence.

Mais dans le système japonais le respect de soi-même n'a pas exactement la même portée qu'en Occident. Pratiquer le *jicho* revient à s'abstenir de toute démarche qui puisse vous attirer des critiques et amoindrir vos chances de succès. Il s'agit, avec la prudence la plus subtile, d'éviter de se distinguer de la masse et d'encourir la moindre désapprobation.

Ce besoin d'éviter la critique influence profondément les décisions et la conduite des managers et des employés japonais.

# 4

# KAISHA
## *La compagnie japonaise*

### UCHI-NO KAISHA
### Les compagnies-clans familiaux

*Kaisha*, le terme qui désigne en japonais la compagnie, a une forte connotation communautaire. Pour parler de leur lieu de travail, les Japonais disent souvent *uchi*, qui signifie "à l'intérieur" ou "chez moi", avec une nuance de possession. *Uchi-no kaisha*, "ma compagnie", en dit bien plus long que "l'endroit où je travaille".

Pour les Japonais qui travaillent dans les compagnies les plus importantes, leur lieu de travail, leur *shokuba* revêt plus d'importance que la profession qu'ils exercent ou que le genre de travail qu'ils font. Lorsqu'on leur demande ce qu'ils font dans la vie, ils ne répondent pas "professeur", "ingénieur", "charpentier" ou "agent commercial", il disent qu'ils font partie du personnel du lycée de Chiyoda, de Sanyo Electric, ou de Takenaka Constructions. Leur profession, leur *shokugyo*, ne vient qu'ensuite.

Les Japonais s'identifient si fortement à leur employeur que cela les empêche généralement de cultiver des relations ou de partager d'autres centres d'intérêts avec des membres de leur profession, hors de leur compagnie. Dans nombre de métiers, les personnes appartenant à différentes compagnies ont plutôt tendance à éviter toute communication entre elles.

Aux U.S.A., deux personnes appartenant à n'importe quelle catégorie professionnelle peuvent établir en quelques minutes des relations souvent profondes et satisfaisantes, et ce même dans les circonstances les plus inattendues, en toute simplicité. S'ils exercent tous deux la même profession, cela se passe encore mieux, qu'ils soient chauffeurs de camion, boulangers ou médecins. Au Japon, des relations horizontales aussi spontanées sont presque impensables.

L'employé ou le manager japonais consacre son entière loyauté, son entier dévouement à son groupe et à son supérieur, ce qui l'empêche d'entretenir des relations avec toute personne extérieure, fût-elle de sa profession. Bien au contraire, il se développe un certain sentiment de méfiance, parfois hostile, entre des personnes de même profession, qu'ils appartiennent ou non à la même compagnie.

Le renfermement sur soi-même qu'implique le système de hiérarchie verticale dans les entreprises japonaises est si puissant qu'il rend difficile voire impossible, pour un groupe, de travailler avec un autre groupe ou une autre firme, avec lesquels ils n'auraient pas de "relations établies". Lorsque, pour telle ou telle raison, une compagnie se trouve dans l'obligation de négocier avec une personne ou avec une organisation sans liens personnels préalables, les Japonais décrivent cela comme "traiter avec l'ennemi".

Ce tabou est si profondément enraciné qu'il aboutit parfois à des situations cocasses : il est arrivé qu'une compagnie néglige de tenir compte d'une information essentielle, uniquement parce qu'elle provenait d'une personne avec qui l'entreprise n'estimait pas avoir de "liens personnels".

Autre pratique qui étonne l'homme d'affaires étranger : au Japon, ce n'est pas toujours l'employé le plus compétent et le plus travailleur qui a le plus de chances d'être promu. Conformément au système fondé sur l'ancienneté, les travailleurs de la base n'aiment pas qu'un collègue professionnellement plus qualifié soit promu plus vite qu'eux. Ils craignent que la personne nouvellement promue se préoccupe davantage de sa propre carrière que de ses camarades de travail. Les Japonais préfèrent donc accorder les promotions à ceux qui s'entendent bien avec tout le monde, qui font preuve de souplesse et de respect de l'harmonie, et dont on peut espérer qu'ils auront à cœur le bien de tous.

Pour être reconnu et pour progresser dans une compagnie japonaise, ce qui compte, ce ne sont pas tant les performances ou les compétences que le nombre d'années passées au service de la compagnie, l'âge, la durée des études, l'université où l'on a obtenu son diplôme et l'aptitude à afficher la "bonne attitude". Un jeune homme qui voudrait grimper tranquillement dans la hiérarchie de sa compagnie a tout intérêt à laisser s'accumuler ses années de service, en pratiquant le *jicho*, le respect prudent de soi-même — ce qui signifie en fait prendre toutes les précautions pour éviter de prêter le flanc à la critique, ou de s'attirer une attention négative. Il ne se mettra jamais en avant, ne posera pas de questions à ses supérieurs, se fondra plus ou moins dans le paysage et attendra bien sagement son tour.

La principale source de la force du système vertical est bien évidemment la dépendance de chacun envers ses subordonnés et ses supérieurs respectifs. Chacun doit s'en tenir à son rôle, sous peine de faire s'effondrer tout le système. Quand on a compris cela, on voit clairement pourquoi un assistant-manager de 30 ans chez Mitsui & Company, ou chez Hitachi n'a aucune envie de mettre en danger la paix et l'harmonie qu'il a établies entre lui et ses collègues, ses subordonnés et ses supérieurs. Il a de grandes chances de passer toute sa vie professionnelle parmi eux et son succès dépend entièrement de leur bienveillance à son égard.

## SHIKOMU
### L'entraînement à la "philosophie de l'entreprise"

Les Japonais se plaisent à dire que l'entreprise n'est rien sans ses travailleurs, soulignant ainsi qu'aucune compagnie ne peut être envisagée indépendamment des hommes qui la constituent. Les membres d'une entreprise sont rendus solidaires par des liens émotionnels, économiques et sociaux qui transcendent tous les autres. Les Japonais pensent qu'un employé ne peut donner le meilleur de lui-même s'il n'est pas totalement dévoué et fidèle à sa compagnie. C'est une autre des raisons pour lesquelles les principales entreprises japonaises préfèrent engager leurs employés directement à leur sortie de l'école, lorsqu'ils sont encore malléables, qu'ils n'ont pas eu le temps d'être corrompus, et qu'ils ont d'autant plus de chances d'adhérer étroitement à la philosophie de la compagnie.

L'entraînement auquel les compagnies japonaises soumettent leurs nouveaux employés, pour leur communiquer leur philosophie particulière, s'appelle le *shikomu*. Il inclut non seulement les techniques professionnelles, mais aussi l'éthique et la philosophie des travaux élémentaires nécessaires à l'accomplissement d'un travail. Dans le Japon traditionnel, l'apprentissage technique et la formation morale étaient étroitement liés. Un maître-charpentier conseillait à ses apprentis de s'initier à la philosophie de la vie en fréquentant les salles de théâtre. Ensuite, lorsqu'un apprenti commettait une faute en maniant la scie ou le marteau, le maître le réprimandait, en lui demandant ce qu'il avait appris au théâtre...

Dans l'idée des Japonais, une compagnie qui réussit à établir de bonnes relations humaines entre ses membres est vouée au succès, alors qu'une compagnie où les relations sont médiocres court à l'échec. Le maintien d'un fonctionnement harmonieux et sans heurts dans les rapports humains est considéré comme prioritaire, du moins en principe, sur ce que la section, le service et parfois même la compagnie entière est supposée produire.

Ce type de management fondé sur les relations humaines que prônent les Japonais repose sur les contacts personnels tant entre les membres du groupe qu'avec les autres sections avec qui le groupe travaille. C'est évidemment un autre aspect du rôle des introductions et des médiateurs, et cela permet de comprendre pourquoi il est exclu ou très difficile au Japon de négocier par téléphone avant d'avoir eu un contact personnel suffisant pour établir au moins un début d'*amae*.

## SHAKAI NO KURABU
## La compagnie-club social

Akio Morita, co-fondateur du fabuleux conglomérat Sony, fit un jour remarquer qu'une compagnie japonaise tenait plus d'un organisme social que d'une entreprise privée ordinaire. Morita ne parlait pas seulement de la structure hiérarchique verticale des compagnies japonaises, mais surtout de leur célèbre ''paternalisme''. Pour travailler avec une compagnie japonaise et pour la comprendre, il est indispensable de la concevoir à la fois comme un club très fermé, comme un groupement coopératif et seulement en dernier lieu, comme une entreprise privée. Elle réunit des caractéristiques de ces trois types de structures.

L'économie japonaise est caractérisée dans son ensemble par l'existence de quelques compagnies géantes, qui dominent chaque secteur industriel, et font souvent partie soit d'un groupe de type *zaibatsu*, soit d'une autre firme. Sous ces très grandes entreprises, se trouve une couche plus importante de compagnies de taille moyenne, indépendantes ou affiliées à l'une des géantes. Puis viennent une foule de petites boutiques, de petits ateliers, dont la survie dépend, pour la plupart, des compagnies plus importantes.

## ICHI-RYU, NI-RYU, SAN-RYU
### Première, deuxième et troisième classe

Toutes les entreprises résidant sur le sol japonais sont d'abord classées selon leur catégorie industrielle, puis selon leur taille et leur part de marché, et enfin selon les groupes auxquels elles sont éventuellement affiliées. Dans chaque catégorie industrielle, toutes les compagnies importantes sont classées, aussi bien par leurs homologues que par les autres, par rapport à toutes les autres firmes de leur catégorie. Les principales compagnies sont baptisées les *ichi-ryu*, ou "compagnies de première classe" ; puis viennent les *ni-ryu*, ou "compagnies de deuxième classe" et enfin les *san-ryu*, ou "compagnies de troisième classe". En dessous du troisième rang, les compagnies ne sont généralement plus classées.

Les compagnies de première classe sont en général séparées de celles de deuxième classe par un fossé considérable, ce qui indique que chaque catégorie industrielle du pays tend à être constituée de quelques très grosses firmes, et d'un grand nombre de petites et moyennes entreprises. Le classement des compagnies en 2e et 3e classe n'est pas toujours aussi net, mais les principales *ni-ryu* et *san-ryu* sont très soucieuses de leur rang, et elles luttent constamment pour passer dans la classe supérieure.

La compétition pour le titre d'*ichi-ryu* et le prestige qu'il confère est féroce, et n'admet pas de trêve. Elle pousse souvent les Japonais à dépasser les limites du comportement qu'un Occidental jugerait raisonnable. Elle joue pourtant un grand rôle dans la stimulation de l'économie japonaise.

La rivalité entre les jeunes Japonais qui sortent des universités et des lycées, pour entrer dans les compagnies *ichi-ryu* est aussi forte que celle qui pousse les entreprises à se hisser et à se maintenir au premier rang. Jusqu'à une date très récente, le fait de travailler pour une compagnie de première catégorie prévalait, aux yeux de la majorité des Japonais, sur toute autre considération économique, parce que le statut social dépendait d'abord de l'employeur. Au Japon, le statut social a toujours été, traditionnellement, plus important que le statut économique, et même aujourd'hui les motivations sociales passent souvent devant le profit — un ordre de valeur que les étrangers ont du mal à admettre.

Le prestige d'une importante compagnie japonaise rejaillit sur tous ses membres, du directeur au plus modeste des manœuvres, ce qui constitue, de fait, une sorte de système de caste économique.

Autre caractéristique de l'industrie japonaise : chacune des principales firmes rassemble autour d'elle une foule de petites filiales, les *ko-gaisha*, ou "compagnies-filles", et de petits sous-traitants affiliés, les *shita-uke*.

Il existe deux types de compagnies affiliées : les *chokkei kigyo*, ou ''compagnies en ligne directe'', et les *keiretsu kaisha*, ou ''compagnies alignées''. Dans la terminologie et la pratique japonaise, les compagnies en ligne directe peuvent être comparées à des filiales dont la compagnie-mère serait propriétaire.

La relation entre les compagnies alignées et les compagnies-mères est moins étroite et moins bien définie. La compagnie-mère peut fournir à sa filiale des capitaux, ou assurer pour elle diverses fonctions de marketing. En dernier ressort, le degré d'alignement — et de dépendance — est déterminé par le pourcentage de la production que la filiale doit vendre à la compagnie-mère.

## JUYAKU
## Les ''Grands Chefs''

Comme dans à peu près toutes les entreprises du monde, le personnel des grandes compagnies japonaises se répartit en trois catégories : le personnel administratif (*jimukei*), le personnel technique (*gijutsu-kei*), et la main-d'œuvre (*ippan*). C'est l'un des rares points communs entre les entreprises japonaises et celles de l'étranger. Pour leurs postes administratifs, les principales compagnies n'embauchent que des diplômés de l'enseignement supérieur. On rencontre très peu d'exemples de cadres ayant réussi à s'élever dans le management avec seulement le niveau bac ou BEPC.

Il existe aussi trois niveaux d'employés : les *yaku-in*, c'est-à-dire les cadres dirigeants, à partir du niveau directeur ; les *bukacho*, c'est-à-dire les petits et moyens cadres, les chefs de service et leurs assistants ; et les *hira-shain* — les simples employés, sans grade particulier.

Voici une liste des grades et titres administratifs communément rencontrés dans les grandes compagnies japonaises :

| | |
|---|---|
| *Kabunushi* | Actionnaire |
| *Torishimariyakukai* | Membre du comité de direction |
| *Kaicho* | Président du conseil d'administration |
| *Daihyo Torishimariyaku* | Directeur délégué |
| *Shacho* | Président |
| *Senmu Torishimariyaku* | Vice-président directeur général |
| *Jomu Torishimariyaku* | Président directeur général |
| *Jonin Kansayaku* | Consultant permanent |
| *Bucho* | Chef de service |
| *Kacho* | Chef de section |
| *Kakaricho* | Contremaître |
| *Hira-shain* | Employé |

On trouve habituellement dans chaque compagnie japonaise au moins un *daihyo torishimariyaku* — c'est-à-dire un directeur qui a le pouvoir d'agir juridiquement au nom de sa compagnie. En plus des *bucho* (chefs de service ordinaires), les compagnies ont parfois des *senmon bucho*, ou "chefs de service experts", c'est-à-dire des employés qui ont été promus au grade de chef de service grâce à leurs compétences ou leur expérience professionnelle, mais qui n'ont pas de service sous leurs ordres.

Dans les grandes compagnies, certains *bucho* peuvent jouer le rôle d'un directeur.

## HAKO-NO NAKA NI HITOBITO
### Petites boîtes...

Dans la plupart des grandes compagnies japonaises, l'unité organisationnelle et opérationnelle de base est une section ou une sous-section composée de quelques personnes. Chaque section (*ka*) comprend un chef (*kacho*), avec généralement deux assistants ou contremaîtres (*kakaricho*), et plusieurs employés. Un service comprend plusieurs sections combinées, avec à sa tête un *bucho*.

Matériellement, une section se présente comme des bureaux disposés en rectangle, de manière à former une sorte de boîte avec à un bout le manager et ses assistants, et les autres membres répartis sur les côtés. Chaque service comprend plusieurs de ces boîtes. Le bureau du chef de service est généralement le plus éloigné de la porte, et se trouve près de la fenêtre, s'il y en a une. De sa place, il doit pouvoir surveiller tout le service. Pour disposer d'un bureau individuel dans une pièce réservée, il faut être au moins directeur.

Dans chacune de ces "boîtes" de base, la responsabilité et le travail sont toujours plus ou moins assumés en équipe, le travail étant assigné au groupe dans son ensemble. Dans chaque section, tous les membres sont censés coopérer et se prêter assistance. Les éléments les plus expérimentés fournissent aux plus jeunes les conseils et l'assistance qu'exige le processus de formation continue "sur le tas". L'efficacité de telle ou telle section dépend étroitement de l'esprit d'équipe, de l'ambition et de la compétence de l'ensemble de ses membres.

Tout comme les individus qui composent les sections sont classés selon leur titre et leur ancienneté (et officieusement, selon leur attitude générale et leur efficacité), ces boîtes sont elles aussi classées en fonction de leur importance dans le service. Plus une section comprend de personnes, plus un service comprend de sections, plus ils sont susceptibles de jouer un rôle important.

Les managers sont très sensibles au rang de leur section ou de leur département, et ils sont naturellement très soucieux de ne pas être affectés à une section ou à un service qui serait classé au-dessous de ce qu'ils considèrent comme leur dû, compte tenu de leur ancienneté et de leurs compétences.

Cette structure organisationnelle est un facteur de rigidité et ne favorise pas les résultats ou les innovations. Pour contrebalancer cette lourdeur, les compagnies japonaises constituent des équipes auxquelles sont assignés des projets spéciaux, et dont le rôle est de tirer parti des nouveaux développements techniques et des innovations en ce qui concerne le management, ce qui pousse certains des détracteurs du système actuel à prédire que ce genre de groupe de travail finira par remplacer le système des "sections-boîtes".

## BU
## Comment trouver le bon "bu" ?

Les noms de la plupart des services d'une compagnie japonaise correspondent plus ou moins à ceux d'une compagnie occidentale homologue. Mais si l'on considère leur fonctionnement, on y observe des différences considérables. Par exemple, le département d'administration générale ou *somu bu*, et le service du personnel, le *jinji bu*.

Le *somu bu* n'a pas d'équivalent exact dans les entreprises occidentales, mais c'est un service-clé dans la plupart des grandes compagnies japonaises. Il s'occupe par exemple des relations avec les clients, de la coordination entre les services, du courrier, du standard téléphonique, de la maintenance des dossiers officiels, des registres du stock, etc... Ce sont les réceptionnistes du *somu bu* qui répondent aux appels téléphoniques. Très souvent, les premiers contacts qu'on prend avec une compagnie japonaise passent par ce service.

Le *jinji bu* ou service du personnel est en général plus grand et dispose de pouvoirs plus étendus que son homologue occidental. Il prend pratiquement toutes les décisions concernant les engagements, les personnes à engager, les postes à pourvoir et l'itinéraire de formation continue que suivront les nouveaux employés.

Voici une liste des autres services que l'on trouve habituellement dans les principales compagnies japonaises :

| | |
|---|---|
| *Kokusai bu* | Service international |
| *Seizo bu* | Département de la production |
| *Kikaku bu* | Service du planning |
| *Shizai bu* | Service des achats |
| *Shogai bu* | Service des relations publiques |
| *Keiri bu* | Service comptable |
| *Eigyo bu* | Service des ventes |
| *Koho bu* | Service publicité |

Même si leurs dénominations nous semblent familières, tout comme les catégories du management, ces services ont des attributs spécifiquement japonais.

En plus des divers services, certaines grandes firmes japonaises ont aussi ce qu'on appelle le *Shacho Shitsu*, ou "bureau du président" — l'équipe chargée du travail administratif du président. Son rôle varie selon les compagnies. Il inclut par exemple du travail de secrétariat, de la gestion de dossiers, du planning et des systèmes d'information du management.

Ce regroupement et ce sectionnement des activités ont quelques graves inconvénients dans la conduite des affaires. Ils entravent la communication et dans certains cas la bloquent, non seulement au sein de chaque groupe, mais aussi entre les groupes, y compris entre ceux d'une même entreprise ou d'une même organisation. Un groupe de structure verticale rigide, refermé sur lui-même et étroitement soudé est plus ou moins contraint de limiter la circulation des informations vers le haut ou vers le bas. Dans la plupart des cas, elles doivent passer par le responsable de chaque niveau hiérarchique. Si l'un des maillons de la chaîne concernée est indisponible, ou s'il choisit de ne rien faire, toute la chaîne de communication est rompue. Cette structure verticale rend difficile tout échange avec l'extérieur, parce qu'individuellement, chaque chaînon n'a pas le pouvoir de décider ou d'engager des négociations de sa propre initiative.

Même le chef d'un groupe ne peut se comporter en porte-parole sans l'accord préalable de ses collègues et de ses homologues responsables, quel que soit le sujet abordé. Ce système de consensus exige du temps et comporte le risque de ne pouvoir aboutir à une réponse. Il est toujours plus difficile d'arriver à un accord lorsque les avis de cinq ou six personnes sont en jeu. Il est ordinairement très difficile pour une personne extérieure, un journaliste par exemple, d'obtenir par téléphone des renseignements officiels sur des règlements internes, ou même d'éclaircir un simple détail sur les activités de la compagnie.

Autre inconvénient du système *sempai-kohai*, ou "senior-junior" : son caractère fermé qui renforce l'esprit anti-coopératif, et même l'espèce d'hostilité avec laquelle les Japonais considèrent l'extérieur. Chaque membre d'un groupe se sent fondamentalement lié à son groupe et se méfie de toute influence extérieure qui pourrait remettre son équilibre et son harmonie en question. Parmi le personnel d'une compagnie, il y a très peu de communication entre les services — et parfois même pas du tout.

Ce chauvinisme de groupe est si fort qu'il entraîne dans certaines organisations une sorte de guerre interne. La rivalité entre les sections et les départements dans les compagnies de services tels que les relations publiques ou la publicité est souvent féroce, ce qui ne facilite pas le travail du client qui a simultanément besoin de plusieurs services dans la compagnie.

De plus, ce système de management qui repose sur la loyauté individuelle et l'ancienneté au sein du groupe rend très difficile pour les cadres japonais le passage d'un poste à un autre, ou d'une compagnie à une autre, à supposer déjà que l'occasion s'en présente, ce qui est rare.

Les réactions que déclenchent la négligence ou la violation de ces règles, comme on l'a vu dans nombre de co-entreprises japonaises à l'étranger depuis ces trois dernières décennies, provoquent invariablement des résultats déplorables, ou même des catastrophes. Les managers japonais du top-niveau sont très conscients de ces dangers et ils évitent généralement de se faire affecter dans ces co-entreprises. Ils les laissent aux cadres de second ordre, ou à ceux qui approchent de la retraite.

Au Japon, lorsqu'on essaie de constituer une nouvelle compagnie avec des employés "anciens", il se pose d'énormes problèmes. Les Japonais considèrent souvent que les cadres initialement affectés à ces opérations ne sont guère plus que des concierges. Ils adoptent une stratégie à long terme, et se résignent à patienter plusieurs années pour voir des managers de talent émerger de la base des cadres dans la nouvelle entreprise.

Malgré toutes ses failles, ce système de groupe aboutit à instiller dans le management japonais une motivation à la fois puissante et dynamique. Tout comme les villageois du Japon féodal, pour qui le seul moyen de grimper dans l'échelle sociale était de s'élever au-dessus de leurs voisins, les membres d'un groupe japonais doivent, pour gagner du prestige, faire progresser leur groupe en efficacité et en importance. Ce désir de progression éveille en chacun une puissante volonté de protéger les acquis et les intérêts de son groupe, mais aussi de faire en sorte qu'il se distingue parmi les autres sections rivales.

## BO NEN KAI
## La fête du pardon

Avec ses lois strictes qui forcent les employés à réprimer leur individualité dans l'intérêt de l'harmonie du groupe, ce système de management produit naturellement des frictions et du stress. Il existe deux fêtes annuelles dont le but est, en partie, d'atténuer les antagonismes personnels qui ont pu se développer dans le groupe et dans la compagnie : le *bo nen kai*, ou "l'enterrement de l'année écoulée", et le *shin nen kai*, ou "fête de bienvenue à la nouvelle année".

La fête de fin d'année est organisée sur les lieux de travail. On s'y amuse entre collègues, avec force boissons et victuailles, et on oublie tout ce que l'année passée a pu apporter de sentiments négatifs. Il n'y a pas de date fixe pour célébrer cette fête. Certaines compagnies l'organisent plusieurs jours avant le dernier jour ouvrable de l'année.

La fête du nouvel an, *Osho Gatsu*, est la fête la plus importante du Japon. Pratiquement tous les Japonais prennent trois ou quatre jours, ou même plus dans certaines compagnies. C'est l'occasion de visites dans les familles et dans les temples. Le premier jour ouvrable, dans la plupart des bureaux et des entreprises, a lieu une petite fête détendue, le *Shin Nen Kai*, ou "réception du jour de l'an". L'objectif de cette manifestation est de permettre aux cadres et aux employés d'échanger officiellement leurs vœux, et de se promettre assistance, bienveillance et coopération pour l'année à venir. On tient à faire démarrer l'année sur une note positive, qui renforcera l'esprit d'équipe et la productivité tout au long de l'année. On ne travaille généralement pas beaucoup ce jour-là. Les employées, et surtout les jeunes filles, arborent leurs plus jolis kimonos pour l'occasion.

Il est traditionnel pour les responsables des compagnies de rendre visite à leur banquier (1), et pour les fournisseurs de faire la tournée de leurs clients. La formule de vœux de circonstance est *Akemashite shin nen o'medeto gozaimasu* — "Tous nos compliments pour cette nouvelle année !"

---

(1) Les hommes d'affaires japonais ont généralement envers leur banquier des obligations plus importantes que n'en ont leurs homologues étrangers. Les banques sont très souvent d'importants actionnaires dans de nombreuses compagnies, et parfois dans plusieurs dizaines d'entres elles.

On la fait suivre immédiatement de l'expression consacrée : *Saku nen chu wa taihen osewa ni narimashita. Mata kon nen mo yoroshiku onegai itashimasu*. Ce qui veut dire approximativement : "Nous vous sommes infiniment reconnaissants de l'appui et de la confiance que vous nous avez accordés l'an dernier et nous vous exprimons notre plus profonde gratitude, en espérant que vous continuerez à travailler avec nous pendant l'année à venir."

# 5

# Manejimento
## *Le management des compagnies japonaises*

### SHU-SHIN KOYO
**Pour la vie**

Le *shu-shin koyo*, l'emploi à vie est sans doute l'aspect le plus célèbre des entreprises japonaises, calquées sur l'organisation familiale. Il ne vaut pourtant que pour une minorité d'élite. Bien qu'il découle directement des traditions féodales qui voulaient que par la naissance chaque paysan et chaque artisan soient liés à un certain clan, le système d'emploi à vie n'a été appliqué dans l'industrie japonaise moderne qu'aux alentours des années 50.

Dans la période qui a immédiatement suivi la guerre, perdre son emploi équivalait à être réduit à la famine. Pour prévenir les licenciements ou les renvois arbitraires, les dirigeants des syndicats nationaux profitèrent de leurs nouveaux pouvoirs et de la position de faiblesse de l'industrie pour imposer le système de l'emploi à vie dans les principales entreprises du pays.

Ce système implique que tous les employés permanents des plus grandes compagnies et des organismes gouvernementaux sont, de fait, engagés à vie. Ces organisations recrutent une fois par an, et directement dans les écoles. Bien avant la fin de l'année scolaire, les compagnies et les institutions gouvernementales fixent le nombre de jeunes gens qu'elles désirent embaucher. Les organisations proposent alors aux étudiants qui obtiendront leur diplôme cette année-là (dans certains cas, cette offre est réservée à certaines universités) de passer des examens écrits et oraux, en vue d'un éventuel engagement.

Une compagnie peut, par exemple, envisager d'embaucher 200 diplômés de l'université comme stagiaires administratifs, et 500 titulaires de l'équivalent du Bac ou du BEPC pour pourvoir à ses postes d'opérateurs. Le système de l'emploi à vie implique de la part des compagnies une grande prudence lors de la sélection des candidats. Ces derniers doivent avoir un certain profil psychologique et donner l'impression d'être capables de se conformer au style et à la philosophie de la compagnie.

Cette méthode de sélection des employés est connue sous le nom de *shikaku seido*, ou ''système de qualification personnelle'', ce qui signifie que les employés sont choisis tout autant pour leur caractère et leur profil psychologique et familial que pour leur expérience professionnelle ou leurs compétences techniques.

La sélection de ses nouveaux employés par une compagnie, aussi bien que le choix d'un partenaire dans le cas d'une fusion entre firmes sont parfois comparés aux *miai kekkon* — les mariages arrangés. La métaphore est juste. Les liens de l'emploi et de la co-entreprise sont en principe destinés à durer toute une vie, ce qui fait que les deux parties ont tout intérêt à s'assurer non seulement des intentions à court terme de leur partenaire potentiel, mais aussi de son caractère et de sa personnalité — et à s'assurer aussi que sa famille ne compte pas de ''brebis galeuses''. Les candidats à un emploi et les partenaires éventuels sont donc l'objet d'un examen minutieux. Lorsque les Japonais s'engagent, cet engagement est total.

Pour un manager japonais, le choix d'un employé sur des critères de personnalité revêt une importance spéciale, puisqu'il ne peut ni engager ni licencier personne de sa propre initiative, pas plus que retarder les promotions. Il doit gagner et conserver la confiance, la bonne volonté et la coopération de ses subordonnés et les diriger par l'exemple, avec le plus grand tact.

Outre le contrôle que l'on exerce sur les candidats à un emploi en limitant l'accès au concours d'entrée aux étudiants de certaines universités, nombre de compagnies s'en remettent à l'avis d'importants professeurs, qui leur recommandent des candidats chaque année. La réputation de certains professeurs, particulièrement en sciences physiques, leur permet de sélectionner directement les meilleurs étudiants de leurs classes pour les envoyer dans les plus grandes compagnies.

## NENKO JORETSU
### Le mérite des années

Une fois engagé dans une grande compagnie, un jeune diplômé de l'université se retrouve au premier échelon d'un système de promotion et de salaire dans lequel il progressera automatiquement, vers les niveaux hiérarchiques supérieurs. C'est le fameux *nenko joretsu*, le système actuellement très critiqué, reposant sur l'ancienneté, sous lequel salaires et grades sont d'abord fonction de la longévité.

Comme l'on s'y attend, au moins dans les domaines administratifs, l'employé est considéré comme plus important que son poste. Ce qui fait que même s'il existe des classifications précises dans l'échelle administrative, les fonctions spécifiques de chacun y sont très mal définies, et même parfois complètement floues. Le travail est réparti plus ou moins collectivement, et chaque employé tend à choisir les tâches qui correspondent le mieux à ses compétences et à ses dispositions. Les plus doués, les plus consciencieux et les plus ambitieux se chargent naturellement du plus gros du travail. Les paresseux et les incompétents se voient attribuer des tâches qui conviennent à leurs capacités et à leur niveau d'intérêt.

Les jeunes stagiaires changent de poste tous les deux ou trois ans. Dans les plus grandes compagnies, ils sont souvent transférés dans d'autres locaux, ou dans d'autres unités de productions. Ces changements ont pour but de les faire profiter d'une large gamme d'expériences, et de leur donner une formation qui sera précieuse pour la compagnie lorsqu'ils s'élèveront dans l'échelle hiérarchique. Les individus sont soigneusement suivis et officieusement notés. En définitive, les plus efficaces sont promus plus rapidement que les autres membres de leur groupe d'âge. Ceux dont la promotion est la plus rapide deviennent généralement directeurs généraux, et parmi eux sera choisi le président.

Pendant leurs douze ou quinze premières années de travail, les plus brillants des jeunes cadres débutants ne sont pas spécialement récompensés par des augmentations de salaire, ou par une accélération de leur promotion. C'est surtout leur prestige qui s'accroît. S'ils se révèlent également compétents en relations humaines, ils ont de bonnes chances d'accéder aux niveaux hiérarchiques supérieurs.

Le système de promotion à l'ancienneté amène à la tête de certains départements, et même de certaines compagnies, des cadres médiocres et parfois incompétents, dont le seul mérite a été de se tenir à la ligne de l'entreprise sans commettre le moindre impair. Mais leurs insuffisances sont reconnues comme telles, et c'est alors leurs subordonnés immédiats qui dirigent la compagnie, ce qui épargne l'ego des chefs et, par-dessus tout, préserve l'harmonie au sein de l'entreprise.

Dans une compagnie japonaise, chaque section comporte trois "couches" : les débutants, formés sur le tas (on garde souvent ce statut plusieurs années) ; les employés expérimentés, en pleine possession de leurs moyens ; et les "anciens", dont la productivité baisse avec l'âge.

Les membres de ces sections fonctionnelles n'aiment pas recevoir des ordres trop directs ou trop précis. Cela leur donne l'impression d'un manque de confiance et de respect de la part du management. Même le plus humble garçon de course est sensible au respect qu'on lui doit. Les Japonais reconnaissent eux-mêmes qu'ils préfèrent recevoir des instructions générales, qui leur laissent une certaine latitude. Un groupe de travail attend du management qu'il définisse les objectifs à atteindre, et la ligne générale de la compagnie — rien de plus.

A cause de la prépondérance des relations humaines dans l'organisation des entreprises, on accorde la plus grande attention au maintien de l'unité et de la concorde entre les éléments de chaque groupe. La première fonction d'un chef de groupe est moins de diriger les hommes et le travail que de composer entre eux des "arrangements" qui favoriseront l'harmonie dans les relations au sein du groupe.

Selon les Japonais, la première qualité du manager idéal est de savoir "composer" avec les hommes. Etre techniquement compétent quant au travail fourni par son service ou par sa compagnie, ne vient qu'en second lieu. "En fait, quelqu'un de très compétent, mais qui travaillerait trop, risquerait de ne pas être aimé de son équipe. Ce ne serait pas un bon manager," ajoutent-ils.

Le manager japonais idéal doit présenter une autre caractéristique importante : il doit être prêt à assumer la responsabilité de toutes les erreurs et de toutes les failles de ses subordonnés, et ce, bien sûr, sans que personne perde la face.

L'efficacité de ce système de groupe repose naturellement sur les liens personnels de reconnaissance et de confiance entre le manager et son équipe. Le manager a besoin de l'engagement de ses subordonnés pour pouvoir compter sur leur pleine coopération, et pour être sûr qu'aucun ne commettra délibérément de faute, ou d'omission qui rejaillirait sur lui. Pour ce qui est des compétences techniques et de l'expérience professionnelle nécessaires à la productivité du groupe, les subordonnés sont capables de suppléer aux faiblesses de leur manager.

## SEISHIN
### La formation spriritueIle

Selon les Japonais, on ne peut obtenir de bon rendement sans une certaine qualité d'esprit d'équipe parmi les employés. Leur *seishin* — leur formation — aborde donc non seulement les domaines techniques, mais aussi et surtout certains éléments moraux, philosophiques, esthétiques, et politiques. Chacune des principales compagnies a sa propre philosophie et son style, qui sont inculqués lors des programmes de formation et d'entraînement. C'est l'une des raisons fondamentales qui poussent les grandes compagnies à éviter d'engager des éléments extérieurs déjà expérimentés : on considère qu'il leur serait plus difficile de se conformer au "moule" de la compagnie.

## ONJO SHUGI
### Le "maternage" de l'employé

La loyauté, la dévotion et l'ardeur au travail dont font preuve les Japonais sont directement proportionnelles au paternalisme que leur manifeste le management de leur compagnie — l'*onjo shugi*. Plus la compagnie se montre paternaliste (il serait plus juste de dire "maternaliste"), plus ses employés lui sont dévoués. Le paternalisme à la japonaise implique que l'employeur est responsable de la subsistance et du bien-être de tous ses employés, et qu'il s'engage à faire tout ce qui est en son pouvoir pour un employé, quand le besoin s'en fait sentir.

Le degré de paternalisme varie énormément selon les compagnies. Certaines pratiquent un système de prise en charge de l'employé et de sa famille du berceau à la tombe. Leurs cadres passent beaucoup de temps à assister à des manifestations sociales concernant le personnel — naissances, mariages, enterrements...

Les avantages en nature constituent une part importante dans les revenus du Japonais moyen. Il peut s'agir d'un logement gratuit ou d'une allocation logement, d'une indemnité de transport, d'allocations familiales, de services médicaux ou de loisirs gratuits, de bourses d'études ou de caisses de retraite.

Ce développement des avantages en nature est une conséquence de l'inflation galopante et de l'alourdissement du système fiscal entre 1945 et 1955. Les compagnies commencèrent alors à servir des repas gratuits à leurs employés. Puis les plus grandes construisirent des salles de repos, des maisons et des appartements. Elles mirent à la disposition de leurs employés des équipements de loisir, d'enseignement et de soins.

Les employés et les cadres ont d'abord considéré les *shoyo*, ces célèbres "bonus" bisannuels, comme des bénéfices accessoires. Mais par la suite, les syndicats les ont fait admettre comme partie intégrante des salaires. Les syndicats préfèrent les appeler *kimatsu teate*, ou "versements bisannuels". Ces bonus peuvent représenter de un à quatre mois de salaire. Ils sont versés au milieu de l'été, juste avant *Obon* une importante fête bouddhiste, en l'honneur des morts, et en décembre, juste avant la fin de l'année.

## RINJI SAIYO
### Les "saisonniers"

Même dans les plus grandes compagnies japonaises, tous les employés ne sont pas engagés à vie et ne bénéficient pas du système de salaire et de promotion du *nenko joretsu*. Dans la plupart des compagnies, il existe deux catégories distinctes d'employés : les permanents, qui relèvent des systèmes *shu-shin koyo* et *nenko joretsu*, et ceux qui relèvent du *rinji sayo*, ou "système d'engagement temporaire". Ces derniers peuvent être engagés à la journée ou, au plus, à l'année. Ils sont moins bien payés que les employés permanents et peuvent être licenciés du jour au lendemain.

Ce système d'emploi temporaire est évidemment une conséquence directe des inconvénients du système d'emploi permanent, qui n'est possible que dans un contexte de forte croissance continue.

L'internationalisation accélérée des principales compagnies japonaises modifie profondément leur attitude envers les jeunes Japonais titulaires de diplômes étrangers. Jusqu'au milieu des années 80, la plupart des firmes japonaises n'auraient même pas pris en considération la candidature de quelqu'un qui aurait totalement ou partiellement suivi ses études à l'étranger. Elles partaient du principe que ces personnes n'étaient plus des Japonais à 100%, et qu'elles ne s'intégreraient donc pas aux programmes de formation des entreprises japonaises, ni à leur environnement.

Mais actuellement, les sociétés japonaises qui opèrent à l'échelle internationale recherchent de plus en plus de jeunes gens qui ont étudié à l'étranger, qui parlent une langue étrangère et qui ont déjà une bonne expérience de la vie à l'étranger. La firme Ricoh, par exemple, réserve régulièrement un certain pourcentage des postes qu'elle offre chaque année, à de jeunes Japonais qui ont suivi leurs études dans des universités américaines.

Plusieurs agences de recrutement japonaises s'intéressent maintenant de très près aux étudiants japonais qui étudient en Amérique. Elles leur transmettent les offres d'emploi des compagnies japonaises, et les informations concernant les postes qu'elles offrent à l'étranger.

## JIMUSHO NO HANA
### Fleurs de bureaux

Les femmes et surtout les jeunes femmes forment un pourcentage appréciable de la force de travail japonaise, particulièrement dans les bureaux, où on les surnomme les *jimusho no hana* — les fleurs de bureaux, et dans l'industrie de précision qui exige une grande habileté manuelle. La plupart d'entre elles cessent de travailler lorsqu'elles se marient, mais elles sont de plus en plus nombreuses à continuer au moins jusqu'à la naissance de leurs premiers enfants, et à reprendre le travail lorsqu'ils sont élevés.

Peu à peu, les femmes franchissent la barrière qui sépare la main-d'œuvre du management, et commencent à jouer un rôle dans la sphère des prises de décision et de l'organisation.

Bien que les femmes managers se cantonnent généralement dans des secteurs tels que les relations publiques, la publicité, l'édition et la vente de détail, la pression économique et sociale force progressivement les autres domaines à leur entrouvrir les portes de leurs équipes de direction, dont l'accès est pour l'instant uniquement réservé aux hommes.

Autre phénomène tout à fait remarquable : le nombre croissant de femmes qui lancent avec succès leurs propres entreprises, dans l'immobilier, les cosmétiques et l'industrie alimentaire. Le monde des affaires reste pourtant une chasse-gardée masculine. Les femmes sont exclues de la plupart des rituels relationnels qui constituent une part essentielle de la vie professionnelle quotidienne. On ne trouve pratiquement aucune femme dans les innombrables clubs, chapelles, groupes de pression ou associations qui caractérisent les hautes sphères des affaires japonaises.

Les étrangères qui choisissent de travailler au Japon ou avec des Japonais se heurtent aux mêmes barrières que celles qui se dressent pour les Japonaises. Il n'est pas question pour elles de prendre part aux rituels tels que le petit verre ou les sorties après le travail, qui jouent un rôle fondamental dans le développement et l'entretien de relations d'affaires efficaces. Elles ne peuvent faire oublier leur sexe, pour s'imposer d'abord et surtout en tant que femmes d'affaires, et elles ne peuvent s'attendre à traiter avec d'autres femmes à un haut niveau, dans les autres compagnies — tout simplement parce qu'il n'y en a pas.

Elles sont aussi confrontées à la difficulté supplémentaire que constitue l'inexpérience des responsables japonais dans des relations de travail avec une femme manager. Ils n'ont à leur disposition aucun protocole, aucun schéma de la conduite à adopter avec une femme, et ils ont tendance à penser qu'elle n'est pas tout à fait à sa place à la tête d'une entreprise ou d'un service.

Tout ceci ne signifie pas que les étrangères n'ont aucune chance de réussir au Japon. Elles doivent simplement comprendre et reconnaître les barrières qui existent, et les accepter pour ce qu'elles sont, afin de mieux les contourner. En face d'hommes d'affaires traditionnalistes, si elles adoptent une position trop "musclée", en tant que femmes ou en tant que managers, elles risquent fort d'échouer. Elles doivent faire preuve d'encore plus de tact que les hommes.

D'un autre côté, une étrangère qui saurait jouer intelligemment de ses charmes et de sa féminité pour influencer les hommes, pourrait bien réussir là où tous les autres échouent. Cette approche peut être spécialement efficace si une personnalité importante du monde des affaires la prend sous sa protection et s'intéresse personnellement à son succès.

La leçon à retenir pour les étrangères est que les Japonais considèrent leur travail comme une affaire personnelle, et que les critères personnels doivent être satisfaits avant que tout travail effectif puisse démarrer. Ce qui implique qu'elles doivent commencer par établir des rapports émotionnels avec leurs homologues masculins et les convaincre de les considérer comme des professionnelles aguerries, compétentes, et dignes de confiance.

Il est souvent délicat d'établir ce genre de relations avec les Japonais, même pour les hommes, surtout lorsque la langue pose problème. C'est donc un formidable challenge pour les femmes qui veulent travailler au Japon, si elles ne se contentent pas d'y aller en tant qu'artistes, ou en tant qu'acheteuses.

Une étrangère qui éprouverait pour la langue et la culture japonaises un intérêt authentique et qui se sentirait stimulée à la fois par les opportunités et par les défis que comporte sa situation, aurait les meilleures chances de réussir dans l'environnement japonais. Elle doit aussi faire preuve d'un sens de l'humour hors pair, d'une patience à toute épreuve et d'une excellente maîtrise de ses tendances rationnelles et libérales.

## RINGI SEIDO
### Les propositions écrites

A côté de l'approche collective du travail, qui repose sur la contribution de chacun selon ses compétences et ses inclinations, nombre de grandes compagnies japonaises se servent du *ringi seido*, ou "système de propositions écrites", pour répartir les responsabilités du management.

Cette façon de faire permet au management de prendre ses décisions en s'appuyant sur des propositions faites par les cadres du terrain. Elle est à l'origine du management "depuis la base" que l'on observe dans nombre de compagnies japonaises.

Pour le décrire brièvement, le système des *ringi* consiste à faire circuler à tous les échelons du management, verticalement et horizontalement, des propositions écrites soumises par des sections ou des services qui en prennent l'initiative.

Les managers et les responsables qui approuvent une proposition y apposent leur cachet à l'emplacement prévu. Ceux qui la désapprouvent peuvent soit la faire passer sans la tamponner, soit y apposer leur cachet sur le côté ou "la tête en bas" pour exprimer des réserves.

Lorsque l'approbation n'est pas unanime, les plus hauts responsables peuvent renvoyer le document à son auteur en lui conseillant de continuer à en discuter collectivement, ou de tenir compte des éventuelles critiques. S'ils le souhaitent, les cadres peuvent y adjoindre des commentaires.

En pratique, l'auteur d'un *ringi sho* (le document où est exposée la proposition) consulte officieusement les autres cadres avant de le faire circuler ouvertement. Il peut travailler des semaines ou des mois dans l'ombre, pour obtenir une approbation officieuse. S'il rencontre une résistance, il fait invariablement appel à ceux de ses collègues qui lui doivent des faveurs, et qui s'adresseront à leur tour à ceux dont ils attendent un renvoi d'ascenseur.

L'efficacité du *ringi seido* varie selon les compagnies. Dans certaines, ce n'est qu'une sorte de formalité, et les hauts responsables tentent de le supprimer. Dans d'autres, le système exerce un pouvoir incontesté, et il serait impensable de l'abolir. Il est si profondément ancré dans la philosophie traditionnelle du management et il sert si efficacement l'ambition et les aspirations des cadres les plus jeunes qu'il faudra compter avec pendant encore longtemps.

Un homme d'affaires étranger qui travaille avec une compagnie japonaise doit savoir que ses projets peuvent faire l'objet d'un *ringi-sho*, ce qui ralentit considérablement les opérations puisque la proposition doit parcourir toute la chaîne dans l'ordre approprié. Cela implique aussi que le projet sera soumis à l'examen minutieux d'une bonne douzaine de cadres qui peuvent tous l'étudier avec des attitudes, des points de vue et des intérêts différents.

L'ultime approbation d'un *ringi* par le président dépend principalement du nombre d'avis favorables que la proposition a recueillis avant d'arriver jusqu'à lui. Si tous ou presque tous les responsables les plus importants y ont apposé leur cachet, il y a de grandes chances pour que le président l'approuve à son tour.

Malgré sa lourdeur et sa lenteur, ce système permet généralement de développer un fort esprit d'équipe dans les compagnies. En outre, dans le cas d'un changement dans les règlements ou du lancement d'un nouveau programme, cette façon de faire garantit que les changements seront approuvés et appliqués par la plupart des cadres.

Comme le prouve l'usage généralisé du *ringi seido*, dans nombre d'entreprises japonaises, les chefs ne sont pas nécessairement des organisateurs, ni des preneurs de décisions. Leur principale fonction est de veiller à ce que la compagnie travaille efficacement et dans l'harmonie, comme une équipe unie, de préparer les jeunes managers à prendre la relève des anciens, et de recueillir les avis sur les propositions que font les cadres débutants.

## NEMAWASHI
## En coulisses...

Tout comme un auteur de *ringi seido* ne fait généralement pas circuler sa proposition avant d'être pratiquement sûr qu'elle sera favorablement reçue, un cadre ne provoque pas de réunion officielle pour discuter d'un problème et prendre une décision. Les cadres ne se réunissent que pour approuver ce qui a déjà été décidé lors de discussions officieuses qui se sont déroulées en coulisses. Ces discussions officieuses s'appellent des *nemawashi* — la ligature des racines que pratiquent les jardiniers pour s'assurer que ces dernières ne seront pas abîmées lors de la transplantation d'un arbre.

La pratique du *nemawashi* n'impose pas de consulter tous les responsables concernés, mais d'obtenir l'accord préalable de la "personne appropriée", c'est-à-dire du responsable du service, du département ou de l'échelon supérieur du management qui exerce le vrai pouvoir.

## KAIJI
**La dernière réunion où l'on cause...**

Comme tout leur système de management repose sur le consensus, les cadres japonais se réunissent sans doute deux fois plus que leurs homologues occidentaux. Voici quelques types de *kaiji* (réunions) :

| | |
|---|---|
| *Tori Shimariyaku kai* | réunion du comité de direction |
| *Juyaku kai* | réunion des directeurs |
| *Bucho kai* | réunion des chefs de service |
| *I-in kai* | réunion de comité |

## JUYAKU GA NAI
**Pas de chef chez nous**

Un spécialiste du management japonais faisait cette remarque qui a quelque chose d'ahurissant : dans les entreprises japonaises, on trouve des managers, mais pas de chefs. Selon Masaaki Imai, directeur général du Cambridge Research Institute-Japan, dans un système d'emploi à vie et de management collectif, il ne peut rien exister qui ressemble de près ou de loin à un chef.

> "D'une certaine manière, tout cadre est un chef et aucun d'eux ne l'est. Lorsqu'un diplômé est engagé dans une compagnie, il sait qu'il sera promu *kacho* — chef de section — treize ou quinze ans plus tard, même si la première tâche qu'on lui confie est de découper des articles dans des journaux. Et c'est la même chose pour tous ses collègues qui ont le même nombre d'années d'ancienneté.
>
> D'un point de vue individuel, le passage du rang d'employé à celui de chef est automatique. Jusqu'à sa promotion, il fait partie d'un syndicat où il est chargé de soutenir les revendications du personnel telles que les augmentations de salaire en face de la direction. Un beau matin il se réveille *kacho* et devient pour le syndicat un interlocuteur représentatif, cette fois, de la compagnie...
>
> ...Le fait d'être ou non un chef ne dépend pas de sa volonté ou de ses efforts, mais simplement du nombre d'années qu'il a passées dans la compagnie".

Imai ajoute que les compagnies réservent souvent d'importants postes de cadres pour les dirigeants syndicaux en prévision du jour où ils cesseront d'exercer leur fonction dans le syndicat. Au Japon, la plupart des syndicats sont des syndicats "maison" et non des regroupements par profession ou par domaine d'activité.

Le rôle du *juyaku* ou "Chef Suprême" dans une grande compagnie japonaise est très différent de celui de son homologue dans une compagnie américaine. La plupart des compagnies japonaises recrutent les membres de leur comité de direction, leur *tori shimari yakkai*, dans leur compagnie. Le comité est généralement constitué du président de la compagnie et des autres cadres jusqu'aux chefs de service, y compris certains de ces derniers. Le rôle du comité est principalement honorifique et le titre de directeur est d'abord "social".

Le vrai pouvoir de direction, s'il y en a un, se trouve entre les mains du *jomu kai*, le comité des directeurs généraux, constitué des responsables des principaux départements et à la tête duquel siège le président. La plupart des *jomu kai* se contentent pourtant d'apposer leurs cachets. Ils sont inévitablement sous la coupe d'un seul homme, puisque le système *sempai-kohai* (senior/junior) y règne en maître absolu.

## HANKO
## Les cachets

Traditionnellement, au lieu des signatures manuscrites, les Japonais utilisent des cachets ou des sceaux à leur nom pour authentifier les contrats et les autres types de documents officiels. En particulier dans le cas d'agences ou de services administratifs gouvernementaux, il peut arriver qu'un document doive recevoir les cachets d'une douzaine de personnes dans un nombre équivalent de bureaux, et parfois chacun plusieurs fois en divers endroits.

Venir à bout de ce parcours du combattant est une tâche ingrate, mais on y parvient presque toujours, avec du temps et de la patience — sauf obstacle particulier. Parmi les problèmes les plus ordinaires, citons le cas où l'une (ou plusieurs) des personnes dont le cachet est requis n'est pas disponible. Conformément au rituel hiérarchique, l'apposition des hanko doit respecter l'ordre prévu, ce qui impose de longs retards, surtout au cas où quelqu'un décide de "faire le mort", parce qu'il désapprouve le document, ou la personne qui en est à l'origine, ou encore à cause de querelles avec les autres cadres, etc ...

Les hommes d'affaires étrangers qui vivent et travaillent au Japon ont le droit de se faire établir un *hanko* et s'il est enregistré (*natsuin*), de s'en servir comme d'une signature officielle. Mais rares sont les étrangers qui s'en donnent la peine, puisqu'ils peuvent continuer à signer de leur nom, bien que, dans certain cas, la signature doive être certifiée avant de devenir légale.

D'autre part, le *hanko* pose un problème de sécurité puisqu'il peut engager son propriétaire dans un contrat, même s'il a été apposé à son insu et sans son autorisation.

Pour les affaires internationales conclues au Japon, On utilise généralement les signatures manuscrites. Mais le *hanko* joue et jouera encore un rôle important dans les compagnies et dans l'administration gouvernementale japonaise.

## MIBUN
## Chasse gardée

Au Japon, chacun dispose de son *mibun* — ses ''droits propres'' ou son ''bastion personnel''. Inversement, chaque situation sociale comporte des prérogatives spéciales et des devoirs. Il existe des droits et des restrictions qui s'appliquent seulement aux cadres, ou seulement aux étudiants, aux professeurs, aux ouvriers etc... Les restrictions de telles ou telles catégories sont en général clairement définies. Elles ont pour objectif de canaliser, à tout instant, la conduite des personnes de cette catégorie — par exemple : l'employé de bureau, quand il ne travaille pas, ou l'étudiant en dehors de son université.

Le concept féodal de *mibun* avait traditionnellement pour but de maintenir l'harmonie entre les différentes catégories sociales et au sein de chacune. Son objectif secondaire était d'empêcher l'individu de jeter la honte ou le discrédit sur sa catégorie ou sur ses supérieurs.

Konosuke Matsushita, fondateur de l'empire Matsushita Electric a rapporté un bon exemple du système *mibun*. A 10 ans, il avait été engagé comme apprenti dans un magasin de cycles. Il vivait dans une condition proche de l'esclavage et travaillait de 5 heures du matin jusqu'au soir.

Outre ses tâches ordinaires, il devait courir plusieurs fois par jour au tabac le plus proche où il achetait des cigarettes pour les clients de la boutique et chaque fois, il devait se débarbouiller. Après plusieurs mois de ce régime, il lui vint à l'idée d'acheter plusieurs paquets à la fois avec ses économies. Ainsi, quand un client lui demandait des cigarettes, il en avait sous la main et il se faisait quelques *sen* de bénéfice sur chaque paquet, puisque le bureau de tabac lui consentait une remise quand il les achetait par cartouches de 20.

Son ingéniosité fit l'admiration des clients et de son patron, qui le félicitèrent. Mais quelques jours plus tard, le patron fut assailli de protestations de la part des autres ouvriers. Le garçonnet dut revenir à l'ancien système : le *bun* d'un petit "grouillot" tel que lui ne lui permettait pas de faire preuve de tant de débrouillardise.

Les hommes d'affaires étrangers voient souvent leurs projets contrariés parce qu'ils essayent de faire faire telle ou telle chose par un Japonais à qui son *bun* ne permet pas de se charger de la tâche en question. Au lieu de dire clairement qu'ils ne peuvent pas le faire ou d'indiquer celui qui pourrait s'en charger, le Japonais moyen a tendance à "laisser mijoter" un certain temps avant d'expliquer que c'est impossible.

Dans toutes transactions avec une compagnie japonaise, il est primordial d'avoir une idée précise des *bun* des représentants de la firme. Les cadres japonais qui disposent d'une véritable autorité se retranchent souvent derrière des subordonnés dont les *bun* sont strictement réglementés. Si le non-initié n'agit pas avec la plus grande circonspection, il peut perdre énormément de temps en se trompant d'interlocuteur.

Mais ce qui provoque les plus gros problèmes, ce sont les privilèges et les "droits" impliqués par le système *bun*. Comme cela se fait dans le monde entier, les Japonais ont tendance à minimiser les responsabilités de leur *bun* et à en amplifier les droits. Ce qui a pour conséquence que les prérogatives de chaque catégorie suivent des règles précises et détaillées, alors que ses responsabilités restent définies de manière très vague.

Comme le disait un ex-bureaucrate revenu de ses illusions, "dans l'administration publique ou privée, il n'y a pas de limite aux droits des bureaucrates, mais pour ce qui est de leurs responsabilités, ils préfèrent les passer sous silence ou les laisser aux mains d'un sous-fifre. A leur tour, les sous-fifres répondent qu'ils ne peuvent pas prendre de décision sans ordre de leurs supérieurs, ou que ça ne relève pas de leur autorité." La même personne disait que pour faire un bon bureaucrate, la seule compétence nécessaire était de savoir échapper aux responsabilités en évitant les critiques.

Un ex-journaliste qui travaillait pour l'un des meilleurs magazines du Japon raconte cette histoire, qui illustre la façon dont les *mibun* peuvent s'immiscer dans la vie privée :

Alors qu'il était encore journaliste, Monsieur S. sortit un soir prendre quelques verres avec un écrivain de ses amis. Dans un bar, un autre écrivain, le puissant Monsieur D., les aborda et se joignit à eux. "Mon travail ne m'obligeait pas à m'occuper de Monsieur D., et je ne le connaissais que de vue. Mais selon l'étiquette japonaise, j'aurais dû me confondre en courbettes et en compliments. Or, il se faisait tard et j'étais tranquillement en train de prendre un verre avec un ami. Je me suis contenté d'un bref salut et je ne lui ai plus prêté attention.

Monsieur D. est entré dans une fureur noire et m'a ordonné d'un ton courroucé de rentrer chez moi. Comme je refusais, il s'est mis à vociférer. Je lui ai répliqué sur le même ton : j'étais en train de bavarder tranquillement avec un vieil ami, il n'avait pas à s'en mêler. Mais il a continué à m'agresser verbalement jusqu'à ce que mon ami s'interpose et parvienne à le calmer. Bien sûr, si mon ami n'avait pas eu le bras assez long pour empêcher ce monsieur de se plaindre à mon directeur, j'aurais été mis à la porte dès le lendemain matin..."

Lorsqu'on travaille avec une compagnie japonaise, il est essentiel de connaître le rang de chaque personne à qui l'on a affaire et de déterminer quel est son *bun*. Il est aussi très important de connaître celui de sa section ou de son département, et le rang qu'occupe ce dernier dans la compagnie.

Il existe d'autres particularités du management qui rendent spécialement épineuses les relations avec une compagnie japonaise pour un étranger non averti. C'est tout ce qui s'oppose à une communication rapide et efficace entre les différentes couches du management de la compagnie. Tout doit suivre l'ordre hiérarchique adéquat, conformément à un rituel minutieusement prescrit. Si l'un des maillons vient à manquer, que ce soit pour cause de maladie ou d'absence temporaire, toute la chaîne de communication est rompue. Le système hiérarchique du management japonais ne permet pas de déléguer l'autorité, ou d'importantes responsabilités. En général, personne ne peut parler à la place de quelqu'un d'autre.

Certains observateurs japonais commencent à critiquer ce fonctionnement consensuel. Selon eux, son règne absolu représente un danger pour le Japon. Il ralentit toute prise de décision et empêche les Japonais de réagir rapidement aussi bien aux problèmes qu'aux opportunités.

## HISHOKAN
### Où sont passées les secrétaires ?

Tous les hommes d'affaires occidentaux sont prêts à l'admettre : sans leurs secrétaires, ils ne seraient rien. A plus d'un titre, les secrétaires tiennent un rôle aussi important, sinon plus, que leurs chefs. Au Japon, les hommes d'affaires qui ont des secrétaires dans le sens occidental du terme sont des exceptions.

Cette pénurie de secrétaires a une double explication. Le management "à la japonaise" repose sur des groupes de travail collectif, sur la prise de décisions par consensus, sur la communication de personne à personne et sur le manager "responsable de l'harmonie" plutôt que chef — toutes choses qui rendent les secrétaires inutiles.

L'autre raison est la nature même du langage et des différents niveaux de langage imposés par le système hiérarchisé. A cause des exigences de l'étiquette, le japonais ne se prête pas bien à la formulation d'instructions claires et nettes. Il ne peut se transcrire aisément ni à la main ni à la machine, bien que les ordinateurs de langue japonaise qui sont apparus au début des années 80 contribuent à faire évoluer les habitudes.

Psychologiquement et en pratique, les Japonais ne sont pas encore prêts à mener leurs affaires par l'intermédiaire de leurs secrétaires ou avec leur aide. Dans une compagnie japonaise, ce qui se rapprocherait le plus d'une secrétaire occidentale, ce sont les réceptionnistes : de jolies jeunes filles qui se tiennent aux guichets des halls d'entrée. Elles annoncent les visiteurs qui arrivent avec des rendez-vous et s'efforcent de diriger ceux qui n'en ont pas vers la section ou le service corrects. Lorsqu'une personne inconnue de la compagnie arrive au bureau de réception sans rendez-vous, la réceptionniste essaie généralement de la mettre en contact avec le service des Affaires Générales (le *Somu bu*).

Les petites compagnies et certains services des plus grandes n'ont pas de réceptionnistes. Dans ce cas, personne n'est particulièrement chargé d'accueillir les visiteurs ou de s'occuper d'eux. Les bureaux les plus proches de la porte sont généralement ceux des membres les moins hauts en grade dans le service. Le visiteur doit attirer l'attention de l'un d'eux pour lui faire part du but de sa visite.

## SHIGOTO
### La fonction ne compte pas

Nous avons déjà parlé de l'importance que revêtent les face-à-face dans la conduite des affaires au Japon. Maintenir un contact personnel et régulier est essentiel pour conserver des relations stables (la capacité à inspirer l'*amae*) avec ses partenaires professionnels. La solidité du lien entre deux personnes dépend étroitement de l'ancienneté de leur relation et de la fréquence de leurs rencontres.

Ceci nous amène à souligner le handicap que s'imposent certaines compagnies occidentales lorsqu'elles instaurent un roulement de leur personnel tous les deux, trois, ou quatre ans. Dans le rythme normal des affaires japonaises, il faut au moins deux ans (et dans certains cas, cinq) avant qu'un Japonais ait le sentiment de vraiment connaître son employeur, ses clients, ses fournisseurs où ses collègues étrangers.

Un homme d'affaires étranger a besoin d'un à trois ans pour bien connaître le milieu des affaires japonais et pour pouvoir y travailler efficacement. A peine s'est-il acclimaté, qu'il est rappelé au siège central, transféré, licencié ou remplacé par quelqu'un d'autre.

Les compagnies américaines en particulier ne prêtent pas aux ruptures provoquées par ces roulements de personnel l'attention qu'elles méritent. Sans doute parce qu'elles raisonnent en terme de postes, de créneaux occupés par des "individus" qui possèdent les qualifications exigées par le travail concerné, elles minimisent généralement l'importance du caractère et de la personnalité de celui qui occupe le poste et ne se préoccupent pas assez des relations humaines dans les affaires.

Cette façon de faire s'oppose radicalement à celle des Japonais. Elle est responsable d'une bonne partie des tensions qui apparaissent entre les Japonais et les Occidentaux dans leurs rapports professionnels.

## TSUSHIN
### Ne m'appelez pas...

On reproche souvent aux compagnies japonaises de ne pas répondre aux demandes d'informations. Les deux parties ont, bien sûr, des points de vue divergents sur le problème. Nombre de compagnies japonaises reçoivent chaque semaine des centaines de lettres des quatre coins du monde, dont certaines proviennent de compagnies de premier plan, et d'autres de petites compagnies qui tentent de se lancer, du magasin de détail au simple particulier. Toutes ces lettres sont rédigées dans une foule de langues différentes, y compris les plus obscures comme l'Urdu, le Swahili, le Tagalog, ou le Tamil.

A votre avis, combien de compagnies américaines, anglaises ou françaises, recevant par douzaines des lettres que des expéditeurs inconnus leur ont écrites dans des dialectes exotiques, se soucieraient des suites à leur donner ? Mais, au-delà de cette considération, les compagnies japonaises ne répondent généralement pas aux demandes de renseignements pour plusieurs autres raisons.

Les chefs de section ou de service n'ont pas de secrétaire, ni même de dactylo pour se charger de leur correspondance. Si elles ne sont pas adressées à une personne précise, les lettres en provenance de l'étranger vont habituellement à la Direction Générale, où elles finissent sur le bureau d'un employé débutant, qui en est encore au stade "formation sur le tas". Il ne lit généralement pas bien l'anglais, et les autres langues encore moins. Il y a très peu de chances pour qu'il passe des heures, armé d'un dictionnaire, à essayer de déchiffrer le contenu de la lettre. La plupart des demandes de renseignements envoyées aux compagnies japonaises ne dépasseront jamais ce stade.

Il est très inhabituel pour une compagnie japonaise de fournir à des inconnus des informations sur leurs produits ou sur leurs services, en dehors de leurs rapports annuels, de leurs catalogues, ou des prospectus qu'elles impriment en certaines occasions. Elles ont tendance à se demander : "Qui veut savoir quoi, et pour quoi en faire ?"

En outre, les cadres moyens n'ont généralement pas le pouvoir de donner des renseignements ou de faire des offres de leur propre initiative — et les employés de bureau, encore moins. Le cadre japonais moyen a le choix entre donner une réponse négative ou "faire le mort", ce qui revient à peu près au même, surtout s'il ne transmet pas la demande ou la proposition. Mais il ne peut parler pour sa compagnie, ou l'engager en quoi que soit.

La tendance des compagnies japonaises à la discrétion, et même à la dissimulation en ce qui concerne leurs activités découle de plusieurs facteurs culturels et économiques. Traditionnellement, la société japonaise a toujours été fermée. Depuis des siècles, elle se compose de groupes repliés sur eux-mêmes, eux-mêmes constitués de sous-groupes, dont chacun lutte âprement pour son existence, ses responsabilités et ses privilèges, et s'oppose fondamentalement aux autres sur le mode de la rivalité.

Ce système et les principes moraux qui sont la base même de son développement font obstacle à la libre communication des informations entre les groupes, puisque la motivation originelle est de défendre son propre groupe en surpassant les autres. Cette attitude et les pratiques qu'elle entraîne sont encore très prédominantes dans le Japon actuel.

Il existe évidemment des exceptions, puisqu'on trouve au Japon plus de 4 000 compagnies commerciales, dont la principale fonction est de négocier sur le marché international, et qu'un pourcentage important des principales compagnies industrielles ont leur propre service d'exportation. Mais il n'en demeure pas moins que les Japonais ne travaillent pas beaucoup par écrit. Leur système préfère la conversation de vive voix à tout autre moyen de communication. Il en fait souvent une condition incontournable. Une relation personnelle doit s'instaurer entre les interlocuteurs, avant qu'ils puissent travailler ensemble.

## YAKUSOKU
### "Ma parole suffit"

Les hommes d'affaires japonais font généralement tout ce qui est en leur pouvoir pour éviter d'avoir recours à la justice ou aux tribunaux. Autrefois, lors d'un conflit, il était de tradition de considérer les deux parties comme également coupables. La "justice" était à la fois ruineuse et expéditive. Mieux valait généralement ne pas attirer sur soi l'attention des autorités.

Les Japonais actuels considèrent toujours la justice comme un processus coûteux et compliqué. La tendance qu'ont les compagnies américaines à s'adjoindre les services d'un expert juridique lors des négociations et à établir des contrats minutieusement détaillés peut perturber profondément un esprit japonais. Ils préfèrent prendre des engagements globaux, qui laissent aux deux parties la liberté de rediscuter et de négocier tel ou tel détail particulier au moment où le problème se posera, et qui assurent une plus grande souplesse de fonctionnement de part et d'autre.

L'homme d'affaires japonais croit fermement qu'aucun effort ne doit être épargné pour éviter les frictions grâce à la coopération, tant au niveau individuel qu'au niveau de la compagnie, et que lorsqu'un problème se pose, il doit être résolu par la médiation et la recherche de compromis. De leur point de vue, comme il est impossible de prévoir exactement la façon dont les choses se dérouleront à l'avenir, les contrats écrits ont de fortes chances d'être très vite périmés.

Dans le Japon d'autrefois, les contrats écrits étaient exceptionnels. Les engagements étaient scellés par le *yakusoku* — "accord verbal" — entre deux parties liées l'une à l'autre par la bonne foi et l'obligation. Lorsqu'un accord de quelque importance était passé, on le célébrait habituellement par une réception bien arrosée, et par des applaudissements rituels dont le rythme et le nombre de battements de mains étaient soigneuseent prescrits.

Les Japonais détestent les contrats écrits et s'en méfient, mais ils reconnaissent qu'ils ne peuvent éviter complètement de s'en servir dans leurs affaires internationales. Ils sont spécialement affectés par le manque de relations personnelles avec leurs partenaires étrangers : ils ne peuvent les connaître suffisamment pour que des relations d'*amae* et de confiance totale puissent s'instaurer. D'un jour à l'autre, ils ne sont pas sûrs qu'ils auront affaire à la même personne dans une compagnie étrangère et d'une année à l'autre, encore moins.

## SEKININ SHA
### Qui porte le chapeau ?

Dans les compagnies occidentales, on finit presque toujours par mettre la main sur la personne qui exerce en dernier ressort l'autorité et la responsabilité. Elle n'est généralement pas très difficile à identifier : il suffit de demander. Mais dans une compagnie japonaise, trouver la personne responsable peut s'avérer délicat. Le pouvoir et les responsabilités sont répartis entre les cadres qui forment un groupe uni. Plus la compagnie est grande, plus il y a de personnes concernées. En cas d'erreur ou d'échec, le management japonais n'essaie pas de blâmer un individu particulier. On s'intéresse plutôt à la cause de l'échec et aux moyens d'y remédier. Ainsi, l'employé qui a commis l'erreur (si on peut l'isoler) ne perd pas la face, et toutes les personnes concernées en retirent une leçon.

Même pour un homme d'affaires d'un certain rang, il est difficile de déterminer qui détient vraiment l'autorité et qui prend les décisions finales, dans une compagnie japonaise. Selon un directeur de chez Sony, "même un dirigeant doit consulter ses collègues avant de prendre une décision, puisque c'est à son ancienneté, plus qu'à ses compétences de chef, qu'il doit son poste. Pour maintenir l'harmonie dans sa compagnie, il doit se comporter comme un membre d'une famille."

Akio Morita, co-fondateur de Sony, pense que pour cette raison, le principe traditionnel de promotion à l'ancienneté n'a pas grand avenir au Japon. Il admet cependant que cette tradition ne disparaîtra pas du jour au lendemain.

Il est donc presque toujours nécessaire de rencontrer plusieurs fois les chefs des différents services et départements, et de discuter avec eux lorsqu'on veut établir des relations d'affaires avec une compagnie japonaise. Même après avoir soigneusement suivi cette procédure d'approche, vous pouvez toujours vous retrouver sans réponse claire et nette de qui que ce soit, surtout si les différentes personnes que vous avez rencontrées ne sont pas parvenues à une décision commune. Ils vous laisseront souvent le soin de synthétiser les réponses individuelles qu'ils ont pu vous faire, et de tirer vos propres conclusions.

Il est toujours important, quand ce n'est pas essentiel, d'établir de bonnes relations avec chaque niveau du management de la compagnie. C'est indispensable pour pouvoir être sûr que votre point de vue, vos besoins et vos directives seront convenablements transmis à tous les niveaux concernés.

Earle Okumura, un expert-conseil de Los Angeles qui est l'un des rares consultants américains bilingues et bi-culturels à pouvoir justifier d'une grande expérience professionnelle au Japon, conseille de suivre la procédure suivante pour établir une bonne communication avec une compagnie japonaise dans le cadre d'un projet impliquant pour la firme japonaise l'utilisation d'une nouvelle technologie :

1. Demandez au directeur ou au chef du service Recherche et Développement de vous présenter au *kacho* (chef de section) qui sera directement responsable de votre projet dans le service. Prenez le temps qu'il faudra pour établir des relations personnelles avec ce *kacho*. Invitez-le à déjeuner, à prendre un verre, etc.. Puis, demandez-lui de vous expliquer exactement comment vous devez vous y prendre pour établir et conserver les meilleures relations de travail avec sa compagnie.

2. Demandez au *kacho* du département Recherche et Développement, avec qui vous avez maintenant au moins un début de relation d'*amae*, de vous présenter à ses collègues des services Production, Ventes, Contrôle de la qualité, etc... Etablissez avec chacun d'eux des relations cordiales. Parlez-leur de vous-même, de votre compagnie, du rôle que vous y jouez. A chacune de vos rencontres avec ces différents cadres, prenez particulièrement soin de ne jamais soulever de questions embarrassantes, qui pourraient éveiller en eux un sentiment d'insécurité.
   Lorsque vous aurez instauré de bonnes relations avec tous les *kacho* concernés, expliqué en détail votre point de vue sur le projet, et compris quelles sont leurs façons de penser, leurs domaines de responsabilité et de compétences, vous pouvez vous attaquer à la troisième étape.

3. Prenez rendez-vous avec le président ou le directeur général de la compagnie. Ayez avec lui une conversation informelle et détendue sur la ligne d'action à adopter, le plaisir que vous avez à travailler avec sa compagnie, et les avantages que les deux parties retireront de votre collaboration.

N'essayez jamais, précise Okamura, de cerner des détails techniques du projet avec le président ou le directeur général. Il y a de fortes chances pour qu'il ne soit pas familier de la technique et, de toutes façons, ce qui l'intéresse en premier lieu, c'est votre fiabilité, votre honnêteté et vos capacités à établir de bonnes relations avec sa compagnie.

Avant de s'engager dans un accord avec une autre compagnie, l'homme d'affaires américain s'assure de sa stabilité financière, de son capital, de son potentiel technique, etc... Pour les Japonais, ce qui importe avant tout, c'est la personnalité et la qualité des hommes qui composent la compagnie. Ses finances et ses équipements ne viennent qu'après. Ils investissent d'abord dans la bonne foi et dans la qualité de la relation de personne à personne.

## MIZU SHOBAI
### L'industrie des eaux

*Mizu shobai* — littéralement "l'industrie des eaux" est un euphémisme qui désigne les centaines de milliers de bars, de cabarets, de nightclubs, de saunas, d'établissements de cure thermale et d'auberges à geisha qui fleurissent dans tout le Japon. Les Japonais appliquent à ce domaine de la vie le terme *mizu car*, comme l'eau, le plaisir jaillit et apaise, avant de s'écouler ou de se dissiper en vapeur. Les métiers qui prospèrent autour des plaisirs des sens sont traditionnellement liés aux bains chauds.

*Shobai*, "industrie", est le terme qui convient, puisque le *mizu shobai* est l'un des secteurs les plus importants de l'économie japonaise. Il emploie 5 millions d'hommes et de femmes. Boire en compagnie de jolies jeunes personnes dans les établissements spécialisés tient une grande place dans la vie des hommes d'affaires japonais. Cette habitude de se réunir autour de tasses de *sake* tient fondamentalement à deux raisons. Autrefois, ce rite faisait partie de la vie religieuse, d'où il a essaimé dans le monde des affaires.

Depuis des siècles les Japonais considèrent que toute célébration officielle, toute cérémonie et tout accord professionnel resterait inachevé, si l'occasion n'était pas ponctuée du rituel d'*uchi age* (réception "arrosée"). En de telles circonstances, boire est un devoir. Il faut pouvoir faire état de dispenses médicales sérieuses pour en être exempté.

La deuxième raison de cette propension générale à l'absorption de boissons alcoolisées tient aux relations subordonnés-supérieurs qui lient tout un chacun à des prescriptions d'étiquette minutieuses et qui interdisent aux Japonais d'être complètement francs et détendus entre eux — sauf lorsqu'ils boivent.

Cette circonspection dont ils doivent faire preuve à chaque instant dans leur comportement les porte à croire qu'il est impossible de bien connaître quelqu'un tant qu'on n'a pas bu avec lui. A leurs yeux, un homme sobre se tient toujours sur ses gardes et ne montre pas sa vraie personnalité. Ils se sentent mal à l'aise avec quiconque refuse de trinquer lors d'une fête ou d'une sortie. C'est pour eux un signe d'arrogance, d'orgueil excessif, et un manque de cordialité. La marque suprême de la bonne foi, de la confiance et de la modestie est de boire jusqu'à l'ébriété avec ses collègues, ou avec tout partenaire professionnel important. Toute personne qui, pour quelque raison que ce soit, préfère ne pas se laisser aller, doit au moins simuler l'ivresse pour satisfaire à la coutume.

Dans le monde entier la compagnie de jolies jeunes femmes galantes a toujours été le privilège du succès. Au Japon, cela va encore plus loin. C'est une sorte d'invitation à engager des rapports d'affaires et à sceller des accords. Sans doute parce que l'activité sexuelle est considérée comme ce que des hommes peuvent partager de plus intime.

Lorsqu'un homme d'affaires japonais offre à son invité occidental une telle soirée, comme cela arrive encore très souvent, il ne faut y voir ni une tentative de corruption, ni une manœuvre perverse. Il applique simplement une forme d'hospitalité qui a cours au Japon depuis les temps les plus reculés. En bref, les Japonais font ouvertement et sans trace de culpabilité ce que nombre d'hommes d'affaires occidentaux font à la sauvette.

Un Occidental qui refuserait de se prêter à cette honorable coutume japonaise risque de passer pour pudibond. Et peut-être aussi pour un nigaud qui laisse filer une bonne occasion. Mais il ne sera plus soupçonné de mauvaise foi.

Nombre d'Occidentaux éprouvent une certaine difficulté à se fondre dans l'ambiance des ''petites fêtes'' organisées en leur honneur par leurs hôtes japonais, surtout s'il ne s'agit de rien de plus qu'un verre pris dans un bar ou dans un cabaret. Dans de telles occasions, les Occidentaux ont l'habitude de plaisanter, de fanfaronner, et de se lancer dans de grandes discussions philosophiques qui se veulent rationnelles sur la religion, la politique, les affaires, etc...

Pour leur part, les Japonais ne vont pas dans les bars pour parler sérieusement, mais pour se détendre le corps et l'esprit, pour se laisser aller. Ils rient, chantent, dansent, et font de brefs commentaires, parfois incendiaires, sur leur travail, leurs supérieurs, leurs problèmes personnels, etc... mais n'entament généralement pas de grands débats de fond.

Lorsqu'un homme d'affaires japonais, d'habitude très réservé et extrêmement chatouilleux quant à l'étiquette se détend dans un bar, dans un cabaret ou dans dans une petite fête, il se comporte souvent, de notre point de vue, comme un collégien la première fois qu'il part en goguette.

Lors d'une réception organisée dans l'un des plus grands hôtels de Tokyo par un groupe de personnalités officielles américaines, je me suis trouvé à côté du chef du département de la recherche de la compagnie japonaise qui était invitée. Cet éminent scientifique toujours si sobre avait déjà un "sérieux coup dans l'aile" bien avant le moment des discours et des toasts. Il se comportait de la façon la plus typiquement japonaise. Il s'esclaffait, chantait, rotait et braillait avec enthousiasme pendant toutes les prises de parole, à la grande confusion des deux parties.

La plupart des cadres japonais, surtout aux échelons moyens et inférieurs ont développé une énorme résistance à la boisson.

Ils absorbent tous les soirs d'importantes quantités d'alcool, sans que cela se répercute sur leur travail. Comme ils boivent pour se détendre, pour faire preuve d'hospitalité et pour mieux connaître leurs hôtes, ils se méfient de toute personne qui serait capable de boire tout en restant "clair". Ils appellent cela "gâcher le *sake*", avec fortement sous-entendue l'idée que cela gâche aussi le plaisir.

Parfois, lors d'une fête tumultueuse et copieusement arrosée pendant laquelle ils chantent, dansent et badinent avec les serveuses ou les geisha, les hommes d'affaires japonais parviennent à retrouver leur sérieux, juste le temps de faire une importante communication professionnelle à leurs hôtes ou à leurs collègues, puis ils replongent dans les plaisirs de la fête.

Pour un homme d'affaires étranger, il vaut mieux renoncer à tenir le rythme de ses hôtes japonais, lors de ces beuveries rituelles. Le cas du pauvre étranger ramené en catastrophe à son hôtel dans un état d'ébriété avancée n'est que trop courant. La clé du succès, pour se sortir sans dommages de cette importante cérémonie, est de ne boire qu'avec modération, au besoin en simulant l'ivresse.

Ces dernières années, l'inflation a quelque peu terni l'éclat des auberges à geisha, des cabarets et des restaurants de luxe dans les grandes villes japonaises. Il semble de plus en plus que le Japon ne peut plus se permettre de régler chaque année la facture de plusieurs milliards de dollars que représente le *mizu shobai*. Mais comme tant d'autres aspects de la vie japonaise, "l'industrie des eaux" est profondément ancrée dans l'ensemble du système économique, tout comme dans la psyché nationale. Il ne disparaîtra certainement pas dans un avenir prévisible.

La majeure partie de l'argent englouti dans le *mizu shobai* vient du fameux *sha-yo zoku*, la "Tribu des Notes de Frais" que constitue la foule des agents commerciaux, des cadres et des dirigeants qui ont le droit d'inviter leurs clients ou leurs clients potentiels aux frais de leur compagnie. Les compagnies japonaises bénéficient d'importantes déductions fiscales pour une partie de ces dépenses de représentation, et nombre d'entre elles, selon des sources officielles et officieuses, dépassent largement les limites prévues par la loi, qui sont calculées en fonction de leur capital.

# 6

# Nippongo
## *La barrière magnifique*

### JAPONIAISERIES
**Aussi doux qu'un "cul de bébé"**

Il y a quelques années, l'un des trois grands journaux nationaux, qui tirent à plus de 5 millions d'exemplaires, a publié une annonce publicitaire rédigée en japonais, à l'exception de son titre : "Smooth as a baby's ass..." — aussi doux qu'un cul de bébé ! Cette publicité témoignait d'un problème linguistique et communicationnel apparemment particulier au Japon, et que l'on ne retrouve pas dans les principales nations du monde : l'obsession d'utiliser l'anglais, même dans des cas où il arrive comme un cheveu sur la soupe...

Toute langue reflète la culture qui l'a engendrée. Il n'est donc pas surprenant que le japonais soit un fidèle miroir de la psychologie, des comportements et des façons de faire japonaises. De fait, comme nous l'avons déjà mentionné, la langue japonaise est le principal dépositaire de la culture nationale, et son premier moyen de transmission.

Tant que les Japonais n'avaient pas besoin de communiquer avec des non-Japonais, et tant qu'ils ont pu conserver le style et la personnalité originale de leur système social, la langue japonaise était relativement bien adaptée à son contexte. Mais bien que ces deux conditions ne soient plus réunies depuis maintenant quelques décennies, les Japonais traînent encore derrière eux cette langue difficile et des siècles de conditionnement quasi-mécanique les enchaînent toujours à cet héritage encombrant.

Il existe en japonais trois principaux niveaux de langue : le niveau "inférieur", que l'on emploie pour s'adresser à des subordonnés ou à certaines catégories de personnes plus jeunes que soi ; le niveau "intime", que l'on emploie avec les membres de sa famille, ou avec des amis proches, appartenant à la même classe d'âge ; et le niveau "supérieur", que l'on emploie pour s'adresser à des supérieurs, à des aînés que l'on respecte, ou lorsqu'on veut manifester à quelqu'un une politesse spéciale, quelle qu'en soit la raison.

Il y a une quatrième catégorie : le style journalistique, concentré, télégraphique, qui ne donne que les idées de base et laisse au lecteur le soin de compléter.

L'étiquette japonaise exige que l'on utilise le niveau de langue correspondant à chaque situation et bien sûr, s'adresser à un supérieur dans un niveau de langue "inférieur" ou "intime" serait la pire entorse que l'on puisse infliger à cette règle sociale profondément enracinée.

Cette structure linguistique "à trois étages" qui s'est développée à partir du système social vertical constitue l'une des barrières qui s'opposent à la libre communication entre des Japonais qui ne se connaissent pas. Tant qu'ils n'ont pas une idée nette du rang social et professionnel de leur interlocuteur, ils se sentent très mal à l'aise. En fait, pour un Japonais qui parle une langue étrangère, il est plus difficile d'aborder un autre Japonais qu'un étranger, puisque dans ce dernier cas il n'a pas à se soucier du niveau de langue à employer.

La caractéristique la plus spécifique de la langue japonaise est donc le soin avec lequel on doit l'utiliser pour éviter d'offenser ou de froisser quiconque. Ceci explique en partie la politesse particulière dont les Japonais font preuve dans toutes les circonstances sociales, entre eux et le plus souvent avec des étrangers (si on excepte le métro et les grands magasins aux heures de pointe...).

L'étiquette et la langue, étroitement imbriquées, sont toutes deux des reflets du désir fondamental des Japonais de contourner toute situation qui puisse être source d'embarras et d'éviter de froisser quiconque. Le japonais comporte très peu de "gros mots". Pour agresser verbalement quelqu'un, il faut avoir recours à un certain ton de voix, plutôt qu'au sens des mots eux-mêmes. Les seuls "jurons" qui existent sont communément employés à la radio et à la télévision. Les enfants qui jouent dans la rue se les crient et les crient aux passants avec la plus grande liberté, sans craindre de se faire réprimander par les adultes.

Si un Japonais en a offensé un autre en faisant un usage délibérément erroné d'un niveau linguistique, l'offensé réagit d'une manière tout à fait prévisible, que l'offense soit méritée ou non. Il est d'abord scandalisé, puis il attend le temps nécessaire — toute sa vie s'il le faut — l'heure de la vengeance. Ou bien, s'il n'a aucun moyen de faire payer l'affront, il sombre dans une profonde dépression, retournant ainsi, d'une certaine manière, le châtiment contre lui-même.

Actuellement, nombre de Japonais ont appris à supporter ce genre d'affront : les jeunes, les agents commerciaux ou les femmes qui travaillent dans les établissements de loisirs. Dans d'autres catégories aussi, on découvre progressivement qu'on peut se libérer des entraves de la "Japanese way of life". Mais on trouve régulièrement dans les rubriques "faits divers" des journaux le récit d'incidents provoqués par des Japonais qui se sont vengés sur eux-mêmes ou sur leur offenseur après avoir subi un affront verbal.

Même parmi ceux qui ont résidé de nombreuses années au Japon, fort peu d'étrangers parlent le japonais. La grande majorité des Japonais ne connaissent pas l'anglais, ou le parlent très mal — pas plus d'ailleurs que tout autre langue étrangère. Cette barrière linguistique combinée aux autres différences culturelles concernant la communication est la source de la plupart des problèmes qui assaillent les Japonais et les étrangers lorsqu'ils travaillent ensemble.

Il faut pourtant reconnaître que des centaines de milliers de Japonais, et surtout ceux qui se destinent au commerce international essayent d'apprendre l'anglais, alors que la plupart des hommes d'affaires occidentaux, et surtout les plus haut placés, considèrent comme indigne d'eux d'apprendre le japonais, ou pensent qu'il s'agit d'une perte de temps. Parmi ceux qui ont passé des décennies au Japon, certains se vantent avec une mauvaise foi perverse d'être incapables de parler japonais — alors qu'ils reprochent régulièrement aux Japonais de ne pas bien comprendre leurs questions ou leurs commentaires.

Presque tous les Japonais étudient l'anglais pendant une période qui peut aller de deux à huit ans. Beaucoup considèrent la pratique de cette langue comme l'un de leurs acquis, mais seule une infime fraction de la population est capable de la parler — ne serait-ce que très péniblement — et de la comprendre. Cet état de fait est dû à l'enseignement. Les professeurs qui enseignent l'anglais dans les écoles japonaises ne le parlent pas, et ne peuvent donc pas donner à leurs élèves de cours de conversation. Les jeunes Japonais passent un temps considérable à lire des textes anglais, sans en étudier correctement la prononciation, ce qui donne lieu à une "japanisation" abusive de certains mots. Dans la bouche de la plupart des Japonais, le mot "bread" devient "buredo" ; "coming" devient "comingu", "Mister Smith", "Misuta Sumitsu", etc...

On reste parfois ébahi devant les textes anglais que les professeurs proposent à leurs élèves. D'innombrables étudiants m'ont appelé à l'aide pour leurs versions anglaises. Les textes qu'ils devaient traduire étaient si ésotériques, si vagues et si mal écrits que sur cent anglophones, pas un seul n'aurait été capable de les expliquer dans sa langue maternelle.

Certains corpus poseraient d'épineux problèmes à n'importe quel Occidental si on lui demandait de les traduire dans une langue étrangère. En voici un, qui figure parmi mes favoris :

> The march of mankind is directed neither by his will, nor by his superstitions, but by the effect of his great and, as it were, accidental discoveries on his average nature. The discovery and exploitation of fire, of metal and gunpowder, of coal, steam, electricity, of flying machine, acting on human nature which is, practically speaking, constant, molds the real shape of human life, under all the agreable camouflage of religions, principles, policies and ideas. The comparisons with the effect of these discoveries and their unconscious influences on human life, the effect of political ideas is seen to be inconsiderable. (NDT : Ce qui peut, à grand-peine, se traduire par : La progression de l'humanité n'est ni le fruit de sa volonté, ni de ses superstitions, mais des effets de sa grande et, comme ce fut le cas, des découvertes accidentelles sur sa nature moyenne. La découverte et l'exploitation du feu, des métaux, de la poudre, du charbon, de la vapeur, de l'électricité, et des engins aériens agissant sur la nature humaine qui est, plus ou moins, une constante, donne à la vie humaine sa vraie forme, sous les agréables camouflages que sont les religions, les principes, les lois et les idées. Les comparaisons entre les effets de ces découvertes et leurs influences inconscientes sur la vie humaine, l'effet des idéologies politiques apparaît comme négligeable.)

## HAJI
## Eviter la honte

Les difficultés de l'apprentissage de l'anglais sont ensuite aggravées par la susceptibilité exacerbée des Japonais qui les empêche, lorsqu'ils ont atteint un certain statut professionnel, de reconnaître l'insuffisance de leur anglais, et de demander de l'aide et des conseils à une personne plus compétente lors de la relecture de leurs textes.

La clé de ce paradoxe semble être que tant que personne ne signale les erreurs aux responsables, ils considèrent qu'il n'y en a pas — et l'honneur est sauf. Il serait tout à fait inconvenant de souligner ces erreurs. Avant d'en avoir pris conscience, j'ai souvent plongé dans l'embarras des amis, des collègues et des bureaucrates japonais, en attirant l'attention sur des erreurs grossières dans des textes — qu'il s'agisse de simples menus, ou de circulaires ministérielles.

Les plus grandes firmes ont généralement un certain nombre d'employés qui parlent assez bien l'anglais. Les autres en ont un ou deux qui le parlent à grand peine et qui, armés d'un dictionnaire, parviennent tant bien que mal à aligner quelques phrases, ou à traduire en japonais les lettres qui leur arrivent de l'étranger. Ces derniers peuvent ne jamais comprendre à 100% le message que les compagnies étrangères ont voulu leur communiquer. Ce qui fait qu'elles manœuvrent toujours avec un certain pourcentage d'incertitude. Même lorsque les informations ou les instructions sont rédigées en japonais, les probabilités de malentendu ou d'échec à se faire comprendre restent énormes.

Même les Japonais les plus lettrés et les plus cultivés ont parfois du mal à se faire comprendre clairement par leurs compatriotes, et ce à la fois à cause de l'imprécision inhérente à la langue japonaise, et à cause des "convenances", qui obligent les Japonais à utiliser leur langue de façon vague et contournée.

Un professeur spécialisé dans les sciences de la communication à l'université de Tokyo a estimé qu'à la première écoute, les Japonais comprenaient environ 85% du contenu d'un message. Pour arriver à communiquer des idées relativement simples, il n'est pas rare qu'on doive s'y prendre à plusieurs reprises. La langue est si vague qu'il arrive souvent, dans une conversation ordinaire, que l'un des interlocuteurs s'interrompe pour tracer dans l'air, ou sur toute surface disponible, des idéogrammes chinois qui lui permettent de se faire mieux comprendre. S'il s'agit par malheur d'un symbole peu courant (comme il en existe des centaines), ou si l'autre l'a oublié ou ne l'a jamais appris, le sens de la phrase devient incommunicable.

On peut parler japonais bien plus directement, et avec plus d'efficacité que ne le font la plupart des Japonais. Mais ce serait une entorse grave à l'étiquette. Les étrangers qui ont une bonne maîtrise de la langue arrivent souvent à se faire comprendre plus vite et plus précisément, parce qu'ils ne sont pas contraints d'adopter les circonlocutions hermétiques prescrites par l'usage. Mais, prudence ! Ils courent souvent le risque d'offenser ceux à qui ils s'adressent.

## SUKOSHI DEKIMASU
## Que pouvons-nous y faire ?

Il est facile d'acquérir quelques rudiments de japonais. Cela vous évitera nombre de petits problèmes ordinaires que rencontrent les étrangers au Japon. La maîtrise des domaines linguistiques de base que sont la nourriture, l'heure, le logement, la direction, etc... n'exige qu'un vocabulaire restreint et peu ou pas de connaissances grammaticales. La plupart des problèmes de communication proviennent de l'idée communément répandue chez les étrangers que tout Japonais doit comprendre l'anglais.

J'ai souvent vu des hommes d'affaires occidentaux aborder des employés de bureau, ou des agents de police japonais en leur posant en anglais des questions — parfois simples, mais parfois compliquées — comme si comprendre l'anglais avait été la moindre des politesses, et s'indigner lorsqu'ils découvraient qu'il n'en était rien.

En général, les Occidentaux qui ont étudié une langue étrangère la comprennent mieux qu'ils ne la parlent. Au Japon, c'est l'inverse. Le Japonais moyen qui connaît l'anglais peut dire pas mal de choses, si on lui laisse le temps d'aligner ses mots. Ceci pousse les étrangers à croire que tout ce qu'ils diront sera compris. Ils se lancent alors dans de grands discours-fleuves, et sont très déçus en voyant que leurs développements laissent de glace leurs interlocuteurs japonais.

Certains étrangers présument qu'élever la voix et se mettre en colère les aidera à communiquer avec des Japonais dont la compréhension de l'anglais est limitée. Ils finissent toujours par découvrir que cela ne produit pas l'effet escompté. Ils ne parviennent qu'à emmêler d'autant plus les idées de leurs interlocuteurs, et à s'en faire des ennemis qui ne l'oublieront pas et qui se vengeront tôt ou tard.

Dans nombre de cas, il est difficile d'évaluer rapidement la maîtrise de l'anglais que possède un Japonais. Vous pouvez remédier à la plupart des problèmes de communication qui se posent ordinairement en engageant avec votre interlocuteur une petite conversation préliminaire qui vous permettra de vous faire une idée de ce qu'il ou elle peut comprendre. Si vous avez des informations importantes à transmettre et si vous avez des doutes sur la compréhension de la personne à qui vous vous adressez, le mieux est d'écrire ce que vous avez à dire.

Lorsqu'on reçoit d'une compagnie japonaise une lettre rédigée dans un anglais correct, il faut toujours se rappeler qu'il subsiste de grandes chances pour que la réponse ne soit pas parfaitement comprise. Ce n'est d'ailleurs pas toujours la faute de la compagnie japonaise. Sur des milliers de lettres que j'ai eues entre les mains, et qui provenaient de compagnies étrangères, certaines étaient complètement incompréhensibles. D'autres étaient si "généralisantes" ou si filandreuses qu'il était difficile d'en dénicher le sens.

A la barrière linguistique viennent s'ajouter les barrières culturelles. Depuis des siècles, les Japonais ont appris à réprimer leurs émotions en public, à ne manifester aucune curiosité, aucune surprise ni aucun mécontentement en présence d'un supérieur, et à obéir à tous les ordres sans poser de questions.

Encore aujourd'hui, le système d'enseignement japonais fait très peu appel à la participation des étudiants. Il n'y a presque jamais de débats organisés dans les classes. Le professeur fait un cours magistral, pendant que les étudiants prennent des notes. Le Japonais a donc du mal à répondre rapidement à des questions inattendues, et à exprimer verbalement ses sentiments avec la liberté ou l'enthousiasme que l'on attendrait, par exemple, d'un Américain.

Les Japonais ont conscience de la difficulté de leur langue. Ils en connaissent les limites en tant qu'outil de communication, mais en même temps, il la considèrent comme une sorte de ligne de défense contre l'intrusion ou l'espionnage étranger, non seulement dans les sphères politiques ou diplomatiques, mais aussi dans les domaines socio-économiques.

Si peu d'Occidentaux sont parvenus, au fil des générations, à maîtriser leur langue, que les Japonais en sont venus à penser qu'elle était inaccessible à des esprits occidentaux, et que cet hermétisme constituait pour eux une précieuse protection. Cette attitude a eu pour conséquence un redoublement d'effort de la part des Japonais dans leur apprentissage des langues étrangères. Ils sont toujours surpris, et même abasourdis lorsqu'ils rencontrent un étranger qui parle le japonais.

Ils sont aussi toujours très sensibles aux différences raciales. Entendre leur langue prononcée par une bouche étrangère, surtout si l'étranger en question est blanc ou noir, provoque chez eux un étonnement qui peut avoir des conséquences plutôt ahurissantes. L'idée d'un étranger parlant japonais leur paraît si incongrue qu'il arrive souvent qu'un Occidental énonce une phrase parfaitement correcte sans pour autant se faire comprendre — tout simplement parce que les Japonais ne se sont pas mentalement préparés à "capter" leur propre langue.

Un expert juridique occidental qui plaide des affaires au Japon s'est un jour adressé à un agent de police dans le centre de Tokyo, et lui a demandé dans un japonais parfait de lui indiquer son chemin. Le policier est resté ébahi pendant quelques secondes, et a répliqué : "Moi pas parler anglais !"

Cette réponse fit sortir notre expert juridique de ses gonds. Il entreprit de sermonner le malheureux avec tant de véhémence qu'il se forma un attroupement autour d'eux.

Cet avoué se serait sans doute évité bien des tracas s'il avait pensé à faire précéder sa question de l'une des "entrées en matière" que les Japonais ont l'habitude d'utiliser et qui, dans le cas d'un étranger, permettent de signaler aux Japonais que vous allez vous exprimer dans leur langue, et que c'est leur propre idiome qu'ils doivent se préparer à "décoder".

Si vous êtes passé maître dans l'art du salut, vous faciliterez la compréhension de votre message en l'accompagnant d'un salut. Mais attention ! Cela exige plus d'adresse et d'expérience qu'il n'y paraît. La meilleure méthode est d'avoir recours à la fois à un salut et à une entrée en matière. Mais tout cela peut s'avérer inefficace. Il ne vous restera plus d'autre solution que de vous répéter.

Ce sont, bien sûr, les faiblesses linguistiques des Japonais, aggravées de leur résistance à les admettre qui provoquent ces étranges pataquès parfois irrésistiblement drôles dans leurs annonces publicitaires rédigées en anglais — surtout dans celles qui sont conçues dans les services de publicité internes aux compagnies.

## TSUYAKU
### Des pensées — pas seulement des mots !

Les hommes d'affaires étrangers racontent souvent qu'ils ont passé des heures à essayer de faire passer à leurs homologues japonais un message qui leur semblait important, pour s'apercevoir finalement que tous leurs efforts avaient été vains, et qu'ils n'avaient probablement réussi qu'à passer pour des crétins achevés aux yeux de leurs interlocuteurs. Un Américain à qui ce genre de mésaventure était arrivée a très bien résumé le problème en décrivant ainsi le genre d'interprète dont on a besoin pour communiquer ou négocier avec des hommes d'affaires japonais : "Il vous faut quelqu'un qui puisse traduire les pensées, et pas seulement les mots."

La même personne illustre aussi une autre facette de l'étiquette sociale et professionnelle japonaise, qui est souvent responsable de malentendus, de frictions et de pertes de temps : Il avait engagé un jeune interprète japonais qui avait passé de nombreuses années aux U.S.A., et qui parlait couramment l'anglais. Fort de cet allié, il pensait pouvoir exposer clairement et intégralement ses idées devant ses interlocuteurs japonais. Il passa donc plusieurs heures à expliquer en détail sa philosophie professionnelle, et ses idées sur la façon dont il pensait que les opérations envisagées pouvaient et devaient être menées.

Il revint à son hôtel, convaincu d'avoir réussi à passer outre la barrière linguistique. Mais il s'était réjoui trop vite. Peu après, son interprète l'appela, pour s'excuser de n'avoir pu traduire qu'une petite partie des commentaires de l'honorable étranger, parce qu'ils auraient offensé ses interlocuteurs japonais. On peut supposer que ces remarques étaient surtout des critiques des façons de faire japonaises.

Au Japon, critiquer ouvertement quelqu'un en public est un grave manquement à l'étiquette, même dans le cadre d'une relation de supérieur à subordonné. Tout comme il est inconvenant de contredire quelqu'un en public, ou de rectifier ses erreurs. Cette coutume oblige souvent des Japonais intelligents à se comporter comme des sots ou à jouer l'indifférence, mais c'est une manière d'éviter des conduites que les supérieurs comme leurs subordonnés tiennent pour insultantes. Autrefois, une critique ou la correction d'une erreur a coûté la vie à plus d'un Japonais.

Aujourd'hui, ce type d'insulte ne se lave généralement pas dans le sang — sauf peut-être dans le cas de certains truands. La vengeance emprunte des voies plus subtiles et plus détournées. Les hommes d'affaires étrangers doivent accorder la plus grande attention à cette susceptibilité exacerbée, et en tenir compte dans tout ce qu'ils font.

Pour un homme d'affaires étranger, il est possible de minimiser les éventuelles frictions en expliquant qu'outre sa propre méconnaissance des us et coutumes japonais, les règlements et les habitudes de sa compagnie, qui ne dépendent pas de lui, l'empêchent de se conformer à 100% aux méthodes japonaises. Cela revient à annoncer : "Je vais peut-être vous offenser involontairement, mais j'y suis forcé, et je vous prie de me pardonner d'avance." Les Japonais sont tous disposés à recevoir cet argument.

La plupart des interprètes japonais qu'emploient les hommes d'affaires étrangers sont jeunes et ont eux-mêmes très peu d'expérience du monde des affaires. Ils risquent de ne pas maîtriser suffisamment les problèmes relationnels qui constituent une part importante du travail de l'interprète. En outre, on leur demande souvent de traduire pour des hauts responsables japonais d'un âge respectable.

En s'efforçant d'adopter le niveau de langage correct pour ces personnes de haut-rang, les interprètes inexpérimentés obscurcissent souvent le sens de ce qu'on leur demande de dire. Ils ont généralement tendance à modérer les commentaires de l'étranger, pour éviter de froisser les interlocuteurs japonais.

Pour échapper à ces inconvénients, il vaut souvent mieux engager des interprètes plus âgés, même s'ils ne maîtrisent pas l'anglais aussi bien qu'un jeune diplômé qui a fait toutes ses études à l'étranger. Le statut social plus élevé d'une personne plus âgée contrebalance souvent avantageusement ses failles dans le maniement de la langue.

Si l'homme d'affaires étranger veut mettre toutes les chances de son côté en engageant une personne dotée d'un certain statut social, il a intérêt à lui expliquer clairement qu'il a besoin de son expérience, de ses compétences et de son statut, pour compenser sa propre ignorance des coutumes nationales, etc...

## GAIJIN KUSAI
### Comme un parfum d'étranger...

Les hommes d'affaires étrangers présument ordinairement qu'un employé, un interprète, ou un ami japonais qui a étudié à l'étranger et qui parle un anglais courant, ou à peu près correct, est une sorte "d'allié dans le camp de l'ennemi", et qu'il peut s'en remettre totalement à lui pour transmettre intégralement ses directives. Il faut, bien sûr, considérer chaque cas en particulier, mais il n'en va généralement pas ainsi, et ce pour plusieurs raisons, toutes très intéressantes.

D'abord, si ce Japonais anglophone fait partie d'une grande ou d'une moyenne entreprise, et surtout s'il n'en est pas l'un des principaux cadres, il se trouve devant un système qui constitue le cœur même de l'esprit japonais. Et malgré son vernis de culture étrangère, il en fait lui-même toujours partie.

Les Japonais sont orgueilleux et susceptibles au-delà de tout ce qu'on peut imaginer, et si l'un de leurs collègues fait étalage de ce qu'il a appris en Occident, il court le risque d'être mis en quarantaine, et de se voir reléguer à vie sur une voie de garage.

Au fil des années, j'ai pu me rendre compte des difficultés que doivent surmonter les Japonais qui sont partis étudier à l'étranger pour se réinsérer dans le système, tout en gardant de bonnes relations avec leurs collègues japonais. Ils doivent faire preuve de la plus grande prudence pour ne pas provoquer leur jalousie ou leur colère.

Les entreprises envoient certains de leurs employés à l'étranger, mais jamais avant de les avoir préalablement endoctrinés dans l'esprit et la philosophie de la compagnie.

Aujourd'hui encore, beaucoup de compagnies de tout premier plan ont des règlements plus ou moins officiels qui interdisent d'engager quelqu'un qui aurait fait ses études hors du Japon. Cette attitude repose sur la certitude que quiconque va se former à l'étranger y perd inévitablement un peu de sa "japanéité", et en ramène des manières qui, pour les puristes, relèvent de façon flagrante des attitudes occidentales. Il devient une sorte de bouchon carré dans un goulot rond, même s'il est par ailleurs plus qualifié que les autres employés de la firme. Il y a quelques années, on surnommait ces étudiants qui revenaient de l'étranger les *gaijin kusai* — "ceux qui sentent l'étranger à plein nez".

Pendant les années que j'ai passées à Tokyo, j'ai interviewé des douzaines de Japonais de 25 à 30 ans, qui avaient étudié plusieurs années à l'étranger, et qui ne parvenaient pas, faute de relations assez puissantes, à se faire engager dans les grandes compagnies. Ceux qui trouvaient des emplois devaient se contenter de postes où leurs compétences, et surtout leurs compétences en anglais, n'étaient pas exploitées.

Les compagnies en question préféraient continuer à employer des Japonais qui n'avaient jamais mis le nez hors du Japon, même s'ils n'étaient capables d'écrire ou de parler en anglais qu'une sorte de "petit nègre". Il expliquaient cette politique en prétextant qu'un Japonais formé à l'étranger s'occidentalisait, et devenait incapable de s'intégrer émotionnellement et intellectuellement au système japonais. Mais comme il est à présent tout à fait indispensable à de plus en plus de compagnies d'avoir des employés qui sachent lire, écrire, et parler convenablement les langues étrangères, certaines se résignent à faire ce sacrifice, et engagent des personnes formées à l'étranger.

Un Japonais formé à l'étranger a donc tendance à jouer un rôle de tampon entre les étrangers et sa propre compagnie. En face d'un Occidental, il endosse sa cuirasse d'Occidental pour se mettre à la portée de l'étranger et sympathiser avec lui. Mais lorsqu'il se retrouve devant ses collègues et ses supérieurs japonais, le système le force à redevenir l'un des leurs, et à voir l'étranger avec des yeux de Japonais.

Lorsque plusieurs compagnies japonaises annoncèrent, en 1985, qu'à cause de l'importance croissante que prenaient leurs opérations internationales, elles embaucheraient tous les ans un certain nombre de Japonais titulaires de diplômes étrangers pour leurs succursales d'outre-mer, la nouvelle était tellement inattendue, qu'elle fit la une de tous les journaux.

## MAKOTO
## La sincérité "à la japonaise"

Pour les Japonais comme pour les Occidentaux, il n'est pas exceptionnel de s'accuser mutuellement d'insincérité, et parfois de malhonnêteté. D'un côté comme de l'autre, personne ne se rend compte que, la plupart du temps, les deux parties font référence à des concepts de sincérité et d'honnêteté complètement différents. L'idée que les Japonais se font du bien et du mal n'a pas grand-chose à voir avec celle des Occidentaux. Pour le Japonais moyen, le bien et le mal ne reposent pas sur un code d'éthique universel et inébranlable, mais sur le lieu, le moment, les personnes impliquées, etc... L'idée japonaise de la justice est beaucoup plus pragmatique que celle des Occidentaux.

J'ai un jour assisté à une grande réception donnée à Tokyo par le service d'exportation d'une grande compagnie américaine, pour Hitachi Ltd, l'un de leurs fournisseurs, et quelques autres hôtes de marque. Les dirigeants d'Hitachi firent quelques discours qui commençaient et se terminaient tous par des exhortations à la sincérité, en direction des Américains.

Saisissant la portée de l'allusion, certains orateurs américains contre-attaquèrent en faisant eux aussi appel à la sincérité des Japonais — ce qu'un observateur non averti aurait sans doute pris pour des démonstrations spontanées de bonne foi, où les deux parties parlaient de la même chose, et établissaient entre elles une communication véritable. Mais, dans la bouche d'un Japonais, le mot "sincérité" prend un sens tout autre, qu'il est d'une importance vitale de bien cerner lorsqu'on travaille avec des Japonais.

Pour un Occidental, être sincère veut dire "renoncer à tout mensonge et à tout artifice", c'est-à-dire être d'une honnêteté et d'une franchise sans faille. Mais pour un Japonais, être *makoto* signifie s'acquitter de toutes ses obligations, de manière que tout se passe dans l'harmonie, sans le moindre heurt, et aussi veiller à ne rien faire, ou dire, qui puisse offenser qui que ce soit, ou lui faire perdre la face. Cela implique, entre autres, qu'une personne *makoto* s'abstiendra de toute conduite égoïste, gardera son calme, et ne fera rien pour que les autres perdent le leur, ne dévoilera pas ses pensées négatives et évitera soigneusement de provoquer la moindre perturbation.

De toute évidence, rien de tout ceci n'implique obligatoirement l'adhérence stricte aux principes occidentaux de sincérité et d'honnêteté, puisqu'une certaine harmonie peut s'instaurer et durer aussi longtemps que les deux parties s'accordent sur les règles du jeu. Or les Japonais, tout comme les Occidentaux, ont tendance à faire comme si leurs règles étaient les seules, et comme s'il allait de soi que leurs interlocuteurs les acceptent comme telles.

Comme nous l'avons déjà dit, l'homme d'affaires japonais semble souvent faire passer la forme et la manière avant le résultat de l'opération — quoiqu'il ne se désintéresse manifestement pas des résultats. Comme cette attitude s'oppose radicalement aux procédures occidentales, elle est à l'origine de divers malentendus, et de divers types de frictions entre les parties concernées.

En affaires, les Japonais pensent toujours en termes de relations personnelles et de circonstances subjectives. Un accord entre un Japonais et un Occidental devrait toujours se limiter aux principaux points, et chaque élément devrait être longuement discuté, pour qu'il soit clair que chaque partie a pleinement compris ce que dit l'autre, et l'approuve vraiment.

Lorsqu'une compagnie étrangère est arrivée à un accord avec une compagnie japonaise, elle ne doit pas pour autant en conclure qu'elle est sortie d'affaire. A la seconde même de la signature, les intérêts des deux parties se mettent à diverger insensiblement. Les termes de l'accord seront différemment interprétés des deux côtés, et si les compagnies ne maintiennent pas le dialogue pour adapter leur accord et le faire évoluer par des ajustements progressifs, les intérêts des deux parties risquent au bout de deux ou trois ans de s'être tellement éloignés, que les relations se gâteront.

Ceci n'est généralement pas dû à une quelconque malhonnêteté, ou à une quelconque hypocrisie d'un côté ou de l'autre, mais plutôt aux différences de perception et de réactions. Les Japonais pensent, entre autres, que comme les circonstances évoluent constamment, il est naturel que les relations contractuelles évoluent elles aussi.

L'un des principaux torts qu'ont les hommes d'affaires occidentaux envers les Japonais, en particulier dans le cadre des co-entreprises, est leur incapacité à reconnaître ce besoin constant d'adapter et d'ajuster leurs relations avec leurs partenaires japonais, et à réagir positivement à ce besoin.

# 7

# Yamato Damashii
## *L'âme japonaise*

### WARE WARE NIPPON-JIN
### Nous autres, Japonais...

Depuis des siècles, les Japonais parlent avec fierté de leurs caractéristiques et de leur "âme nationale", *yamato damashii*. Pour écrire *yamato*, on utilise des symboles qui signifient "paix profonde", et c'est le terme qui autrefois désignait le Japon. *Damashii* veut dire "cœur" ou "âme". Réunis, ces mots font référence à la personnalité et à l'esprit traditionnels des Japonais.

L'utilisation du mot *yamato* souligne la préoccupation typiquement japonaise de paix et d'harmonie. Il s'agit, bien sûr, d'une paix et d'une harmonie "à la japonaise", adaptées à leur système de valeur et à leurs définitions, comme nous l'avons expliqué à travers des mots-clés tels qu'*amae, giri* ou *tsukiai*.

Il existe d'autres expressions fondamentales, qui nous permettront de mieux cerner la façon dont les Japonais nuancent leurs valeurs, leurs sentiments, leurs craintes et leurs aspirations.

## JIBUN GA NAI
### Vivre sans ego

Les Japonais, et surtout ceux qui sont nés avant les années 50, tendent à avoir de leur propres entités individuelles un concept superficiel et fragile. L'expression qui traduit ce sentiment, *Jibun ga nai* — "Je n'ai pas de "moi-même", est sans doute, selon les sociologues, caractéristique de la personnalité japonaise.

On comprend aisément pourquoi ce sentiment est devenu une importante facette du caractère japonais, puisque le mode de vie traditionnel donnait en toutes choses la prépondérance au groupe et à la famille. En outre, dans pratiquement toutes les circonstances, le statut et la fonction sociale avaient plus d'importance que l'individu qui les assumait.

Un incident récent illustre clairement la façon dont ce facteur peut affecter les hommes d'affaires étrangers qui exercent au Japon, ou qui travaillent avec des Japonais.

Le directeur occidental d'une succursale américaine opérant au Japon, emmena aux U.S.A. ses deux principaux lieutenants japonais pour les familiariser avec le fonctionnement de la compagnie sur le sol américain. Les deux cadres japonais avaient travaillé plusieurs années à ses côtés, et bien sûr, les trois hommes se connaissaient très bien. Pendant toutes ces années passées à Tokyo, les deux Japonais n'avaient jamais appelé le directeur par son prénom mais, dès qu'ils mirent le pied sur le sol américain, il s'instaura une atmosphère de cordialité et de détente, conforme en tous points à la conduite américaine typique. Les cadres japonais appelaient leur directeur par son prénom.

"J'ai pensé que la glace avait enfin été rompue, et que désormais nos relations seraient bien plus amicales et plus satisfaisantes, tant sur le plan professionnel que personnel. Mais quelle ne fut pas ma déception lorsque, de retour au Japon, mes deux Japonais oublièrent subitement toute cette cordialité détendue qu'ils avaient découverte aux U.S.A. Ils avaient retrouvé leur raideur et m'appelaient à nouveau "Mr Untel"."

Après des siècles de répression de leurs émotions, de leurs désirs et même de leur esprit, pour l'amour de "l'harmonie" et d'un système social méticuleusement hiérarchisé, les Japonais ont perdu leur capacité à assumer leur propre individualité. Cette subordination de l'individu au groupe a été renforcée par l'habitude de donner au nom du clan auquel on appartient, du lieu où l'on habite, à la profession ou au titre, la priorité sur le nom individuel.

L'usage des prénoms reste très rare aujourd'hui encore parmi les Japonais adultes. Dans les affaires et en situation professionnelle, l'identité individuelle s'estompe et parfois disparaît. L'individu se dissout dans l'ombre de sa profession ou de son poste. On s'adresse à lui en le nommant par sa fonction, ou par son titre, plutôt que par son nom. On appelle *Shacho* le président d'une compagnie, et *Bucho* le chef d'un service. On donne le titre de *Sensei* (''maître'') aux enseignants, celui ''d'honorable Monsieur le Boucher'' (*Nikuya-san*) aux bouchers, etc... Tout ceci constitue un handicap personnel inhibant, restrictif et douloureux, auquel aucun Japonais n'échappe.

Après avoir vécu et travaillé au Japon pendant tant d'années, je peux affirmer que ce système provoque de gros dégâts entre Japonais et étrangers, et surtout entre les Japonais et les Américains, qui ont un besoin viscéral de cordialité.

J'ai entretenu des liens étroits avec des Japonais depuis plus de trente ans. Mais entre eux et moi subsiste une barrière psychologique qui m'empêche de me détendre tout à fait en leur compagnie : je dois toujours leur donner du ''Monsieur Yamaguchi'', du ''Monsieur Kameda'', ou du ''Monsieur Sato'' !

Il est peut-être difficile d'imaginer à quel point cette barrière de titres est perturbante, mais c'est un fait : elle exerce une influence envahissante sur les relations du Japon avec le reste du monde. Cet obstacle à la détente ne sépare pas seulement les Japonais des étrangers. Elle existe aussi entre eux, et elle est à l'origine d'une souffrance, d'une frustration et d'une solitude qui semblent aller en s'aggravant. Les Japonais sont tout à fait conscients des retombées néfastes de ce système archaïque et inhumain, mais il est si profondément enraciné dans leur société, qu'ils n'ont rien pu faire jusqu'à présent pour le combattre.

Je suis persuadé que tant qu'ils n'auront pas réussi à se débarrasser de cet aspect dc leur culture et à réhabiliter l'identité individuelle, par l'utilisation du prénom, aussi bien entre eux qu'avec les étrangers, les Japonais continueront à souffrir d'une insécurité et d'une inadaptation qui s'opposeront à tous leurs efforts pour devenir des membres à part entière de la communauté internationale.

Les Japonais les plus jeunes, et parmi les plus âgés ceux qui ont réussi à développer une attitude plus individuelle, ont des personnalités moins ''anonymes'' que la moyenne. Mais ils sont strictement limités dans leurs relations avec les autres, et surtout avec les autres Japonais. Il leur est difficile de réagir avec franchise et spontanéité aux personnes extérieures, même si dans toutes les situations extra-professionnelles, ils font sincèrement de louables efforts.

## RISSHIN SHUSSE
### La soif de réussir

Le monde entier admire le zèle et l'ambition des Japonais, mais ce que l'on reconnaît moins, c'est la raison exacte de leur soif de succès. En 1868, lors de la chute du gouvernement féodal, le Japon tout entier s'est lancé dans une fantastique éclosion économique, et ce pratiquement du jour au lendemain. A la source de ce besoin de succès apparemment irrésistible se trouvent plusieurs facteurs historiques, parmi lesquels leur conviction d'être une nation d'élite et la stricte répression de leurs ambitions qui avait été imposée aux Japonais d'origine modeste depuis l'aube des temps jusqu'au début de l'ère industrielle moderne.

Pendant la longue époque féodale japonaise (1192-1868), le rang social et les professions se transmettaient généralement de père en fils. La seule vertu approuvée et récompensée était le zèle au travail et la loyauté à ses supérieurs, au sein du système familial rigide, du clan et du système shogunal.

En 1868, après la chute du système féodal, le nouveau gouvernement lança une campagne intensive pour amener le pays au niveau industriel des Etats-Unis et des nations européennes avancées. Cette campagne incluait un effort intense pour inculquer à chaque petit Japonais un concept de succès que l'on avait baptisé *Risshin shusse*, ce qui signifie quelque chose comme "conquérir la première place (dans le monde) par nos succès".

"La caractéristique principale du succès *shusse*, c'est qu'il implique davantage le groupe que l'individu," explique Hiroshi Hazama, professeur de sociologie industrielle à l'Université de Tokyo. Le succès de l'individu dépend de celui de son groupe, à commencer par son groupe de travail immédiat, et en étendant progressivement ce concept jusqu'au grand groupe que constitue la nation.

Le professeur Hazama ajoute que le succès *shusse* ne se mesure pas en termes de biens matériels, mais de position sociale. On obtient un bon statut lorsqu'on devient professeur, docteur ou cadre. Le but suprême de la course au statut est de devenir le chef de son groupe, quelle que soit sa taille, et de recevoir le titre convoité de *cho*. Ce titre, accompagné du prestige social qu'il confère — et qui est plus important que toutes les récompenses financières — est le véritable critère du succès *shusse*. Bien sûr, la pureté originelle de cette motivation a été considérablement troublée ces dernières années, puisque les différents styles de vie qui ont actuellement cours au Japon font de l'aisance financière une nécessité absolue.

Toujours selon Hazama, le statut social que l'on obtient en tant qu'employeur joue un rôle tout aussi important dans le système de valeur japonais. Ce facteur pousse de nombreux Japonais à fonder coûte que coûte leur propre compagnie, même toute petite, et même dans des conditions précaires.

Leur défaite lors de la Seconde Guerre mondiale a eu un effet profond sur l'attitude des Japonais vis-à-vis du succès. Le système familial dans lequel le père ou la figure masculine de plus haut rang régnait en maître absolu a été aboli. L'introduction d'une démocratie "à l'américaine" a établi l'égalité de chacun aux yeux de la loi. Les destructions de la guerre avaient réduit une écrasante majorité de Japonais au nivellement économique par le bas, c'est-à-dire à la misère.

Ces nouvelles conditions de l'après-guerre ont entraîné un remplacement rapide du *shusse*, le principe de succès "familial", par celui d'un succès personnel, reposant à la fois sur la position sociale, et sur l'accumulation des biens. Les titres jouaient toujours un rôle essentiel, mais celui de l'argent n'était pas moins important. A côté du désir des anciens riches de reconstruire leur fortune perdue, ceux qui auparavant n'avaient jamais connu qu'une existence précaire avaient pour la première fois la liberté de progresser. Ce besoin viscéral de surmonter la honte de leur défaite militaire, et l'énergie que leur donnait leur liberté personnelle nouvellement conquise furent canalisés dans une ambition irrépressible qui s'était fixé pour objectif l'élévation du niveau économique et social du pays.

## KI GA SUSUMANAI
## 120 millions d'esprits insatisfaits

Selon le psychiatre Takeo Doi, on ne pourrait expliquer entièrement l'explosion industrielle des Japonais sans avoir recours à un concept que l'on désigne sous le terme de *ki ga susumanai*, ce qui veut à peu près dire "mon esprit reste sur sa faim". Doi explique qu'au cours des siècles, les Japonais ont été conditionnés à ressentir un profond sentiment de malaise et d'insatisfaction, tant qu'ils n'étaient pas venus à bout de la tâche qu'ils avaient entreprise, ou qu'ils n'avaient pas atteint le but qu'ils s'étaient fixé. Doi affirme que lorsque qu'ils se fixent un challenge écrasant, voire illimité, ils sont en proie à une insatisfaction sans bornes elle aussi, qui se manifeste par une compulsion à se lancer dans le travail à un rythme effréné.

Ce *ki ga susumanai* pourrait aussi expliquer l'obsession japonaise du rang et du classement, et leur désir incœrcible de prendre la première place en toutes choses.

## ICHIBAN TO BIRI
### Un complexe simultané de supériorité et d'infériorité

L'un des obstacles les plus importants à la bonne communication entre Japonais et étrangers, qu'ils soient hommes d'affaires, hommes politiques ou diplomates, pourrait s'appeler les "deux-facettes" du caractère japonais typique.

Les Américains, les Allemands, les Anglais et les Français en particulier, sont traditionnellement affligés d'un complexe de supériorité tout à fait manifeste et destructeur, qui fait partie intégrante de leur caractère national. Les Japonais, quant à eux, entretiennent un sentiment de supériorité au moins aussi fort que celui des autres nations. Mais ce qui rend leur cas bien plus complexe, c'est qu'ils souffrent en même temps d'un sentiment aigu d'infériorité.

A l'origine de leur complexe traditionnel de supériorité, on trouverait sans doute le mythe ancestral de la création du Japon par des entités divines. Les Japonais eux-mêmes, même indirectement, seraient les descendants de ces créatures supérieures. (Il faut souligner que ce concept a disparu depuis longtemps dans les générations post-féodales.)

Quoi qu'il en soit, ce concept culturel de supériorité s'est progressivement renforcé au fil des siècles, à cause d'un nationalisme insulaire que rien ne venait contredire, et d'un style de vie autarcique qui a fini par atteindre un niveau de perfection et de raffinement insurpassé. D'après les historiens, cette idée se serait enracinée encore plus profondément lors de la destruction de la flotte mongole par l'intervention "divine" des typhons saisonniers qui balaient le pays, alors que les Mongols se préparaient à envahir le Japon — miracle qui a donné naissance au mythe du *kamikaze*, ou "vent divin".

Du XI^e^ au XV^e^ siècle, le développement du code des guerriers Samouraïs féodaux a nuancé cette conviction de supériorité qui s'était développée parmi les Japonais depuis l'aube de leur histoire d'une pointe d'orgueil et d'un remarquable potentiel d'arrogance.

Lorsque les premiers Occidentaux commencèrent à débarquer au Japon au XV^e^ et au XVI^e^ siècle, les Japonais en furent confortés dans la conviction qu'ils avaient de leur supériorité dans tous les domaines socio-culturel essentiels. Pour eux, les Occidentaux se comportaient comme des demi-sauvages. Grands et massifs, hirsutes, souvent sales et brutaux à côté des Japonais qui avaient un savoir-vivre exquis, ils affichaient des manières de Barbares dénués de toute culture.

Par la suite, les Japonais conçurent une grande admiration pour les exploits techniques et matériels des Occidentaux, mais ils continuèrent à se considérer comme supérieurs à eux pour ce qui est de l'esprit et du cœur.

La facette "inférieure" du caractère japonais découle sans aucun doute des relations du Japon avec la Corée et la Chine, qui ont commencé autour du III^e^ siècle av. J-C, et qui se sont prolongées bien après le VIII^e^ siècle. Au début de cette période, le Japon était divisé en un grand nombre de clans rivaux avec un style de vie primitif, alors que la Chine était à l'apogée de l'une de ses plus brillantes dynasties, et que la Corée avait bénéficié depuis déjà longtemps des apports culturels de son grand voisin. L'impact qu'a eu cette inégalité culturelle sur l'esprit japonais est encore actuellement très sensible. Les Japonais pouvaient s'identifier racialement et émotionnellement aux Chinois — c'est la grande différence entre les relations que le Japon entretenait avec la Chine il y a plus d'un millénaire, et celles qu'il entretient aujourd'hui avec l'Occident. Cette parenté entre les deux peuples atténuait pour les Japonais le traumatisme dû à leur position d'infériorité.

En revanche, il est très difficile, et même impossible pour les Japonais d'aujourd'hui de s'identifier avec un Occidental blanc ou noir. Ils s'en sentent séparés, non seulement par leur apparence physique, mais aussi par leurs attitudes et par leurs manières, qui leur semblent grossières et insolites — diamétralement opposées à l'art de vivre japonais.

En même temps, la plupart des Japonais continuent à envier le standing des Américains et de certains Européens, tout comme leur individualisme, leur liberté sociale et économique, et même leur taille élancée et leur teint clair. Les Japonais développent donc envers les Occidentaux un sentiment simultané de supériorité et d'infériorité, où il entre plus de passion qu'ils n'en investissent dans leurs relations avec les autres Orientaux.

Leur humanisme est pour les Japonais un grand sujet de fierté et cela ne peut que renforcer leur complexe de supériorité vis-à-vis des autres peuples (depuis que leur défaite à la guerre a affaibli leur sentiment de supériorité spirituelle). Depuis longtemps, les Japonais tendent à penser que leurs attitudes sociales et leur institutions sont des modèles de respect de la "nature humaine". Au moins jusqu'à ces dernières décennies, ils pensaient qu'il était de leur devoir d'étendre au reste du monde leurs conceptions de l'humanisme et de l'harmonie.

Comme chacun sait, les Japonais se sont à présent hissés au même niveau technologique et économique que les principaux pays occidentaux. Cet exploit n'a pu qu'accroître leur sentiment de supériorité, mais leur complexe d'infériorité continue à exercer une influence émotionnelle perturbante dans leur vie, parce qu'il se concentre maintenant sur des caractéristiques raciales absolues, et sur la vulnérabilité économique de leur pays.

Ce sentiment d'infériorité leur donne, entre autres choses, un besoin irrépressible de rattraper et de surpasser tous les autres pays, avec pour résultat qu'on leur reproche partout leur ambition envahissante et leur acharnement excessif au travail. Pendant les années 60 et 70, leur course effrénée à la croissance économique a failli leur coûter à la fois l'équilibre de leur environnement et leur santé.

Les Japonais ne parviendront pas à se débarasser de ce sentiment d'infériorité tant qu'ils n'auront pas assimilé un nouveau système de valeurs pratiques et spirituelles qui leur fera découvrir une nouvelle forme de respect de l'individu, de sa valeur, et de ses responsabilités. Ils doivent en même temps apprendre à accepter les différences idéologiques, ethniques et culturelles, en cessant de comparer leur style de vie traditionnel aux standards étrangers.

Pour ce qui est de l'influence qu'aura à l'avenir leur complexe de supériorité, je le comparerai volontiers à celui des Romains pendant l'Empire, des Allemands du III^e^ Reich, et des Américains actuels. Tous ces peuples ont dû accepter l'idée qu'ils n'avaient aucun droit à prétendre dominer le monde ; les Japonais devront eux aussi se débarrasser de cette impulsion archaïque et égoïste.

Au niveau individuel et personnel, les Japonais — comme la plupart des autres peuples — doivent reconnaître qu'ils ne sont, en moyenne, ni meilleurs ni pires que les autres nations, et qu'en fait, leurs sentiments d'infériorité ou de supériorité n'ont aucune base objective.

Lorsqu'ils se seront débarrassés de ces deux présomptions à la fois erronées et dangereuses, ils seront bien plus à l'aise et plus efficaces dans leurs relations internationales.

## MONO NO AWARE
### L'esthétique des affaires

Comme la plupart des Asiatiques, les Japonais se sont toujours autant préoccupés du monde spirituel et émotionnel que du monde physique. Cette attitude a donné naissance à une forme de culture qui laisse souvent à l'esthétique la préséance sur la raison. La beauté naturelle ou les arrangements d'éléments naturels faisaient l'objet d'une sorte de culte. La communion avec les forces du monde matériel à travers la poésie et les différents rituels esthétiques était une composante importante de la vie de tout Japonais.

Selon Takeo Doi, les préoccupations esthétiques des Japonais ont été historiquement une manière de communiquer avec les forces naturelles sur le mode de l'*amae*. De son point de vue, les rituels qui font intervenir les fleurs, la lune, la neige, et même les bruissements d'insectes sont des manifestations directes du facteur *amae* dans la culture japonaise. Doi pense que ce besoin inné d'*amae* qu'éprouvent les Japonais est si absolu qu'il ne peut être satisfait. Il n'existe matériellement pas de moyen de remédier à la séparation de l'enfant d'avec sa mère, ni à celle de l'être humain d'avec la nature, ou le cosmos.

Plusieurs mots-clés de la langue se rapportent au rôle que jouent au Japon l'esthétique et le sentiment de la nature. *Mono-no-aware* fait référence à une extraordinaire sensibilité à la beauté, et à la capacité de se fondre dans un objet ou une atmosphère, et particulièrement dans le sentiment de l'éphémère.

*Shibui* est un terme encore plus courant. Il s'agit de la beauté en tant qu'harmonie idéale avec les forces naturelles, et de la paix qu'elle procure à l'observateur. (1) Le *Sabi* fait référence à un genre de beauté que l'on appelle aussi parfois "la rouille du temps" — la mousse qui s'incruste sur un rocher ou sur le tronc d'un arbre, les rides d'un visage, la couleur que prend le bois échoué sur le rivage, à force d'être battu par les vagues et le vent.

Le *Wabi* désigne la quintessence de la sobriété, symbolisée par certaines matières. Le *Yugen* ("mystère" ou "subtilité") fait référence à un type de beauté cher aux Japonais : le charme discret qui émane de la surface des choses, sans affleurer tout à fait...

Il existe de nombreux concepts semblables, qui décrivent d'autres facettes du rôle de l'esthétique dans la tradition japonaise. Tous font référence au sentiment de profonde plénitude que procure l'identité avec la nature. Ce sens esthétique extraordinairement aiguisé est pour les Japonais un atout maître, lorsqu'il s'agit de concevoir des formes et des emballages pour leurs produits.

L'harmonie tranquille n'est cependant pas toute la beauté, pour les Japonais. Le terme *iki* désigne l'autre versant de l'esthétique : l'esprit,

---

(1) Pour un développement détaillé des pratiques esthétiques japonaises et de leur influence sur le reste du monde, voir *Japanese secrets of graceful living*, du même auteur.

le goût, le raffinement. La beauté *iki* peut aussi bien se rencontrer dans les objets que dans le caractère ou la manière d'être d'une personne. L'être doué d'*iki* est calme et souple. Il flotte dans la vie avec une grâce et un savoir-faire achevés.

Cette tradition de la communion avec la nature, au travers des pratiques rituelles élevées au rang de cultes esthétiques a considérablement décliné auprès des jeunes générations. Mais le sens esthétique et les dons artistiques sont toujours des ingrédients essentiels de la personnalité japonaise. Sans eux, un Japonais ne saurait être considéré comme un être complet et accompli.

Dans le monde des affaires, nombre de compagnies offrent à leurs employés des cours gratuits dans des disciplines artistiques telles que les arrangements floraux, la danse ou la cérémonie du thé. Plus les hommes d'affaires avancent en âge, plus ils amassent de biens matériels, et plus ils sont en quête de l'accomplissement spirituel et émotionnel que procurent les activités artistiques ou esthétiques. Ils plaignent les cadres trop occupés ou trop insensibles pour en faire autant, et les considèrent parfois avec condescendance.

Un homme d'affaires étranger qui souhaiterait mieux connaître ses interlocuteurs japonais et développer avec eux des relations solides, aurait tout intérêt à se sensibiliser lui aussi aux charmes de la beauté simple et aux joies inépuisables de la nature.

## KANJO WO SASURU
## Les chocs émotionnels

Les Japonais non-occidentalisés, c'est-à-dire la majorité d'entre eux, sont généralement mal à l'aise en compagnie d'Occidentaux, même s'ils parlent suffisamment l'anglais pour pouvoir communiquer à un niveau élémentaire. Et ce tout simplement parce qu'ils n'ont pas l'habitude de bavarder librement avec qui que ce soit, en dehors de leurs meilleurs amis.

Il leur est spécialement difficile de s'adapter aux manières américaines. Nos habitudes de comportement "relax", "copain-copain", représentent exactement tout ce qu'on les a conditionnés à ne pas faire. Comme nous l'avons déjà dit, les manquements à l'étiquette étaient sévèrement réprimés, dans le Japon féodal. Ils étaient même parfois passibles de la peine de mort — ce qui a sans doute contribué à faire accepter la "conduite convenable" aux Japonais, comme une sorte de seconde nature.

Pour chaque situation quotidienne, il est prévu une procédure et un type de comportement. Confrontés à des circonstances inhabituelles sur lesquelles ils n'ont aucun contrôle, les Japonais restent perplexes, paralysés, en proie à l'embarras le plus profond.

Même quand ils le voudraient, la plupart des Japonais sont incapables de se rapprocher d'un étranger en laissant s'établir entre eux une relation qui soit satisfaisante pour les deux parties et qui transcende leurs différences — hormis sur une base purement physique.

L'inverse est tout aussi vrai. Il est rare qu'un étranger puisse oublier ses propres attitudes, ses systèmes de valeurs, ses règles et ses autres instincts sociaux, pour les remplacer par d'autres qui impliqueraient pour lui soit la bi-culturalité, soit l'abdication de sa propre personnalité.

Le désir qu'ont les Japonais d'impressionner favorablement les "préprogramme" à manifester la grande joie que leur inspire la présence de leurs hôtes étrangers. Mais en même temps, du fait de leur conditionnement culturel séculaire, ils éprouvent une sorte de répulsion pour le contact avec des personnes extérieures, et ils les considèrent comme des rivaux dangereux, ou même comme des ennemis.

Ceci les met dans une situation étrangement paradoxale : ils tiennent à être aimés et admirés, mais à distance. La seule pensée d'une relation personnelle étroite avec un étranger provoque chez eux une réaction de rejet, mais ils se forcent à passer outre cette répulsion.

Pour un Occidental, établir des rapports satisfaisants dans le monde des affaires japonais exige donc une grande subtilité, et même une sorte de sixième sens. Il doit toujours préserver un équilibre fragile entre le concret et l'ambigu, la suggestion et la directive directe. Pour mettre au point cette délicate combinaison, l'Occidental doit d'abord se méfier de sa tendance à trop parler, par exemple pour prévenir tout risque d'erreur ou de friction. Très souvent les hommes d'affaires américains s'appesantissent trop sur leur cas. Les Japonais ont tendance à supposer que si quelqu'un parle sans arrêt, et se répète pour souligner qu'il a raison, ou pour persuader à tout prix, c'est qu'il a une idée derrière la tête, et qu'il se prépare à les "embobiner".

Le monde des affaires japonais fonctionne plus sur les émotions que sur l'objectivité froide et logique. La voix qui se fait entendre en dernier ressort est presque toujours celle des sentiments — pour préserver les apparences, l'harmonie ou pour assurer le bien futur du plus grand nombre, etc... L'émotion est le mortier qui cimente le système japonais. Si vous voulez influencer ou diriger un employé, un client ou un associé japonais, et développer avec lui de bonnes relations, considérez d'abord sa demande émotionnelle.

Comme on peut s'y attendre, aux yeux d'un Japonais, la plupart des Américains sont *rikutsu-poi* — trop logiques, trop objectifs, négligents des facteurs humains et émotionnels dans leurs relations professionnelles.

Les hommes d'affaires occidentaux doivent se souvenir que la première réaction d'un Japonais moyen à n'importe quel problème est d'abord de nature émotionnelle, puis de nature ethnique, et enfin nationaliste.

Il est vital d'adapter finement son approche pour contourner ou dépasser cette réponse conditionnée. C'est particulièrement essentiel lorsque le problème a des implications politiques, parce que les réponses japonaises à ces problèmes ont une influence défavorable sur les relations américano-japonaises. Les hommes d'affaires avisés gardent pour eux ce qu'ils pensent.

Les hommes politiques qui se rendent à Tokyo pour disserter d'une façon qui leur paraît rationnelle et logique sur les barrières "invisibles" du Japon à l'importation, en énumérant les exemples, se font parfois clouer le bec par un journaliste japonais qui leur demande à brûle-pourpoint : "Mr le Sénateur, nous aimerions plutôt savoir ce que vous pensez du peuple japonais." Mis au pied du mur, le sénateur ne peut qu'exprimer l'admiration qu'il a pour les Japonais et pour leur pays. Les journalistes concluent ensuite dans leurs colonnes que si les hommes d'affaires étrangers ont du mal à s'imposer sur le marché japonais, ce n'est pas à cause d'une prétendue barrière qu'on opposerait à leurs produits, mais parce qu'ils refusent de se plier aux pratiques japonaises.

Les Japonais affirment qu'il s'agit d'un problème de perception. Selon eux, leur marché "semble" fermé, parce que les étrangers ne font pas l'effort d'apprendre les façons de faire japonaises. Ce qui fait que lorsque les hommes politiques étrangers et japonais se réunissent pour discuter d'économie, ils parlent sur des longueurs d'onde différentes, de problèmes différents. Pour contourner la tendance japonaise à tout placer sur un plan émotionnel ou ethnique, on peut par exemple considérer les facteurs émotionnels et personnels comme un préambule nécessaire, et montrer qu'on leur accorde toute l'attention qu'ils méritent, pour que les Japonais puissent voir en leur interlocuteur un être humain compréhensif et sensible, avant d'en venir aux problèmes logiques et concrets.

## MORETSU CHAIN
### Ces infatigables petits commerciaux

Bien que le Japon se soit élevé au rang des premières nations industrielles vers 1960, ce n'est qu'à partir de 1970 que les Japonais ont réellement trouvé leur rythme comme ''commerciaux''. Ceci mérite d'être plus longuement développé.

La vente, envisagée d'un point de vue positif, agressif, telle que la pratiquent les Américains et certains Européens, s'oppose radicalement à plusieurs options fondamentales de la culture traditionnelle japonaise.

Le code des manières traditionnelles prohibait formellement toute approche tranchée et agressive. De gré ou de force, un Japonais devait se montrer réservé, effacé, humble, vague dans ses propos, et même s'auto-déprécier ou minimiser ses acquis. La conduite inverse était rigoureusement réprouvée.

Pendant tous les siècles qui ont précédé les relations commerciales du Japon et de l'Occident, le seul type de vendeurs agressifs qu'aient connu les Japonais étaient les bonimenteurs de foire qui vantaient leurs marchandises dans les stands qu'ils tenaient en période de fête.

Après l'industrialisation, les nouvelles méthodes commerciales ne firent pas immédiatement leur apparition. L'agent commercial était encore une espèce inconnue. Le Japon se couvrit de petites boutiques et de petits ateliers, avec au-dessus, quelques dizaines de *zaibatsu* (conglomérats industriels).

Il fallut attendre 1950 pour que les compagnies japonaises commencent à s'intéresser à leurs départements des ventes. Au milieu des années 50, suggérer à un jeune diplômé d'entreprendre une carrière d'agent commercial était une injure. Il aurait préféré cirer les chaussures des passants sur le trottoir.

Jusqu'au début des années 60, le secteur commercial japonais a eu du mal à se développer. La plupart des jeunes commerciaux japonais connaissaient très mal les marchandises qu'ils étaient censés vendre, et ils ignoraient souvent tout de leur utilisation, ce qui était un handicap énorme pour les exportateurs qui s'efforçaient de vendre des produits en Occident avec d'autres arguments que ceux de leurs avantages de coût. Leur méconnaissance de la psychologie des acheteurs auxquels ils s'adressaient constituait pour eux une autre entrave, ainsi que la peur de faire des erreurs ou de se ridiculiser.

Pendant les années 60, plusieurs compagnies japonaises de premier plan firent passer à la télévision des spots publicitaires qui s'étaient fixé pour objectif d'améliorer l'image du personnel commercial et de la vente agressive.

En outre, les jeunes qui atteignaient l'âge adulte à cette époque n'avaient pas été conditionnés à désapprouver les conduites agressives. Durant cette période, les habitudes et les comportements des consommateurs évoluèrent considérablement. Au milieu des années 70, le style de vente "passif" était plus ou moins confiné dans certaines zones urbaines particulièrement traditionnalistes, ou dans des régions rurales isolées.

On se sert parfois du terme *moretsu chain* pour désigner la fameuse image des "nouveaux Japonais" qui émergea à la fin des années 60 : des travailleurs ultra-rapides, qui semblent n'avoir jamais besoin de repos. La formule s'éclaire lorsqu'on sait que *moretsu* veut dire "fureur" ou "violence".

Sur le marché international, on critique souvent les Japonais en leur reprochant de trop exporter et de ne pas tenir compte de l'avis de certains de leurs clients potentiels, surtout dans les pays du sud-est asiatique. Ce n'est plus à présent la faiblesse de leur stratégie commerciale qui handicape les Japonais, c'est leur incapacité globale à fonctionner efficacement dans des rapports inter-culturels. Ils sont tout à fait conscients de ce problème, et développent des programmes de formation et de sensibilisation inter-culturels intensifs pour tenter d'y remédier.

# 8

# Matome
*Pour résumer...*

### Humanisme et autoritarisme

L'ensemble de la philosophie japonaise du management repose sur un subtil équilibre d'humanisme et d'autoritarisme. Son schéma de base est une sorte d'adaptation japonaise de la famille confucéenne idéale. Dans l'éthique confucéenne, la famille idéale obéit, dans l'ordre, à ces cinq principes : piété filiale, fidélité, obéissance, bienveillance et loyauté envers les supérieurs.

En important le Confucianisme de Chine, les Japonais ont inversé l'ordre des cinq principes, et ont fait de la loyauté envers les supérieurs la vertu suprême. Ainsi, les principes s'adaptaient d'eux-mêmes au système autoritariste qui était déjà en vigueur au Japon. C'est ainsi que la répression de leurs opinions et de leurs sentiments devint pour les Japonais une seconde nature, renforcée par le maintien systématique de fortes pressions, à la fois physiques et psychologiques, et par la punition immédiate de tout contestataire.

L'autoritarisme de ce système de management inspiré d'un modèle familial était cependant tempéré par la philosophie humaniste qui caractérise, elle aussi, la culture japonaise depuis les temps les plus anciens. Cet humanisme reposait sur la croyance d'origine Shinto que l'homme se doit d'être bienveillant, dénué d'égoïsme et prêt à aider son prochain, que quiconque se trouve en position de supériorité a le devoir moral de s'occuper de ceux qui le servent ou qui travaillent pour lui, et que de l'adhésion stricte à ces principes doit résulter une paix harmonieuse.

## La morale "parent-enfant"

Ce système économique "humano-autoritariste" caractéristique du Japon se traduit dans les faits par le schéma de relation parent-enfant. L'employeur est identifié à une sorte de couple parental père-mère, et ses employés sont ses "enfants". Les relations inter-personnelles suivaient idéalement les principes confucéens revus et corrigés, exactement tels qu'ils s'appliquaient à la vie familiale dans le Japon féodal.

Le dynamisme caractéristique des grandes compagnies actuelles prend source dans l'éthique et l'étiquette traditionnelles telles qu'elles se sont développées au sein de l'ancienne famille féodale. Les Japonais ont subi un conditionnement séculaire au respect de l'autorité et à la mise en commun du travail. En retour, leur subsistance et leur sécurité était assurée. Le système était cimenté et entretenu par un protocole minutieusement prescrit d'obligations personnelles, et par un code des manières hautement raffiné.

Les différents points-clés où s'exerçaient les contraintes étaient le gouvernement central (le shogunat), le clan, la famille, et enfin l'individu.

En 1868, l'apparition de l'individualisme et de la démocratie porta atteinte à ces liens féodaux et, dans certains cas les firent disparaître. Lors de l'industrialisation de l'économie, dans les années 1880 à 1890, le principal souci des Japonais était de gagner de quoi survivre. Dans le tissu social du pays, l'affiliation à la compagnie remplaça de fait l'affiliation au clan, et aussi, dans une certaine mesure, à la famille. Les chefs d'industrie héritèrent du respect, de la loyauté et du dévouement dont bénéficiaient autrefois le clan et le gouvernement féodal.

Le développement d'une industrie moderne au Japon a donc été un facteur de base dans l'affaiblissement des schémas féodaux, dans la vie familiale. Mais simultanément, les grandes entreprises ont repris à leur compte les modèles traditionnels de clan et de famille. Chaque compagnie est une sorte de grande famille où s'appliquent toujours les schémas traditionnels d'obligation, de loyauté, d'obéissance et de respect de l'autorité, sous une forme qui ne s'est atténuée que très légèrement.

Lorsqu'il aborde une compagnie japonaise, un homme d'affaires occidental doit toujours garder à l'esprit qu'il traite avec une famille, dont les membres sont classés verticalement selon leur ancienneté et leur grade, et qu'il est très exceptionnel qu'un membre puisse "engager" sa famille en quoi que ce soit. Quel que soit son niveau d'autorité, un dirigeant japonais doit toujours demander son avis au "conseil de famille", et obtenir son accord.

On doit se rappeler que dans une compagnie japonaise, la relation employeur-employé n'est pas strictement limitée au plan économique. L'employé moyen voue à son employeur une loyauté, une volonté de coopération et un zèle rarement surpassé dans les autres pays. En retour, l'employeur se sent responsable non seulement de la prospérité matérielle de ses employés, mais aussi de leur bien-être social et spirituel.

Ce sentiment d'obligation mutuelle se retrouve à chaque niveau du management d'une compagnie. Chaque responsable s'occupe de son mieux de ceux qu'il a sous ses ordres. Plus un cadre s'élève dans la hiérarchie, et plus il ressent fortement ce sentiment. Plus grande est la réussite d'un homme d'affaires japonais, plus il a tendance à se montrer généreux envers sa "famille", et mieux il s'efforce de la servir.

Cette conception familiale de la compagnie évolue actuellement très vite sous l'effet de facteurs économiques incontrôlables, mais il est toujours assez fort pour donner aux compagnies japonaises et à leur management un esprit très caractéristique.

## Le modèle para-militaire

Pour se faire une idée d'ensemble de la philosophie et de la pratique du management japonais, il est commode de comparer chaque compagnie et chaque organisation à une unité militaire, qui obéirait à des règlements très rigoureux, et où le grade et l'ancienneté seraient à la base de toutes les relations.

Dans ce système, tout "engagement" est en principe à vie.

Les employés qui arrivent avec le niveau BEPC ou BAC débutent à l'échelon "2e classe", et peuvent par la suite devenir "sous-off" (cols-bleus, surveillants et contremaîtres). Tout diplômé de l'enseignement supérieur devient automatiquement candidat-officier (stagiaire du management) lors de son engagement, et espère être promu aux grades supérieurs au fil de ses années de service.

L'échelle des salaires repose fondamentalement sur le grade et l'ancienneté. Les promotions sont déterminées par le niveau d'étude, le nombre d'années passées au grade actuel, et par les autres qualifications. Le badge au nom de la compagnie qu'ils portent au revers de leur veston est leur uniforme, et leur carte de visite indique leur grade. L'*ojigi*, c'est-à-dire le salut, joue le rôle du salut militaire. Les subordonnés doivent traiter leurs supérieurs avec le respect dû à leur rang, et leur obéir sans poser de questions. Les supérieurs sont responsables de toutes les actions de leurs subordonnés, en bien comme en mal. Il ne peuvent gagner et conserver leur respect et leur coopération, qu'en faisant preuve à leur égard de la plus grande bienveillance.

Tout comme on n'entre pas dans la marine directement comme sergent ou comme capitaine, la compagnie japonaise exige, à quelques rares exceptions près, que ses sous-officiers — contremaîtres — et ses officiers — managers — aient débuté au premier échelon de la hiérarchie, avant d'avoir gagné un à un leurs galons, pour qu'ils aient eu le temps d'acquérir la juste conscience de l'éthique et du savoir-faire adapté.

Tout comme les différents secteurs des forces armées, les services d'une compagnie se concurrencent, pour leur budget ou pour leurs projets de recherche. Dans une compagnie japonaise, on observe autant de rivalité entre les sections et les départements qu'on en voit à chaque niveau d'une organisation militaire, depuis la plus petite patrouille de fantassins, jusqu'au régiment ou au corps d'armée.

Les activités d'une section ou d'un service d'une compagnie japonaise peuvent tout à fait être comparées à celle d'un détachement, d'une section ou d'une compagnie de "Marines", et on y trouve les mêmes attitudes envers la responsabilité et la même loyauté à leur "arme".

Tout comme un détachement de "Marines" bien entraînés et motivés accomplit des exploits sur le terrain, une section japonaise donne le meilleur d'elle-même quand les circonstances exigent un travail d'équipe en étroite collaboration. Comme à l'armée, une personne douée d'initiative ou d'esprit d'innovation n'est bien acceptée au Japon que si elle est capable de s'intégrer au travail du groupe et de renoncer à ses ambitions personnelles ou à son besoin d'être reconnu.

Chaque individu peut être mobilisé quasi-instantanément, et en cas de besoin, chaque groupe peut se comporter comme un commando superentraîné. C'est l'un des avantages fondamentaux du système vertical et des différentes règles qui le régissent. Chaque membre de l'équipe est responsable non seulement de sa propre survie, mais aussi de celle de ses coéquipiers. Quels que soient ses sentiments personnels pour ceux avec qui il travaille, et quelle que soit la tâche dont il est chargé, il est contraint par une pression sociale écrasante à donner le meilleur de lui-même.

## L'environnement émotionnel et sensuel

Malgré les particularismes culturels qui font que les hommes d'affaires japonais et occidentaux sont si radicalement différents dans leurs attitudes, leurs comportements et leurs méthodes, la plupart des Occidentaux qui sont allés au Japon (et surtout, parmi eux, les hommes) ont été séduits par la vie japonaise. Cet attrait émotionnel comporte deux versants : un versant intellectuel, et un versant sensuel. Les deux sont importants, mais le second exerce une influence souvent plus forte, et en tous cas plus manifeste.

Le versant intellectuel comporte plusieurs facettes, dont l'une est le sentiment de supériorité qu'éprouvent les Occidentaux envers les Japonais. Certains préjugés raciaux et culturels poussent l'Occidental moyen, quel que soit son caractère et son niveau d'initiation à la culture japonaise, à se croire supérieur à un Japonais, fût-il le plus accompli, le plus riche ou le plus célèbre.

D'autre part, tous les étrangers sont séduits à des degrés divers par ce qui fait consciemment ou inconsciemment appel à leur sens esthétique et à leur admiration — à distance — de certains des aspects les plus accueillants et les plus harmonieux de la civilisation japonaise. Ce sont par exemple les costumes traditionnels, l'artisanat, l'architecture, les jardins et les rituels de l'étiquette.

Tout ce qui a survécu de l'ancien Japon est nimbé d'un exotisme auquel les étrangers trouvent un charme étrange et un grand plaisir esthétique.

Le versant sexuel intéresse presque exclusivement les hommes, et surtout ceux qui, éduqués dans l'idéologie judéo-chrétienne du péché, considèrent la monogamie et/ou l'abstinence sexuelle comme l'une des principales vertus morales.

Au Japon, la sensualité n'a jamais été stigmatisée comme un mal. Bien au contraire. Elle joue un rôle essentiel dans la religion originelle du pays. Elle est considérée comme une partie importante de la vie, et en tant que telle, elle est tout à fait admise et approuvée.

Au Japon, il y avait traditionnellement deux niveaux d'éthique sexuelle, pour chacun des sexes. Tous les hommes se permettaient généralement d'avoir autant de relations que le leur permettaient leurs moyens. Quant aux femmes, elles se divisaient en deux catégories : celles qui étaient reconnues comme "femmes publiques" et qui travaillaient hors de chez elles dans les auberges, les restaurants, les bars, les quartiers chauds, etc... et celles qui restaient à la maison, les fameuses *o'josan*, qui recevaient une éducation raffinée et qui faisaient généralement partie de la bonne société.

Les *o'josan* et les femmes de la noblesse ou des samouraïs ne vivaient pourtant pas dans la chasteté. Pendant la plus grande partie de l'histoire du Japon, elles avaient des aventures amoureuses chaque fois que l'occasion s'en présentait, sans risquer d'encourir la réprobation qui aurait pu résulter d'une assimilation de la virginité ou de la fidélité conjugale à une vertu. La seule différence entre les femmes "publiques" et "de bonnes mœurs" quant à leur attitude envers la morale sexuelle, se limitait au lieu, au moment et au partenaire.

Dans l'ancien Japon, les femmes des classes modestes, qui étaient la majorité, aussi bien que les femmes d'un certain rang étaient à la merci de l'arrogance des samouraïs qui étendaient leurs privilèges de mâles aussi loin que le leur permettaient leur audace et leurs moyens. La chaîne de plus de 75 000 auberges qui proposaient leurs services aux voyageurs durant la longue période Tokugawa fonctionnaient comme autant de "love-hôtels".

Les quartiers chauds, légalement reconnus ou clandestins furent eux aussi florissants, jusqu'en avril 1956, date à laquelle les "maisons de tolérance" furent interdites d'exercice, avec cependant un délai d'un an pour plier bagage.

Dans le Japon actuel, la situation a très peu évolué en ce qui concerne le style et la fréquentation des établissements spécialisés. Il n'existe plus de quartier strictement délimité et désigné comme lieu réservé au plaisir, mais il y a de plus en plus de femmes "galantes" et il est plus facile pour les jeunes filles de la bonne société de sortir en ville la nuit venue que pour celles, moins fortunées, qui travaillent dans les magasins ou dans les bureaux.

Comme ces messieurs tendent à avoir autant d'aventures que leurs finances le leur permettent et que leur tempérament l'exige, il faut mobiliser un important contigent de dames pour répondre à cette demande massive. La plupart d'entre elles proviennent des rangs du *mizu shobai*, l'industrie des loisirs, dont nous avons parlé au chapitre 5. En plus des "brèves rencontres" entre les clients de ces établissements et leurs employées, il existe aussi de nombreuses aventures extra-conjugales qui se nouent dans le milieu socio-professionnel entre des couples qui y font connaissance et se donnent rendez-vous après le travail. Ceci concerne les hommes mariés d'un certain âge, à qui leur aisance financière permet plus facilement d'entretenir des liens extra-conjugaux.

En dehors des professionnelles ou des semi-professionnelles du *mizu shobai*, la plupart des femmes qui ont une activité sexuelle intense sont célibataires. Mais il n'est pas rare pour une femme mariée d'avoir des aventures suivies ou occasionnelles, surtout pour celles dont les maris s'absentent souvent pour affaires, ou entretiennent, eux aussi, des relations extra-conjugales.

Au quatre coins du Japon, il existe des dizaines de milliers d'auberges et d'hôtels spécialisés dans la location de chambres avec ou sans salles de bain, destinés à des couples qui y restent une heure ou deux. A Tokyo, dans le célèbre quartier de Roppongi, on trouve un grand nombre de ces hôtels, mais il y en a un peu partout dans cette immense cité. La plupart des stations balnéaires telles qu'Atami ou Ito dépendent en grande partie de la clientèle des amoureux qui assurent leur prospérité. Les Japonais ont baptisé ces escapades qui n'ont rien que de très ordinaire, les "lunes-de-miel d'un week-end" et les messieurs qui s'y adonnent régulièrement, en changeant de partenaires aussi souvent que possible, surnomment ces dernières leurs "mariées du week-end". J'ai rencontré un certain nombre d'hommes qui se vantaient d'avoir eu chaque week-end, et pendant plusieurs années une "mariée du week-end" différente.

Les Japonais ont de la sexualité une conception tout à fait différente de celle des Occidentaux influencés par les traditions judéo-chrétiennes. Ils n'ont aucune espèce de culpabilité à s'y adonner. En même temps, l'idée qu'une jeune fille qui n'était plus vierge compromettait ses chances de faire un bon mariage a eu cours pendant longtemps au Japon. Il semblerait pourtant que cette idée n'a jamais été assez forte pour contrebalancer les autres attitudes vis-à-vis du sexe, comme en atteste la coutume des "mariages à l'essai". Le jeune homme et la jeune fille vivaient ensemble, généralement dans la maison de la fille pendant quelques semaines ou quelques mois, pour voir s'ils s'accordaient bien. Dans le cas contraire et si la fille n'était pas enceinte, le garçon revenait chez lui et se mettait en quête d'une autre fiancée.

Il n'est pas surprenant que lorsque l'Occidental moyen se retrouve dans une société permissive à l'égard de la sexualité, il soit tout à fait disposé à réagir comme un canard qui retrouve son étang. Certains vont même plus loin et ne se contentent pas d'avoir une maîtresse plus ou moins attitrée, ou quelques relations occasionnelles. Ils se lancent dans une activité sexuelle débridée et systématique, et se targuent de leurs conquêtes.

Outre l'attrait qu'exercent les relations sexuelles effectives, la culture est pétrie d'une sensualité diffuse qui flotte partout comme une promesse. Cette ambiance est un puissant stimulant pour un Occidental, et c'est la séduction de cette atmosphère caractéristique qui attache de nombreux étrangers au Japon, plutôt que la réalité des plaisirs charnels eux-mêmes.

Bien sûr, cette promesse est en grande partie le produit de l'imagination des Occidentaux. Mais la plupart des Japonaises possèdent des qualités qui, en plus de leur disponibilité globale, leur donnent des avantages manifestes sur les Occidentales, et qui font que les promesses deviennent souvent réalité. Pour un esprit masculin un peu sexiste, la Japonaise a quelque chose de la femme idéale.

Lafcadio Hearn, cet authentique japanophile qui, plus tard, lorsqu'il découvrit l'envers du "masque japonais" a sévèrement critiqué le système social du Japon, disait que les étrangers succombaient aux charmes du Japon parce que c'était pour eux comme vivre dans l'illusion d'une "promesse de paradis". Selon lui, cette illusion était entretenue par le culte japonais de l'étiquette, qui donne une façade d'harmonie parfaite, renforcée par les idéaux du Shintoïsme : un altruisme instinctif, un sens universel de la beauté morale, et un désir réciproque de trouver la joie en rendant les autres heureux.

## Une immense gentillesse

Chaque aspect de la culture japonaise qui agace les Occidentaux ou leur semble critiquable est contrebalancé par une caractéristique agréable ou positive. Durant les nombreuses années pendant lesquelles j'ai vécu et travaillé au Japon, j'ai été l'objet de tant de manifestations de gentillesse que j'en ai été parfois embarrassé. Les touristes étrangers qui visitent le Japon ont invariablement ce genre d'expérience avec les Japonais : une gentillesse authentique et désintéressée, parfois poussée à un point qui les surprend.

Rebecca, ma sœur cadette, faisait du tourisme à Tokyo et cherchait à se rendre aux bureaux d'une compagnie de transport maritime. Au Japon, le système d'adresse ne tient pas compte des rues où se trouvent les immeubles, et la plupart des rues n'ont même pas de nom. Ma sœur se trompa de chemin et se retrouva dans un quartier qui n'avait rien à voir avec celui qu'elle cherchait. Elle se tenait, perplexe, au coin d'une rue lorsqu'un passant qui ne parlait pas un mot d'anglais entreprit de lui indiquer son chemin. Lorsqu'elle parvint à lui faire comprendre le nom de la compagnie qu'elle cherchait, il héla un taxi et ne se contenta pas de l'accompagner jusqu'à la porte : il paya la course.

Autre exemple : l'une de mes amies avait oublié ses lentilles de contact dans un taxi, mais s'en était aperçue une seconde trop tard. Le véhicule avait déjà démarré. Elle fit donc de grands signes pour attirer l'attention du chauffeur, qui ne vit rien. Mais un jeune lycéen qui avait remarqué ses gesticulations désespérées vola à son secours. Quand il eut compris qu'elle avait laissé quelque chose dans le taxi, il l'accompagna à la guérite de police la plus proche — où il n'y avait aucun policier en faction. Le bon Samaritain arrêta donc un autre passant qui, lorsqu'il lui eut expliqué la situation, héla un taxi et emmena mon amie au poste de police du secteur. A eux deux, ils avaient passé presque une heure pour venir en aide à quelqu'un qu'ils ne connaissaient absolument pas et avec qui ils ne pouvaient même pas communiquer verbalement.

De tels incidents arrivent tous les jours et, bien qu'ils semblent couler de source pour les résidents étrangers qui connaissent le Japon, ils impressionnent et enthousiasment considérablement les novices. Cet élément humain très intense, caractéristique des Japonais quand ils sont dans leur environnement, en harmonie avec eux-mêmes et avec les autres, permet de s'adapter à la vie japonaise, et la rend même plus agréable que ce qu'on retrouve quand on rentre chez soi.

### Les sources de la force japonaise

Outre cette chaleur humaine qui compense nombre de leur attitudes négatives ou critiquables, d'autres facteurs sociologiques et psychologiques permettent de comprendre ce qui fait la grandeur du peuple japonais, en dépit de ses défauts, et pourquoi le Japon est devenu l'une des premières puissances industrielles mondiales.

Le premier et le plus important de ces facteurs est leur sens du sacrifice. Depuis les temps les plus reculés, les Japonais ont été éduqués et conditionnés dans l'idée que consacrer son travail et sa vie aux diverses obligations qui constituent l'essence de leur société était la première des vertus. L'esprit de sacrifice a prévalu pendant des siècles. Il est à l'origine des différentes attitudes et coutumes qui distinguent les Japonais de tous les autres peuples. Jusqu'à la période de prospérité qui a débuté en 1960, il était présent dans tous les aspects de la société.

Les Japonais ont aussi une tendance à la régimentation, à l'uniformité. La masse des Japonais est si homogène, socialement et mentalement, qu'ils fonctionnent plus ou moins comme une seule entité, une sorte de famille géante, à une seule tête. Ils travaillent presque tous avec le même objectif, pour des bénéfices personnels nettement moindres que les travailleurs des autres pays industrialisés. C'est là le secret de l'ascension du Japon parmi les plus grandes puissances mondiales.

Un autre facteur tempère les aspects les plus violents de la société japonaise, en même temps qu'il contribue à ses prouesses industrielles : le courant d'esthétique qui traverse la culture traditionnelle. Cet esthétisme est si intimement mêlé au style de vie traditionnel qu'il est devenu tout un pan de l'héritage culturel des Japonais, quelque chose qu'il apprennent et qu'ils pratiquent aussi naturellement qu'ils sont japonais.

Jusqu'aux années 50, les Japonais semblaient être les dépositaires non seulement d'un sens mais d'une recherche de l'harmonie dans leurs façons de combiner les couleurs, dans leur architecture, leur artisanat, leurs vêtements, leurs recherches de proportions, leurs façons de parler et d'agir, y compris les plus violentes, comme le suicide.

L'influence profonde du Shintoïsme et du Bouddhisme Zen, la petite taille du pays, l'homogénéité de la population, la toute-puissance du gouvernement féodal à tendance confucéenne qui a dirigé le pays pendant tant de siècles et, bien avant cela, certains caractères distinctifs qui semblent avoir toujours existé au Japon, tout ceci a joué un rôle prépondérant dans la naissance d'une civilisation esthétique.

L'une des plus intéressantes de ces influences fut le Bouddhisme Zen, tel qu'il se manifeste par exemple dans la cérémonie du thé qui est toujours largement pratiquée au Japon. Lorsqu'on explique à quelqu'un qui n'a qu'une connaissance superficielle du Japon que cette fameuse cérémonie du thé n'est pas seulement la préparation du thé régie par certaines règles, cela lui semble d'une subtilité incompréhensible. On surprend beaucoup les Occidentaux non avertis lorsqu'on leur dit que cette cérémonie est l'une des principales manifestations de l'esprit japonais. Mais c'est pourtant le cas.

Cette cérémonie telle que la pratiquent les Japonais repose d'abord sur la vénération de la nature et constitue une tentative d'atteindre à la parfaite harmonie avec le cosmos. La salle où se déroule le rituel est l'accessoire le plus important. C'est un autre monde, exempt de toute faute de goût, et de toute source de distraction, pour favoriser la dissolution de l'esprit et du corps dans une profonde communion avec la beauté naturelle.

Il est dommage que ce rituel n'ait pas été mieux expliqué par les Japonais, ou mieux compris par les Occidentaux, car ce qui n'est, pour la plupart des étrangers, qu'une coutume japonaise, dont le résultat n'est qu'un liquide amer, plutôt désagréable pour un non-initié, constitue en réalité le seul exemple où la vénération désintéressée de la beauté de ce qui est, dans toute sa simplicité, est devenue un culte national.

Grâce à l'acuité de leur sens esthétique, les Japonais ont toujours su donner un charme subtil et une beauté parfois exquise à leurs objets et à leurs motifs de décoration. Ce charme et cette perfection caractéristiques que les Japonais désignent sous le terme *shibui* ont fasciné les esprits occidentaux lorsqu'ils ont découvert la culture japonaise.

L'omniprésence de l'esthétique reste une évidence dans le Japon actuel, bien qu'on puisse constater un énorme fossé entre les attitudes et les façons de faire des personnes d'un certain âge, et celles des jeunes générations.

Cettte influence cède du terrain devant l'assaut des produits et des idées occidentales, mais on la sent toujours dans la langue, l'architecture, les arts, l'artisanat et ce qui reste du style de vie traditionnel. Pour les Japonais de tous âges, c'est une source d'énergie et de satisfaction qui manque cruellement aux autres sociétés industrielles.

## L'orgueil, les préjugés et la persévérance

Les Japonais ont toujours été formidablement fiers et, lorsqu'ils en ont l'occasion, ils sont tout aussi ambitieux. Cet orgueil, et le besoin ardent de prouver leur supériorité, ou du moins leur égalité, entre pour une bonne part dans leur force, leur dynamisme et leur persévérance. Ils gardent toujours un œil sur ce qu'il y a de meilleur ou de plus grand au monde, pour le comparer à leurs propres accomplissements. Plus ils obtiennent de succès, et plus ils se sentent confortés dans l'idée que leur stratégie est la bonne.

Leurs réussites époustouflantes de ces dernières décennies ont renforcé les hommes d'affaires les plus âgés dans leur conviction que leur système économique, qui est une extension de leur personnalité nationale, est le meilleur du monde. Les hommes d'affaires japonais envient la liberté d'action des hommes d'affaires occidentaux, et des Américains en particulier, mais ils reprochent au système américain sa négligence de la nature humaine, et son côté "avilissant". Ils s'empressent de souligner que les techniques de management américaines ne conviennent pas au caractère et aux inclinations des Japonais.

En fait, ils sont presque obsédés par leur caractère national, et ils dépensent à l'étudier beaucoup de temps et d'argent. Les études concluent généralement que les Japonais se trouvent heureux, et qu'ils se considèrent comme le peuple le plus travailleur, le plus zélé, le plus poli, le plus gentil, et le plus patient du monde. L'homme d'affaires japonais moyen a toujours à cœur de faire respecter l'honneur du Japon et des Japonais dans ses relations avec des étrangers. En pensée, il ne travaille jamais pour lui-même, il n'est jamais seul. Il sent toujours posé sur lui le regard de tous ses compatriotes et agit en leur nom.

Il est toujours courant pour un homme d'affaires japonais de manifester une grande humilité devant des visiteurs, ce qui donne parfois aux occidentaux un fort sentiment de supériorité, et les amène trop souvent à sous-estimer leurs interlocuteurs japonais, et à faire des faux-pas. Ce n'est que simple politesse, de la part des Japonais. Ils considèrent qu'il est de leur devoir d'honorer leurs hôtes étrangers.

Dans une grande compagnie japonaise, pratiquement tous les cadres sont diplômés de l'université. Ils se voient comme une sorte d'élite intellectuelle, de bataillon d'élite.

Ceux qui travaillent dans les ministères affichent souvent certains préjugés culturels, raciaux et politiques à l'encontre du reste du monde, et se conçoivent comme le premier rempart du Japon contre les incursions "abusives" des industries étrangères. Ils ne répugnent pourtant pas à apprendre tout ce qu'ils peuvent auprès des étrangers, pour ensuite adapter ces informations à leurs propres besoins.

Un dirigeant japonais est profondément engagé dans le système de management de sa propre compagnie, parce que d'un certain point de vue, sa compagnie est toute sa vie. S'il ne se conforme pas aux schémas de conduite en vigueur, il encourt de très graves pénalités. Il risque de se faire reléguer sur une voie de garage, ou d'être mis en quarantaine et, s'il ne dispose pas de relations suffisamment puissantes, il n'a pratiquement aucune chance de retrouver le même statut dans une compagnie d'importance comparable.

Individuellement, l'homme d'affaires japonais ne se sent pas lié par les principes immuables du bien et mal et de la logique au sens américain. Il s'adapte vite et bien aux circonstances et a une attitude pragmatique vis-à-vis du pouvoir et de ce qui correspond à ses intérêts (ainsi qu'à ceux du Japon). Les vieux principes de mépris de tout égoïsme et du profit, qui passait autrefois pour un véritable mal social, n'ont plus cours depuis déjà longtemps. Sa vie est si étroitement liée à celle de sa compagnie que ses propres opinions entrent rarement en ligne de compte.

L'homme d'affaires japonais est généralement un individu bien plus compliqué que son homologue occidental. Il est soumis à de plus fortes pressions, et son stress est d'une autre nature que celui que doit supporter par exemple un Américain. Lorsqu'il arrive tout jeune dans une grande compagnie, il a très peu de moyens de contrôle sur son avenir. Il doit tenir compte de codes d'éthique compliqués et d'une étiquette extrêmement sévère, pour éviter toute perturbation du système. Il sait dès le départ qu'il a de bonnes chances de passer toute sa vie professionnelle en relation étroite avec la même équipe de collègues.

Le système de management japonais est fondamentalement prévu pour obtenir le maximum de coopération de la part des employés, avec un minimum de frictions, et seulement ensuite, pour obtenir une bonne productivité. On ne peut nier que tout cela fonctionne parfaitement.

La plupart des dirigeants japonais défendent ce système parce qu'ils y sont tellement impliqués qu'ils n'ont pas d'autre choix que de le perpétuer pour survivre. Mais il évoluc imperceptiblement, même dans les compagnies les plus traditionnalistes, et ces changements vont en s'accélérant.

Les Japonais savent parfaitement que certaines de leurs coutumes et de leurs attitudes les handicapent sérieusement dans leurs relations internationales. Au début des années 70, certains dirigeants de l'industrie, de l'enseignement et du gouvernement commencèrent à suggérer que les Japonais devraient se dé-japaniser s'ils voulaient mener à bien leur conquête du marché international.

Cette idée vaut qu'on s'y arrête, parce que c'est de l'essence même de leur culture qu'il s'agit : leur langue, leurs valeurs, leurs attitudes et leurs comportements. Les Japonais changent, bien sûr, et s'occidentalisent, mais très lentement, trop lentement selon certains, dont les rangs grossissent. A leurs yeux, parmi tous les obstacles que les Japonais devront surmonter, la question la plus fondamentale est : seront-ils capables de changer assez et assez vite pour atteindre leurs objectifs ?

# Annexe

## *Glossaire des expressions japonaises utiles*

***Ago*** — Au Japon, on ne mène pas quelqu'un "par le bout du nez", mais par l'*ago* (le menton). Au lieu de "lever le nez", on "lève le menton". De même, lorsqu'un employé ne vient pas à bout d'un travail, malgré toute sa bonne volonté, on dit qu'il *ago wo dashimasu* — il tend le menton (il tire la langue).

***Aisatsu*** — Ce terme se traduit habituellement par "compliment". Mais dans le contexte japonais, *aisatsu* a bien plus de portée. Les Japonais attachent une importance fondamentale aux contacts réguliers qu'ils ont avec leurs partenaires professionnels, et au rituel officiel de ces rencontres. Certaines entrevues d'*aisatsu* sont des cérémonies routinières mais qui jouent un rôle essentiel. Il peut s'agir de la présentation d'un nouvel employé de la compagnie, d'un nouveau produit, de remerciements officiels dans des circonstances spéciales, etc... Plus l'occasion est importante, et plus l'*aisatsu* rassemble de participants de haut rang. Avant une fusion entre deux compagnies, la coutume veut que les deux présidents tiennent un *aisatsu* relativement bref, dont le seul but est la prise de contact, et où l'on ne discute pas des détails de l'association. La première fonction d'un *aisatsu* rassemblant des participants importants est d'apposer le sceau de l'approbation officielle sur le nouveau lien, pour que les cadres des niveaux suivants puissent ensuite travailler en toute confiance et parvenir à l'accord final. Dans certains cas, les présidents ne se rencontrent pas tant que leurs lieutenants ne sont pas parvenus à un accord.

*Aisatsu-mawari* — Cette expression signifie littéralement “rendre une visite de politesse” à ses clients, à ses relations d'affaires ou à ses collègues. Cette coutume est devenue une véritable institution après les vacances du nouvel an qui durent une semaine, ainsi que lors du retour d'un cadre qui était en mission à l'étranger. Ces visites de courtoisie jouent un grand rôle dans l'étiquette du monde des affaires, et constituent une coutume que les hommes d'affaires étrangers ont intérêt à respecter lorsqu'ils travaillent avec des Japonais. Il faut aussi se rappeler que pendant cette période de deux ou trois jours qui commence le 4 ou le 5 janvier, les compagnies japonaises ne travaillent pas, ou très peu.

*Aiso* — Les Japonais sont célèbres pour leur courtoisie, leur gentillesse et la largeur de leurs sourires. Il y a certainement une part de sincérité dans tout cela. Mais une autre partie — l'*aiso* — est purement professionnelle. C'est par exemple l'employé de bureau, le marchand ou l'homme d'affaires qui affiche un sourire de circonstance avec ses clients ou ses clients potentiels. Les hommes d'affaires étrangers doivent savoir que l'*aiso* est un art dont les Japonais ont acquis une maîtrise éblouissante. Ils peuvent sourire imperturbablement même s'ils sont déçus, choqués ou furieux, ce qui peut brouiller les pistes pour un étranger non averti.

*Aka chochin* — Littéralement, “lanterne rouge”. C'est une grande lanterne ronde faite d'un papier rouge épais, collé sur une armature de bambou, que l'on pend devant la porte des bars et des autres débits de boissons. L'*aka chochin* est devenue le symbole des plaisirs nocturnes. Ces milliers de lumières rouges apportent une touche pittoresque aux quartiers favoris des noctambules. Voir aussi *Chotto ippai* et *Hashigo-zake*.

*Antei* — L'*antei* est le sentiment de sécurité, de sollicitude, que les travailleurs japonais attendent de leur employeur. Il implique pour l'employeur de s'intéresser au bien-être personnel de ses employés hors de la compagnie, et de participer à des manifestations sociales telles que les mariages ou les enterrements.

*Aota-gai* — Une fois par an, les plus grandes compagnies engagent de nouveaux employés directement à leur sortie de l'école ou de l'université. Les diplômés du secondaire sont engagés pour des postes de “cols bleus”, et ceux des universités sont automatiquement destinés au travail administratif. A l'époque où sévissait une certaine pénurie de main-d'œuvre, les plus grandes compagnies ont pris l'habitude de recruter des étudiants un an avant qu'ils n'obtiennent leurs diplômes, pratique qui reçut le nom d'*aota-gai* — la récolte du blé en herbe. Les petites et moyennes entreprises critiquèrent violemment cette façon de faire et demandèrent au gouvernement de réglementer les procédures d'embauche. Après avoir discuté par l'intermédiaire du gouvernement, les principales firmes acceptèrent de ne pas inviter les étudiants avant le 1er octobre, et de ne pas leur faire passer d'examens d'entrée avant le 1er novembre. Chaque année, le Ministère du Travail relève cependant de 50 à 60 infractions à ce règlement, et l'on sait que cela ne représente qu'un faible pourcentage du nombre réel des *aota-gai*. Comme le notent les observateurs, tant que les jeunes diplômés préféreront travailler dans des firmes de premier plan, et que ces dernières tiendront à s'assurer le "dessus du panier" de chaque "récolte" de jeunes talents, cette pratique n'aura aucune raison de disparaître.

***Asameshi-mae*** — Littéralement, "avant le petit déjeuner". On utilise cette expression pour indiquer qu'un travail est si simple, qu'on peut le faire "tous les matins en se levant". On la rencontre aussi bien dans la bouche des fanfarons qui se vantent de leurs exploits, que dans celle des flatteurs qui assurent à quelqu'un qu'ils veulent encenser que telle ou telle tâche sera pour lui un *asameshi-mae*.

***Ate-uma*** — Dans son sens originel, ce terme désigne un étalon que l'on amène près d'une jument pour la mettre en condition et la préparer à recevoir le cheval reproducteur qu'on lui destine. De nos jours, l'expression s'applique à tout appareil, outil, plan ou technique qu'on utilise comme appât pour découvrir les véritables intentions d'une autre compagnie ou d'un autre partenaire, avec qui on projette de travailler. Par exemple, si vous essayez de vendre un produit ou un projet à une certaine compagnie, et que vous laissez entendre qu'une autre compagnie s'intéresse à l'affaire, vous utilisez cette deuxième compagnie comme *ate-uma*.

***Bansei-sho*** — Un "document de réflexion". C'est un texte d'excuses officielles que les Japonais, ou les étrangers travaillant au Japon sont censés écrire quand ils ont enfreint une loi. Quelqu'un qui exprime ainsi ses regrets bénéficie généralement d'une certaine indulgence. On le relâche souvent avec un simple avertissement.

***Banzai*** — Les Occidentaux associent ce cri (qui signifie littéralement "Dix mille ans !") au Japon de l'entre-deux guerres et à la vénération que l'on portait à l'Empereur. L'expression équivalait alors à "Longue vie à l'Empereur !" A présent, c'est devenu une simple exclamation de joie, et de félicitations, quelque chose comme "Hip hip hip hourra !", "Bon voyage !", etc... On l'entend souvent lors des victoires sportives ou lors d'un départ, qu'il s'agisse de celui d'un jeune couple en lune de miel, ou d'un homme d'affaires qui va prendre un poste à l'étranger.

***Base-up*** — Ce terme est utilisé surtout par les syndicats qui au printemps essayent traditionnellement d'obtenir des augmentations sur le salaire de base des travailleurs.

*Besso* — Une villa, généralement dans les montagnes ou sur la côte. A l'origine, c'étaient les familles aisées qui s'en faisaient construire pour leurs loisirs. Actuellement, nombre d'entre elles sont devenues la propriété de certaines compagnies, qui les mettent à la disposition de leurs employés, au titre d'avantage en nature.

*Boryoku ba* — Littéralement, "bar à violence". On appelle ainsi les bars contrôlés par la pègre qui imposent aux clients imprudents des prix abusifs — par exemple, plusieurs centaines de dollars, pour quelques verres, et si nécessaire en les obligeant à payer par la force. Les provinciaux ou les banlieusards sont souvent les victimes toutes désignées de ce genre de racket, parce qu'ils ne demandent jamais les prix avant de commander, soit à cause d'un orgueil mal placé, soit parce qu'ils craignent de paraître pingres. Il arrive aussi à des touristes étrangers d'atterrir dans des bars de ce genre et de commander sans demander les prix. Si les tarifs ne sont pas affichés, exigez-les. Et si les prix sont exorbitants, sortez.

*Bottoru-kipu* — Certains hommes d'affaires japonais ont l'habitude d'acheter des bouteilles de whisky dans leurs bars favoris, et de se les faire garder. Lorsqu'ils viennent dans ces bars, ils ne payent que pour le service — ce qui peut être cependant plus cher qu'un verre dans la moyenne des bars hors du Japon. Ce système remporte un grand succès, parce que c'est un bon moyen de devenir membre d'un groupe et de se faire "une place dans le monde". Les hommes d'affaires emmènent souvent leurs hôtes étrangers dans leurs bars *bottoru-kippu*. Le terme est une japanisation de "bottle-keep".

*Bucho dairi* — *Dairi* signifie "agent", délégué" ou "assistant". Un *bucho dairi* est l'assistant d'un chef de département. Un *kacho dairi* est un chef de section délégué.

*Bureiko* — L'étiquette sociale et professionnelle japonaise est telle que dans des circonstances normales, il existe des règles très strictes qui empêchent tout un chacun de se laisser aller. Ce système social prévient toute velléité d'être soi-même, ou de développer des liens personnels étroits pendant les heures de travail. Pour contrebalancer cela, le système a prévu des temps de pause, où l'on peut faire abstraction de l'étiquette, c'est-à-dire se comporter *bureido* — sans étiquette. C'est le cas, par exemple, lors des festivités du nouvel an, des compétitions sportives, et des sorties copieusement arrosées. *Bureiko* est constitué de trois éléments qui signifient "absence", "respect" et "formalité". Burei peut se traduire par "impolitesse" ou "manque de façons". *Bureiko* équivaut à "assemblée détendue" ou "informelle".

*Chochin kiji* — Un *chochin* est une lanterne de papier, et un *kiji* est un article de journal. Réunis, les deux termes désignent un article qui "fait la lumière" sur un produit, ou certains aspects d'une compagnie, ou d'une personnalité, généralement de façon positive. Ces articles accompagnent souvent des publicités, et paraissent parfois sur la même page, mais en tous cas dans la même section de la publication. C'est la version japonaise de la "publicité rédactionnelle".

*Chorei shiki* — "Cérémonie de bienvenue matinale". C'est une tradition dans la plupart des principales compagnies japonaises. Les employés s'alignent devant leur chef et se saluent en échangeant des formules de politesse matinales. Habituellement, le responsable fait des commentaires et des annonces. Dans certaines compagnies, ces séances de mise en train comportent des exhortations et des discours d'encouragement. Elles se terminent parfois par la reprise en chœur des hymnes de la compagnie. Ces cérémonies jouent un rôle important dans la consolidation de l'esprit d'équipe et de coopération.

*Chotto ippai* — Cette expression familière a fini par signifier "Allons boire un verre". C'est une autre pratique institutionalisée qui joue un rôle-clé dans les relations inter-personnelles parmi les employés d'une compagnie. Comme on ne tient jamais de conversation personnelle et franche dans les bureaux pendant les heures de travail, le "petit verre" (ou deux, ou trois) en sortant est devenu une coutume. Cela permet de parler sur un ton plus détendu des problèmes qui se posent. Une grande partie de la communication du monde des affaires japonais se tient dans les bars, pendant ces séances de *chotto ippai*.

*Chotto muzukashi* — Lorqu'un Japonais vous dit "*chotto muzukashi*" ("Ca présente quelques difficultés..."), ce n'est habituellement qu'une manière polie de dire "Impossible !" ou "Pas question !" L'homme d'affaires étranger non averti qui ne comprend pas le vrai sens de la formule continue à insister pour amener son interlocuteur japonais à accepter ou à approuver ce qu'il lui propose — même si c'est un peu difficile, et au besoin en expliquant comment les difficultés peuvent être aplanies — mais le plus souvent en pure perte.

*Chuto saiyo* — Les plus grandes compagnies embauchent en principe une seule fois par an, au printemps, et directement dans les écoles. Lorsqu'elles embauchent à une autre époque de l'année, généralement en cas d'urgence ou de besoin particulier (tel qu'une expansion soudaine, ou la nécessité d'avoir un employé hautement spécialisé dans tel ou tel domaine), on parle de *choto saiyo* ou "engagement à mi-course". Les employés engagés à mi-course par les grandes compagnies, surtout s'ils ont déjà travaillé dans d'autres firmes, sont parfois considérés comme légèrement marginaux par leurs collègues pendant le reste de leur carrière.

***Daikoku bashira*** — Littéralement, l'expression signifie quelque chose comme "le pilier de la déesse Fortune". Par extension, on s'en sert pour désigner le pilier central qui soutient tout le bâtiment, ou dans une compagnie, un individu ou un produit spécialement performant duquel dépend toute l'organisation. En dépit de la répartition collective des tâches et des responsabilités, on trouve souvent un individu dominant, reconnu comme le *daikoku bashira*, dans un groupe japonais typique. On parle aussi de *daikoku bashira* dans le cas d'un produit dont dépend un fort pourcentage des ventes de la compagnie.

***Dame-oshi*** — Isolé, *dame* signifie "mauvais" ou "inutile". Avec *oshi*, l'expression prend le sens de "confirmer" ou de "vérifier". Elle joue un rôle important dans le vocabulaire des affaires parce qu'il est normal et habituel de re-confirmer les dates de livraison ou d'expédition, les rendez-vous, les décisions, etc... (pour prévenir tout risque d'erreur due à un changement imprévu).

***Danketsu*** — Littéralement, "union", ou "combinaison". Ce terme fait référence au concept d'unité, qui est pour les Japonais l'une des principales sources de l'énergie qu'ils investissent dans leur travail.

***Danshi jugyo-in*** — Tous les employés de sexe masculin, au-dessous du rang de *kacho*.

***Datsu-sara*** — Littéralement, "refuser son salaire". Le terme s'applique à la tendance récente d'un nombre croissant d'employés jeunes ou d'âge mûr, à quitter la compagnie dans laquelle ils travaillent pour s'installer à leur compte, ce qui reste une pratique marginale et controversée.

***Dorai*** — C'est la japanisation du mot anglais "dry". Les Japonais s'en servent pour décrire l'approche impersonnelle, uniquement tournée vers le profit qu'on attribue aux hommes d'affaires occidentaux. Inversement, les Japonais considèrent leur propre système, centré sur le *ninjo*, comme "wet". Les mêmes mots servent à décrire l'attitude de quelqu'un envers le sexe opposé.

***Doru-bako*** — "Boîte à dollars". On utilise ce terme pour parler d'un produit ou d'un département spécialement rentable. Il désigne aussi une personne qui soutient financièrement quelqu'un d'autre et devient son *doru-bako*.

***Dosa mawari*** — A l'origine, l'expression signifiait "être en tournée", et s'appliquait aux troupes de théâtre. Dans une compagnie, elle fait à présent référence à quelqu'un qui est successivement muté dans plusieurs succursales ou filiales, avec une nuance négative. Comme les licenciements sont rarissimes, les dirigeants s'arrangent souvent pour affecter les indésirables dans des succursales excentrées, procédé connu sous le nom de *tobasareta* — "se faire éjecter".

***Dosatsu ryoku*** — Capable de voir à travers les choses, d'avoir un jugement pénétrant. Une qualité très appréciée chez un dirigeant.

***Dososei*** — Les hommes d'affaires japonais fonctionnent probablement plus sous forme de "réseaux" que ceux de tous les autres pays du monde. Mais ils ne se "branchent" qu'avec des groupes très restreints, avec qui ils entretiennent des liens solides. Le plus important de ces groupes est souvent pour eux leur *dososei*, ou "club des anciens" de leur école. Une grande partie des transactions japonaises se font grâce à ces "clubs des anciens" disséminés dans les compagnies. Lorsqu'un Japonais projette d'établir des relations avec une autre compagnie, il commence par se demander s'il a des anciens camarades d'université dans cette compagnie. Pour les hommes d'affaires étrangers, c'est un avantage décisif que d'être diplômé d'une université japonaise. Ils peuvent compter sur un grand nombre d'hommes d'affaires japonais comme sur des "frères".

***Fuku shacho*** — Vice-président. Ce titre n'est pas très répandu au Japon. Dans une compagnie, le rôle d'un vice-président est généralement tenu par l'un des directeurs.

***Fundoshi hitotsu de*** — Littéralement, "avec un seul *fundoshi*". Un *fundoshi* est une sorte de pagne étroit, l'équivalent japonais du caleçon. L'expression est archaïque et signifie "lancer un projet, ou une compagnie avec peu ou pas du tout de capital", avec seulement la chemise qu'on a sur le dos.

***Futokoro-gatana*** — Littéralement, le "poignard de poitrine", qui était utilisé dans le Japon féodal par les Samouraïs, pour se faire *hara-kiri*. Le mot sert à présent à désigner le bras-droit d'un dirigeant, un lieutenant qui a toute sa confiance et qui exerce des fonctions de chef du personnel. Le terme est flatteur.

***Gaijin*** — Une personne "extérieure". C'est le mot dont les Japonais désignent les étrangers. On l'entend souvent, parce qu'au Japon, les étrangers, et surtout les Blancs, les Noirs et les Métis, détonnent autant que s'ils débarquaient de Mars. Le terme a longtemps gardé une connotation péjorative. On lui a donc adjoint le mot *kata*, qui est une formule de courtoisie, pour dire "la personne" : *Gaijin no kata* — "les honorables étrangers".

***Gashi-kokan*** — Ce sont les petites fêtes données par les compagnies, et les autres organisations professionnelles, à l'occasion du nouvel an. Elles durent parfois plusieurs jours après la réouverture des bureaux. L'objectif de ces manifestations est de permettre aux cadres de rencontrer un grand nombre de leurs relations d'affaires, de leur souhaiter une bonne année, de les exhorter à continuer à faire preuve à leur égard de bonne volonté, d'esprit de coopération et de fidélité pendant toute l'année à venir. Les *gashi-kokan*, qu'on appelle aussi *meishi-kokan*, parce qu'on y échange beaucoup de cartes de visite, se tiennent normalement pendant le jour. Elles comportent incontournablement de nombreux toasts, copieusement arrosés de bière ou de *sake*, et on en sort en nage et cramoisi.

***Gekokujo*** — "Passer par-dessus la tête de son supérieur". A l'époque féodale, cela pouvait tout simplement revenir à perdre la sienne. Cette pratique est toujours très mal vue dans le Japon actuel. Elle constitue souvent une barrière absolue aux relations professionnelles.

***Go-en*** — La structure centrée autour du groupe qu'est la société japonaise rend nécessaire l'établissement d'une relation (*en*) avec un individu ou avec une compagnie, avant de pouvoir travailler avec eux. L'*en* est aussi le moyen de jeter des ponts entre les groupes. Deux compagnies ne peuvent travailler ensemble tant que l'*en* n'a pas été instauré, et ce lien nécessaire ne peut se développer lors d'un simple coup de fil. Il faut obligatoirement être introduit et se rencontrer personnellement plusieurs fois.

***Goma-suri*** — A côté de son étiquette sociale hyper sophistiquée et sa réglementation stricte des relations interpersonnelles, la société japonaise a par ailleurs développé de nombreuses techniques pour "arrondir les angles" dans les relations humaines et favoriser chez l'autre un sentiment de bien-être. *Goma-suri* — littéralement, "moudre les grains de sésame" est l'une de ces techniques. Il s'agit de rassurer par les compliments. Lorsqu'on leur en fait, les Japonais prennent souvent l'air embarrassé, mais de leur côté, ils n'en sont pas avares. Si vous savez quelques mots de japonais, ou si vous êtes capable de manger avec des baguettes, ils se confondent en louanges. Les étrangers qui ne sont pas accoutumés au *goma-suri* japonais peuvent être désarçonnés et devenir ainsi plus vulnérables.

***Goshugi torihiki*** — *Shugi* veut dire "célébration", ou "félicitations" et torihiki veut dire "affaires". Combinés, ces deux termes signifient "passer une commande à une compagnie, pour marquer une occasion spéciale" — sa création, un anniversaire, le nouvel an, etc... Cette coutume est très respectée au Japon et contribue à inclure un élément fortement personnalisé dans la pratique des affaires.

*Gote-ni mawaru* — Terme du jeu de go. Il signifie métaphoriquement "rester derrière", "être distancé". Dans le monde des affaires, il prend le sens de laisser un concurrent ou un interlocuteur marquer un point sur vous.

*Gyosei-shido* — La guidance administrative, pratique célèbre mais très décriée, qu'exercent les bureaucrates de plusieurs ministères. Cette "guidance" consiste à contraindre ou à persuader les hommes d'affaires de suivre certains règlements, ou certaines directives qui ne sont en rien imposés par la loi, mais qui selon ces bureaucrates, coïncideraient avec les intérêts nationaux. Les organismes gouvernementaux ont les moyens d'exercer d'énormes pressions sur des compagnies isolées, ou sur des secteurs entiers de l'industrie.

*Hae-nuki* — "De pure souche". Une personne qui est entrée dans une compagnie dès sa sortie de l'école, et qui n'a jamais travaillé ailleurs. Les personnes de cette catégorie bénéficient d'un statut spécial. Il est presque impossible pour quelqu'un qui a travaillé ailleurs et qui arrive dans une grande compagnie de se faire accepter à 100% par les employés *hae-nuki*.

*Hakurai sudai* — Littéralement, "la vénération pour les produits étrangers". Ce terme fait référence à la séduction qu'exercent sur les Japonais les produits de luxe importés. Ce concept et cette fascination remontent à 1850, lorsque le Japon s'ouvrit à nouveau au commerce avec l'Occident, après plus de deux cents ans d'isolationnisme. Quelques Japonais achètent encore des produits importés pour le plaisir d'avoir des objets étrangers, mais pour la plupart ce sont la qualité et le service après-vente qui passent avant tout.

*Hame wo hazusu* — "Faire tomber toutes les barrières". Boire et rire sans retenue lors des fêtes de la compagnie, ou des sorties entre collègues. Quiconque ne veut ou ne peut *hame wo hazusu* est suspect au Japon. Une telle personne a toutes les chances de passer pour froide et arrogante et d'être soupçonnée de dissimulation.

*Hanko* — Les sceaux ou les cachets qu'utilisent les Japonais à la place de leurs signatures, pour marquer leur approbation d'un document. Il existe trois catégories d'*hanko* : le *jitsu-in*, ou cachet officiellement enregistré, pour les documents officiels ; le *mitome-in*, ou sceau privé, pour les transactions courantes, telles que la signature des reçus ou des accusés de réception ; et le *ginko-in*, ou sceau bancaire, réservé aux transactions avec les banques. Le sceau officiel porte généralement le nom du propriétaire en entier, alors que le sceau privé ne porte que son nom de famille. Comme le *hanko*, et surtout le *jitsu-in*, équivaut à la signature officielle de son propriétaire, il est indispensable de s'assurer qu'il ne peut tomber aux mains d'une personne mal intentionnée. Les *hanko* sont encrés sur des tampons vermillon, avant d'être appliqués sur les documents. Dans le Japon

féodal, seuls les nobles et les samouraïs avaient le droit d'employer l'encre rouge. Les roturiers devaient se contenter d'encre noire.
Parmi les étrangers résidant au Japon, très peu se sont donné la peine de se faire établir un *hanko*, et de le faire officialiser.

***Hara-gei*** — L'art de faire ses affaires "depuis le *hara*" — c'est-à-dire "l'estomac", le plexus solaire, que les Japonais considèrent traditionnellement comme le centre de l'être humain, de son existence et de ses émotions. Le mot *hara* se retrouve dans d'autres expressions régulièrement utilisées dans les affaires. *Hara wo miseru* — montrer ce qu'on a dans le ventre, révéler le fond de sa pensée. *Hara wo watte hanasu* — s'ouvrir le ventre, avoir une conversation franche, d'homme à homme. *Hara wo kukuru* — "se capitonner l'estomac", se résigner à une situation et faire en sorte d'en tirer le meilleur parti. *Hara ga tatsu* — avoir l'estomac "debout", ou retourné, se mettre en colère. Etre *hara guroi* — avoir l'estomac noir, être retors, malveillant. Quelqu'un qui traite ses affaires avec le *hara-gei* se laisse guider par l'instinct, ce qui peut parfois passer pour de la finesse, de la fourberie ou de la duplicité. La formule n'est pas souvent utilisée, mais ce qu'elle recouvre est très courant.

***Hashigo-zake*** — Pour les Japonais, et surtout pour ceux qui ont commencé à s'élever dans la hiérarchie de leur compagnie, les sorties entre collègues après le travail sont un rituel profondément enraciné. Cela leur permet de se relaxer autour d'un verre, de mieux faire connaissance, de parler des problèmes relationnels, des tensions qui ont pu se développer pendant la journée. Ils se déplacent en petits groupes, et vont de bar en bar, s'égayant de plus en plus au fil de la soirée. Le processus est familièrement appelé le *hashigo-zake* ou *hashigo-nomi* — gravir les échelons de l'ivresse. Les Japonais sont habitués à ne rien laisser paraître de leurs vrais sentiments ou de leur vraie personnalité pendant leurs heures de travail. Ces tournées traditionnelles dans les bars et les cabarets sont donc d'importants adjuvants à la communication et à l'entretien de bonnes relations personnelles dans les compagnies.

***Hatarakibachi*** — L'équivalent japonais de "stakhanoviste". Au Japon, on n'entend pas ce terme aussi souvent qu'on pourrait le supposer, sans doute parce que tout le monde est plus ou moins censé l'être.

***Hataraku*** — Le travail. Le terme japonais est composé de morphèmes qui signifient "donner du repos aux autres". Cette étymologie indique que pour un Japonais, le travail est un service qu'il rend aux autres, avant d'être une tâche dont il se charge pour y trouver son propre bénéfice.

***Hijikake-isu*** — Dans un bureau japonais, il est souvent possible de distinguer les managers par les sièges qu'ils occupent. Dès qu'un employé est promu *kakaricho*, le premier échelon de la hiérarchie, il a droit à un fauteuil. Plus il grimpe dans l'échelle hiérarchique, plus son siège devient large et confortable. Les directeurs et les présidents ont généralement des *hijikake-isu*, des fauteuils de cuir capitonnés, qui conviennent davantage au délassement et à la méditation qu'au travail.

***Hi-no-kuruma*** — Lorsque les gens ou les compagnies souffrent de difficultés financières, on dit qu'ils sont dans un *hi-no-kuruma* — une charrette de feu, c'est-à-dire le véhicule qui transporte les pécheurs après leur mort dans l'enfer bouddhiste.

***Hiru andon*** — Dans les compagnies japonaises typiques, les présidents, les cadres supérieurs et les chefs de départements ne jouent souvent qu'un rôle discret dans la gestion des affaires quotidiennes dont ils se déchargent sur leurs délégués et sur leurs assistants. On donne parfois à ces dirigeants symboliques le sobriquet de *hiru andon* — une lampe allumée pendant le jour. A la lumière du jour, on ne peut pas dire si elle est allumée, ou non. Ce genre de personne semble n'avoir ni fonction ni obligations précises. Qu'ils soient présents ou non semble ne faire aucune différence. Pour les Japonais, cette façon de procéder fait traditionnellement partie du système de management par consensus.

***Hito hada nugu*** — Littéralement, "s'enlever une couche de peau". L'image signifie "faire une faveur à quelqu'un sans rien attendre en retour" ou s'acquitter (à contre-cœur) d'une dette pour une faveur passée.

***Hitori-zumo*** — Le *Sumo* est le sport national japonais. Un *hitori-zumo* est un match de *Sumo* à un seul combattant : quelqu'un qui se charge seul d'un travail très difficile, sans demander l'aide de quiconque et qui finit par tourner en rond et par échouer malgré tous ses efforts. Les étrangers qui ne sont pas familiers de l'approche collective du travail au Japon s'efforcent souvent de persuader des individus de se charger seuls de produits ou de programmes, comme s'il s'agissait d'un projet personnel, sans se rendre compte qu'ils leur demandent là d'engager un *hitori-zumo*.

***Hiya-meshi-kui*** — Un "mangeur de riz froid". Dans le contexte d'une compagnie, ou de l'administration gouvernementale, une personne que l'on réduit à l'état de *hiya-meshi-kui* a été reléguée dans une fonction sans importance où il n'a aucun pouvoir. Ceux qui ont été écartés de la course aux promotions se plaignent souvent de devoir "manger leur riz froid". Les hommes d'affaires étrangers qui arrivent dans les compagnies japonaises sans introduction spéciale et sans avoir soigneusement préparé leur terrain peuvent être aiguillés vers un *hiya-meshi-kui*.

***Ho-toku*** — Peut-être plus que tout autre peuple, les Japonais sont imprégnés par le sens du *toku*, la "vertu", qui joue traditionnellement un grand rôle dans leur religion et dans leur formation. En plus de renforcer leur sens national, ce conditionnement a contribué à modeler leur sens des obligations économiques et sociales. Il est en partie responsable de leur approche coopérative de la vie, du faible taux de délinquance dans le pays, etc... La formation à la vertu faisait partie de la vie du Japon féodal. Après la chute officielle du système féodal, en 1868, l'enseignement de la vertu fut incorporé au cursus de l'éducation, et l'on vit se constituer des associations d'*ho-toku*, c'est-à-dire ayant pour but la promotion des valeurs morales. La "voie de la vertu" est toujours une composante importante de la personnalité japonaise et de la formation des Japonais.

***Insei*** — Dans le Japon ancien, l'*insei* consistait pour un Empereur à se retirer tout en continuant de gouverner derrière la scène. Aujourd'hui, un homme politique ou un chef d'industrie peut continuer à exercer son pouvoir et son autorité dans son ancienne compagnie, ou dans son ancienne organisation. Cette situation est assez fréquente dans la politique, ou dans les compagnies dont le fondateur a pris sa retraite. *O-gosho* est un terme équivalent. A l'origine, il désignait la résidence d'un shogun à la retraite. De nos jours, on s'en sert pour parler d'un patriarche éminent et puissant dans tous les domaines d'activité — les affaires, la politique, les arts, etc..

***Ippai yarimasho*** — Littéralement, "allons nous mettre quelque chose dans l'estomac", mais en fait "allons boire un verre" serait une traduction plus précise. L'expression sous-entend que la personne qui fait la suggestion veut parler en privé à son interlocuteur et développer avec lui des liens plus étroits, lui montrer sa considération, etc... En d'autres termes, une telle invitation ne se limite pas à une proposition à boire, ou à se relaxer. Voir aussi *Chotto ippai*.

***Iro-ke*** — *Iro* signifie "couleur", et par extension "sexe", "amour", "désir" ou "intérêt". *Ke* veut dire "nuance légère". La combinaison des deux termes fait référence à une nuance d'intérêt sexuel. Un homme d'affaires alléché par un projet ou par une idée peut être qualifié de *iro-ke wo misete-iru* "qui montre des signes d'intérêt". Quiconque désire passionnément quelque chose est dit *iro-ke tappuri* — débordant de désir.

***Iro wo tsukeru*** — L'expression signifie fondamentalement "appliquer de la couleur", colorier, mais elle est employée dans le sens d'"accorder une attention toute spéciale à", de "s'occuper de quelque chose" ou de "faire quelque chose pour quelqu'un". Dans le monde des affaires, on l'utilise lors de négociations ou de marchandages. Par exemple, lorsqu'on discute d'un salaire, lorsque l'une des parties consent à accorder un petit "bonus". Dans l'usage familier, *iro* signifie "sexuellement séduisant". Un *iro-otoko* est un homme séduisant. Utilisé seul, *iro* signifie "amoureux" ou "bien-aimé".

***Isekki mokeru*** — Emmener quelqu'un dans un bar, un restaurant, ou une auberge à *geisha*, pour instaurer des relations cordiales avant de discuter affaires. L'expression est archaïque, mais la pratique est très actuelle.

***Ishin denshin*** — On le traduit généralement par "compréhension tacite" ou par "télépathie". L'expression sert à désigner la communication non verbale, une partie très importante des relations sociales et professionnelles au Japon. En tant que détenteurs d'une culture très ancienne, très raffinée, et d'une étiquette minutieuse et hautement stylisée, les Japonais sont extrêmement sensibles à la communication extra-verbale, qui va du fameux salut, à leur façon de s'appuyer au dossier de leur fauteuil en fermant les yeux, comme s'ils somnolaient ou comme s'ils n'écoutaient pas pendant des négociations. Dans un tel cas, ils se reposent mais pensent aussi à ce qui a été dit et à ce qu'ils vont dire. Un homme d'affaires occidental non averti peut se froisser d'une telle conduite. Le sens littéral d'*ishin denshin* est "le cœur transmet ce que pense l'esprit".

***Jibara wo kiru*** — Littéralement "s'ouvrir le ventre". Mais l'expression ne fait pas référence au suicide rituel pratiqué dans l'ancien Japon. On l'utilise pour parler d'un chef ou d'un manager qui invite ses subordonnés de sa poche, et non sur le compte de la compagnie, pour des distractions nocturnes. L'objectif de cette pratique rituelle est de favoriser la bienveillance, la coopération et la loyauté dans les groupes de travail.

***Jihyo*** — Il est presque aussi difficile de quitter une grande compagnie japonaise que de s'y faire embaucher. Quelqu'un qui veut donner sa démission doit écrire une lettre officielle, que l'on appelle un *jihyo*, et que la compagnie acceptera, ou non. Légalement, la compagnie n'a pas le droit de retenir l'un de ses employés, mais elle peut exercer sur lui des pressions considérables. Les efforts que déploient les compagnies pour empêcher un employé de partir peuvent être sans rapport avec les compétences ou la valeur réelle de l'individu concerné. Il peut s'agir tout simplement du désir de préserver l'intégrité et la continuité du système d'emploi à vie, et d'éviter que l'habitude de quitter une compagnie pour une autre ne se répande. Si la compagnie refuse d'accepter sa démission et que l'employé s'en va tout de même, c'est pour son curriculum vitae un grave point noir, qui pourra plus tard revenir le hanter. Si la démission est acceptée, il s'agit d'un *en-man-taisha* — une séparation à l'amiable.

***Jingi wo kiru*** — *Jingi* signifie à la fois "humanité", "bienveillance", "justice", "droiture" — vertus considérées par le confucianisme comme les principes fondamentaux de la morale. Dans l'ancien Japon, le *jingi* était le code éthique des Samouraïs. il a été repris par les *yakuza*, les associations de malfaiteurs qui en ont fait la base des relations entre les membres d'un groupe et leur chef. Les *yakuza* commencèrent à utiliser l'expression *jingi wo kiru* (en bref, *jingi*) pour décrire la façon particulière dont ils se présentent, avec des gestes et des mimiques caractéristiques.

De nos jours, une compagnie qui projette de lancer une ligne de produits qui concurrencerait d'autres produits déjà sur le marché va se présenter à ses concurrents pour faire *jingi wokiri* — témoigner de son désir de coopérer et d'éviter une concurrence excessive. Certaines compagnies font aussi de telles visites de présentation à des firmes du même secteur d'activité lorsqu'elles détournent certains de leurs employés. Dans ce cas, les hommes d'affaires utilisent l'expression dans un sens péjoratif, comme on parlerait d'une obligation incontournable, mais rébarbative.

***Jinji-ido*** — Tous les ans en mars (juste avant la fin de l'année fiscale pour la plupart des compagnies), les compagnies japonaises transfèrent des dizaines ou des centaines de leurs employés d'un service à un autre, pour leur permettre d'acquérir une expérience aussi large que possible. Cette pratique concerne surtout les futurs managers. Les compagnies dont l'année fiscale se termine en décembre procèdent à ces *jingi-ido* (transferts de personnel) en octobre. Pour les candidats managers, ces transferts sont des sources d'anxiété, parce que leur nouveau poste leur indiquera s'ils sont toujours dans la course, ou s'ils ont été relégués à des fonctions périphériques. Cette façon de faire est spécialement importante pour les hommes d'affaires étrangers qui traitent avec les compagnies japonaises, parce qu'elle implique que leurs contacts-clés changent cycliquement au bout de quelques années, et qu'ils doivent reprendre à zéro leurs opérations de prise de contact avec les nouveaux responsables et avec leurs assistants, pour instaurer de bonnes relations avec eux. Il est essentiel de garder cela à l'esprit au printemps et en automne, juste avant et juste après le *jingi-ido*. Les hommes d'affaires étrangers se retrouvent souvent dans le cas d'un projet commencé avec une équipe, devant un groupe entièrement nouveau et qui a parfois changé pendant les négociations du projet.

***Jin-myaku*** — Littéralement, le "pouls d'un être humain", mais on l'utilise au sens de "connexions personnelles", avec sous-entendue l'idée que de bonnes relations professionnelles dépendent de la qualité du contact personnel. En général, un Japonais ne traitera pas d'affaires avec une personne extérieure à sa compagnie si cette personne ne lui a pas été présentée par l'une de ses *jin-myaku* — relations personnelles. On dit souvent qu'au Japon, le principal atout que l'on peut avoir en affaires est un large cercle de *jin-myaku*. L'homme d'affaires étranger qui veut réussir au Japon doit donc élargir le cercle de ses amis et les entretenir constamment pour maintenir avec eux des liens intenses.

***Jirei*** — Les documents officiels qu'envoient les services du personnel des grandes compagnies ou des organismes gouvernementaux pour informer leurs employés qu'ils ont été engagés, transférés, réaffectés, mis à la retraite ou licenciés. Lorsqu'un *jirei* a été émis, il n'y a généralement plus de recours possible, quel que soit le drame qu'il provoque ou l'injustice qu'il constitue pour l'employé. Les *jirei* sont ordinairement envoyés au printemps, lorsque les compagnies engagent des contingents de nouveaux diplômés. Dans le cas de dirigeants importants ou de personnalités du gouvernement, lorsqu'on lit des articles concernant leurs engagements ou leurs démissions dans les journaux, on les appelle alors les *shinbun* (presse) *jirei*, et ils n'ont rien de ferme ni de définitif. Comme on l'imagine, le printemps est une période de stress et d'anxiété pour nombre d'employés japonais.

***Joshi jugyo-in*** — Le personnel féminin d'une compagnie. Dans les grandes compagnies, il est très rare de trouver des femmes aux postes de responsabilité. Les exceptions les plus fréquentes se rencontrent dans les industries de service.

***Kaigi*** — Meeting, réunion, conférence. Il en existe de toutes sortes, au Japon. Les Japonais préfèrent se réunir en groupes d'environ dix personnes, en particulier s'il s'agit de négocier des accords d'affaires. Cela permet à chacun de s'exprimer confortablement. Les réunions démarrent souvent dans la détente. Les Japonais ont l'habitude de discuter de chaque possibilité, et de reprendre les mêmes questions sous des angles légèrement différents. Les pourparlers peuvent donc se prolonger des jours, des semaines et parfois des mois. Les meetings jouent un rôle essentiel dans les prises de décision consensuelles.

***Kaki-ire-doki*** — Littéralement, "délai de souscription". On s'en sert actuellement pour parler des périodes de vente intensive dans les grands magasins ou dans les boutiques de détail, en particulier lors des deux grandes occasions où l'on fait des cadeaux (*ochugen*, en été et *oseibo*, en décembre), aussi bien que pour les fabricants ou les autres secteurs d'activité. Lorsqu'on négocie avec les compagnies japonaises, il est souvent utile de connaître leurs *kaki-ire-doki*.

***Kakushi-gei*** — Littéralement, "talent caché". Un don ou un talent que l'on cultive en secret pour pouvoir ensuite en faire démonstration en public, ce dont les Japonais sont friands. Les *kakushi-gei* les plus courants sont le chant et la danse traditionnels. On rencontre aussi l'acrobatie, le mime, l'imitation, et tout autre art qui permette de briller devant un cercle d'amis. L'autre terme pour *kakaushi-gei* est *ohako*, qui signifie *juhachi-ban* ou "numéro 18" — allusion aux 18 meilleures pièces des *Ichikawa*, cette famille d'acteurs *kabuki* légendaires. Le mot est souvent confondu avec *hako*, qui veut dire "boîte" — sans doute parce que les *Ichikawa* gardaient les manuscrits de leurs 18 pièces dans un coffre fermé à clé.

***Kami*** — Terme signifiant "dieu" — avec un petit "d" — synonyme d'esprit divin et, dans l'usage le plus courant, de "meilleur" ou de "suprême". On donne aux personnes qui dominent dans leur secteur d'activité le surnom de "dieu", par exemple le "dieu de la vente", le "dieu du baseball", le "dieu du cinéma", etc..

***Kanban*** — Dans l'usage courant, *kanban* signifie "écriteau", "panneau d'affichage", mais dans l'industrie, son sens s'est étendu à la "livraison planifiée au jour le jour", une technique de management expérimentée en 1920 par Sakichi Toyoda, fondateur de la Toyoda Automatic Looms Works Ltd., le précurseur de Toyota Motors Corporation. Le procédé fut perpétué par son fils et successeur Kiichiro Toyoda et perfectionné après la Seconde Guerre mondiale par Taiichi Ono, manager et feu le vice-président de Toyota Motors Company Ltd. En 1978, Ono publia un livre où il décrivait le système de livraison au jour le jour : *Toyota Seisan Hoshiki* (*Le système de production Toyota*). Le mot *kanban* lui fut appliqué parce que tous les matins, Toyoda affichait sur un grand panneau la liste des fournitures, des pièces et des matières premières dont l'usine aurait besoin pour la journée.

***Kangaete okimasu*** — "J'y penserai.." Quand un homme d'affaires japonais vous fait cette réponse, à la suite d'une proposition que vous lui avez faite, cela signifie invariablement "non".

***Kangei kai*** — Les "fêtes de bienvenue" - une partie importante de la vie des compagnies japonaises. On en organise pour marquer l'arrivée d'un nouvel employé, l'affectation d'un membre de la compagnie dans un nouveau département, le retour de quelqu'un qui était parti en mission à l'étranger, etc... Durant ces fêtes, on boit, on mange, on plaisante. Leur objectif est de développer et de renforcer l'esprit d'équipe.

***Kanri shoku*** — Les différences entre le *kanri shoku*, ou "niveau cadre" et les employés ordinaires sont bien moins marquées dans une compagnie japonaise que dans une compagnie occidentale comparable. Les petits et moyens cadres n'ont ni bureau personnel, ni secrétaire. Tout le monde s'habille de la même façon, mange au même endroit et les cadres ne se distinguent que par leur âge et la place de leur fauteuil. Les "chefs" siègent à l'extrémité de la rangée des bureaux. Dans un bureau, la personne la plus âgée est habituellement le cadre le plus haut en grade.

***Kanryo shugi*** — Ce terme s'applique aux attitudes et aux manières des bureaucrates. Il est synonyme de "bureaucratique".

*Kao* — Outre le besoin viscéral qu'ont les Japonais de *kao tateru* (sauver la face), cette façade joue un rôle essentiel dans les autres contextes professionnels. Une personne honorablement connue et qui peut compter sur de nombreuses relations d'affaires est qualifiée de *kao ga hiroi* (il a une "large façade", il a "pignon sur rue"). Pour entretenir et cultiver ses relations, on doit passer beaucoup de temps à *kao wo tsunagu* — resserrer les liens. Si quelqu'un vous dit "*kao wo kashite*" (prêtez-moi la face, ou l'oreille), comprenez qu'il veut avoir une conversation avec vous.

*Kara-oke* — Littéralement, "orchestre vide". Le *kara-oke* est la pratique qui consiste à chanter avec un accompagnement d'orchestre pré-enregistré. Le *kara-oke* est devenu populaire dans les années 70, et s'est répandu dans les bars et les restaurants où les hommes d'affaires se retrouvent par centaines de milliers, tous les soirs après leur travail. Nombre d'entre eux fréquentent régulièrement les "bars à *kara-oke*" et se targuent de pousser la chansonnette aussi bien en anglais qu'en japonais. Le visiteur étranger qui veut établir des rapports cordiaux avec ses collègues japonais doit se préparer à y aller de son petit refrain lorsqu'il est invité dans ce genre de bar.

*Kasei* — Le système de section qui est à la base de l'organisation de pratiquement toutes les compagnies japonaises. La section, (*ka*), est l'unité élémentaire constitutive de la division, (*bu*). Le chef de section est le *kacho*. Son assistant est le *kakaricho*. Le responsable d'une division est un *bucho*. Dans une petite compagnie, une section peut comporter seulement deux ou trois personnes, et dans une grande compagnie, douze personnes ou plus. A plus d'un titre, les *kacho* sont les personnalités les plus importantes dans une compagnie japonaise. La plupart des plans et des projets proviennent des *ka* et presque tout le travail est accompli sous la direction des *kacho*, alors que les *bucho* passent le plus clair de leur temps à assister à des réunions inter-départements ou à des comités de division. Dans les compagnies les plus importantes, les *bucho* sont des équivalents des vice-présidents dans les compagnies occidentales, pour ce qui est du rang et des privilèges, mais ils ne s'occupent généralement pas de concevoir ou de développer des programmes. Ils laissent ce soin aux *kacho* et aux *kakaricho*. La principale différence entre les activités et les responsabilités d'un *bucho* et celles d'un vice-président occidental est que le *bucho* n'a presque jamais de secrétaire. Il n'en a pas besoin, puisqu'il travaille très peu par écrit.

*Kayui tokoro nite ga todoku* — Les hôtels, les boutiques et les autres commerces japonais sont légitimement célèbres pour la diversité et la qualité des services qu'ils proposent à leurs clients. L'expression *kayui tokoro nite ga todoku signifie* "gratter là où ça démange". Elle souligne le soin dont ces services font l'objet et sous-entend que rien ne fait davantage plaisir que lorsqu'on vous gratte à un endroit qui sinon échapperait à votre portée, et que le rôle d'un professionnel, surtout dans le secteur des services est de savoir exactement où, quand et comment "gratter" ses clients.

***Keibatsu*** — *Batsu* signifie "groupe", "faction" ou "clique". C'est un mot essentiel dans le vocabulaire de l'homme d'affaires, puisque la plupart des individus et des compagnies font partie d'équipes ou de groupements dans lesquels ils travaillent. Pratiquement toutes les activités dans les plus grandes compagnies japonaises sont distribuées entre des groupes. *Kei* signifie "famille", et avec *batsu*, il signifie "népotisme" ou "liens familiaux". Les relations familiales et autres sont d'une importance vitale lorsqu'on veut obtenir un emploi dans les compagnies les plus en vue ou dans les ministères, et s'élever dans la hiérarchie sociale ou politique. La plupart des Japonais ne se sentent en sécurité que lorsqu'ils font partie d'un groupe. Individuellement, ils sont souvent incapables de résoudre des situations conflictuelles. La difficulté qu'éprouvent la plupart des Japonais à accepter la critique relève en partie de ce sentiment d'insécurité. Ils ont tendance à se sentir agressés par les critiques et à les considérer comme une manifestation d'hostilité envers tous les Japonais.

***Keiko*** — A l'origine, ce terme signifiait "étudier", ou "réfléchir aux choses du passé". On l'utilise à présent pour parler de l'étude des arts traditionnels ou des arts martiaux, des arrangements floraux, du *koto*, du judo ou de l'escrime. L'apprentissage du chant est considéré lui aussi comme un *keiko*. La plupart des grandes compagnies japonaises proposent différents *keiko* à leurs employés.

***Keiretsu kaisha*** — *Keiretsu* signifie "affilié" et *kaisha* "compagnie". La formule fait référence au regroupement de plusieurs compagnies : des filiales, et des firmes sous-traitantes autour d'une compagnie-mère, mais aussi autour d'une banque, ou d'une société financière. Ce système est une extension de la structure économique du Japon féodal, à l'époque où les employés les plus anciens d'une entreprise étaient autorisés à constituer leur propre compagnie, tout en gardant des liens étroits avec leurs employeurs précédents. Les membres d'un certain groupe de compagnies coopèrent de diverses manières et forment très souvent des réseaux exclusifs. Le groupe auquel "appartient" une compagnie particulière peut être un facteur vital dont il faut tenir compte lors de ses transactions avec des compagnies étrangères.

***Kenami ga yoi*** — Littéralement, "de bonne souche" comme on le dirait d'un chien ou d'un cheval de race. L'expression s'applique aussi par extension à quelqu'un qui bénéficie de bons antécédents familiaux ou d'une bonne formation.

***Kessai-ken*** — L'autorité qui permet à un dirigeant de donner le feu vert à une proposition de *ringi-sho* qu'il approuve. Le *ringi-sho* n'implique pas que le cadre supérieur assume seul la responsabilité des résultats du projet ou du règlement, s'il échoue. La responsabilité est répartie entre tous les cadres qui ont apposé leur cachet sur la proposition.

***Kiboh-taishoku*** — Mise à la retraite forcée. Ce système existe dans la plupart des compagnies qui pratiquent l'emploi à vie. Dans la majorité des cas, l'âge de la retraite forcée peut aller de 55 à 60 ans. *Kiboh* signifie "avec espoir" avec manifestement la nuance que l'employé qui part "espère" vivre assez longtemps pour profiter de sa retraite. La retraite est une somme forfaitaire calculée selon la durée du service et le salaire de base. Les employés qui prennent leur retraite avant l'âge réglementaire voient leur pension considérablement réduite.

***Kimochi no shirushi*** — *Kimochi* signifie "sentiment" et *shirushi* "signe" ou "évidence". Ensemble, ils désignent les menus cadeaux que les Japonais emportent lors de leurs voyages à l'étranger et qu'ils destinent à ceux qui leur viendront en aide ou dont ils feront la connaissance sur leur route. Les hommes d'affaires qui partent pour de longs voyages et qui rencontrent beaucoup de gens emportent parfois trois ou quatre douzaines de *kimochi shirushi* dans leurs bagages. Suivre cette coutume n'est pas une obligation pour les hommes d'affaires étrangers en visite au Japon, mais ils y ont tout intérêt. Ils démontrent ainsi qu'ils sont soucieux des usages japonais et désireux d'établir de bons rapports avec leurs interlocuteurs.

***Kimon*** — A l'origine, ce mot signifiait "barrière des démons" et désignait une barrière ou une porte située au coin nord-est d'une maison ou d'un bâtiment, par où les démons, qui étaient censés venir du nord-est, auraient pu entrer. Il désigne maintenant une personne avec qui on a du mal à s'entendre, ou pour qui on éprouve une certaine rancune. On dit par exemple "Un tel est mon *kimon*, il vaut mieux envoyer quelqu'un d'autre négocier avec lui". Un *kimon* peut aussi être une tâche qui vous cause de gros soucis, comme par exemple effectuer le suivi de vos frais de déplacement.

***Kone*** — Les "relations" ou les "relations personnelles" que l'on acquiert grâce à ses liens familiaux ou durant sa scolarité. Dans le monde des affaires japonais, c'est un atout précieux.

***Konjo*** — Lorsqu'un homme d'affaires étranger veut engager un agent commercial ou un manager japonais, il doit s'assurer du *konjo*, de "l'esprit combatif" de son candidat. Un étranger qui négocie avec un Japonais peut s'attendre à devoir lutter pied à pied, si son interlocuteur est un *konjo ga aru otoko* (un "battant" ou un "fonceur"). Ce type de Japonais est célèbre pour sa pugnacité. Il ne se laisse jamais abattre par l'adversité et ne renonce jamais, quelles que soient les chances qu'il a de réussir. Au contraire, plus il rencontre de résistance, et plus il s'acharne au combat.

***Kubi*** — Le cou. Faire référence au cou est spécialement expressif dans un pays ou la décapitation au sabre a été pendant des siècles une forme courante de châtiment. Le terme apparaît encore dans nombre d'expressions.
*Kubi wo tateke* — ma tête à couper. *Kubi wo kiru* — couper le cou, c'est-à-dire mettre quelqu'un à la porte. *Kubi tobu* — la tête s'envole. Là aussi, c'est une allusion à un licenciement. *Kubi ga mawaranai* — "le cou (ou la tête) ne tournera pas". Se dit lorsque quelqu'un est endetté et ne peut pas rembourser. *Mawata kubi wo shimeru* — littéralement, "étrangler quelqu'un avec un cordon de soie", lui rendre la vie impossible pour qu'il démissionne de lui-même.

***Kuromaku*** — Dans le monde politique, ainsi que dans nombre de domaines professionnels, on trouve généralement un ou plusieurs *kuromaku*, des hommes très influents, qui n'ont pas de fonction officielle mais qui exercent un pouvoir de décision et qui contrôlent les événements les plus importants. On a souvent besoin de l'approbation de ces personnes et de leur coopération. Le terme *kuromaki* signifie "rideau noir". Il vient du théâtre et désigne le rideau derrière lequel se dissimulent les marionnettistes qui tirent les ficelles.

***Mae-daoshi*** — Littéralement "tomber en avant". Le terme fait référence aux voyageurs qui se tiennent debout dans les bus et qui risquent de tomber en cas de coup de frein intempestif. Dans le contexte des affaires, *mae-doashi* fait référence à une accélération brusque du planning d'un projet, qui implique que tous fassent un effort spécial pour se maintenir dans les temps — si l'on veut éviter que le projet ne capote.

***Mae muki ni kangaete okimasu*** — *Mae muki* signifie "en avant". Suivi de *kangaete okimasu*, il veut à peu près dire "Je repenserai à votre proposition avec une (petite) possibilité de faire avancer les choses". Voir aussi *kangaete okimasu*.

***Mago-koro*** — "Cœur authentique", "sincérité". Un facteur important dans les relations avec les Japonais. Les hommes d'affaires en particulier attendent de tous leurs fournisseurs et de tous leurs clients qu'ils se conduisent avec la plus grande honnêteté. L'homme d'affaires japonais tient à ne pas commencer à travailler avec une compagnie avant d'être sûr de pouvoir compter sur la "sincérité" et le "cœur authentique" de ses homologues dans cette compagnie.

*Meibutsu* — Pratiquement chaque région, et chaque préfecture japonaise est célèbre pour un ou plusieurs de ses produits typiques qui remportent un grand succès auprès des voyageurs. Certains de ces *meibutsu* sont à présent distribués dans tout le pays. *Meibutsu otoko* signifie "homme remarquable".

*Meiwaku* — Littéralement "contrariété", "désagrément". Le mot est couramment employé avec un sens d'excuse. Au Japon, l'attitude d'excuse implique généralement une manifestation d'humilité, l'acceptation des responsabilités et très souvent, des compensations pécuniaires pour les dommages, la souffrance psychique, la maladie etc ...

*Mekura-ban* — *Mekura* veut dire "aveugle" et *ban*, "garde", "surveillant". Ensemble, ils font référence au fait, pour un cadre, d'apposer son cachet (*hanko*) sur un *ringi-sho* sans l'avoir lu.

*Miso* — Pâte salée obtenue à partir du soja. C'est l'un des principaux aliments de base de la cuisine japonaise (avec la sauce de soja) et un symbole du goût japonais. Dans le monde des affaires, le terme sert à désigner soit un avantage, soit une erreur. Un produit qui manque de *miso* n'a pas grand chose pour lui. Un produit qui en est pourvu est facile à vendre, il a des atouts. Les entreprises qui n'ont pas de *miso* peuvent s'attendre à traverser des temps difficiles. Inversement, "renverser du *miso*" dans des négociations n'est pas la meilleure chose à faire, parce que l'aspect du *miso* a quelque chose de chaotique et de gluant.

*Myaku* — Un mot important du lexique des affaires. Il signifie le "battement du pouls" et se sert à toutes les sauces pour parler de la façon dont vont les réunions, les projets, les négociations, etc... C'est une sorte de baromètre des affaires. Les hommes d'affaires japonais "prennent le pouls" d'une affaire ou d'un projet en rassemblant et en analysant des fragments d'informations provenant de sources aussi nombreuses que possible — une façon de procéder qui peut sembler lente et fastidieuse à un homme d'affaires étranger.

*Naikei* — "Les règles non écrites". L'expression se rapporte habituellement aux différentes pratiques des petits bureaucrates du ministère de l'International Trade and Industry et du ministère des Finances, qui outrepassent souvent les lois que leurs ministères sont supposés défendre. Ces bureaucrates se considèrent comme des sortes d'avant-postes chargés de défendre leur pays contre l'invasion des produits étrangers.

*Najimi* — Les hommes d'affaires japonais tiennent beaucoup à entretenir des relations amicales avec les patrons et les hôtesses des restaurants et des clubs qu'ils fréquentent tant pour leur propre plaisir que pour y inviter leurs clients. Leur objectif est d'être bien accueilli et de ne pas se faire "pigeonner" au moment de l'addition. Un bon client s'appelle un *o'najimi*. Si vous êtes le *najimi* d'une serveuse de cabaret, vous bénéficiez d'un traitement de faveur. Etre bon client dans plusieurs bars ou restaurants vous donne "pignon sur rue". Dans les boutiques, les grands magasins et tous les autres types de commerces, un client fidèle s'appelle un *tokui* et il est toujours traité avec les plus grands égards.

*Nakama* — Le terme signifie soit "compagnon" soit "groupe". Il symbolise la relation étroitement personnalisée qui doit exister entre les employés japonais pour qu'ils puissent travailler efficacement. Il comporte des nuances de coopération, de conformité, d'homogénéité en pensée et en action, de liens semblables à ceux qui existent entre des "frères de sang".

*Nakatta koto ni suru* — Un terme souvent utilisé au Japon dans les situations professionnelles et personnelles. L'expression signifie "passer l'éponge", "effacer l'ardoise", dans le cas d'une promesse ou d'un engagement considéré comme nul et non avenu. Dans le cas d'un contrat signé, cela peut donner lieu à versement d'un dédit. Même lorsqu'une somme est versée en dédommagement de la rétractation, la partie payante n'est pas toujours déliée de toutes ses obligations. Les Japonais demandent souvent un *nakatta koto ni suru* lorsqu'une situation devient intenable.

*Naruhodo* — Dans les conversations courantes entre personnes du même niveau professionnel ou social, l'expression signifie "Je vois... Entendu... Je vous suis, je comprends" avec l'idée que vous approuvez ce que l'on vous dit. Il serait impoli pour un junior de l'employer avec un supérieur. En affaires, le terme s'emploie dans des circonstances détendues aussi bien qu'officielles, pour mettre fin à des discussions ou à des négociations lorsque l'une des parties refuse de s'engager et ne veut plus continuer à discuter. Dans ce cas, la formule consacrée est *naruhodo yoku* "Je vois, j'ai fait le tour du problème. Je l'étudierai en détail". Un homme étranger qui persisterait à vouloir discuter après que son interlocuteur japonais a énoncé cette expression risquerait, d'abord de perdre son temps, et en outre d'aggraver sérieusement son cas.

*Nawabari* — Un vieux terme qui fait allusion aux labyrinthes de chemins et d'impasses qui défendaient l'entrée des châteaux féodaux. Ce terme s'emploie maintenant dans le sens de "territoire", de "terrain de chasse". Lorsque des Japonais vont faire "la tournée" de leurs bars favoris (*hashigo-nomi*), l'un des participants peut dire : "Cet endroit est mon *nawabari* (un bar dont je suis l'habitué) la note est pour moi". C'est une façon de s'assurer une bonne image dans le bar et d'obliger ses amis.

*Nenkin-seido* — Le système de retraite. Les travailleurs japonais y attachent une importance croissante.

*Newasa-shi* — Une personne spécialement habile pour mener des négociations en coulisses et qui s'est fait la réputation de pouvoir accomplir l'impossible, habituellement en jouant d'un quelconque effet de surprise. Le terme provient du vocabulaire du judo. Il signifie rester un moment couché immobile sur le tapis, avant d'exécuter tout à coup une attaque *newasa* à partir de cette position.

*Nigiri tsubusu* — Littéralement "froisser entre ses mains", comme pour mettre au panier. On emploie cette expression pour parler d'un supérieur qui "enterre" une proposition écrite que lui a soumise un subordonné. Lorsque cela se produit, l'employé peut soit oublier toute l'affaire, soit prendre le risque de passer par-dessus son supérieur pour transmettre directement sa proposition aux autorités supérieures. Il s'agit dans ce cas d'un *jiki-sho*, une communication directe. Autrefois, ce genre d'opération pouvait vous coûter la vie, ainsi que celle de toute votre famille. Dans le Japon actuel, quelqu'un qui recours à un *jiki-sho* met en jeu toute sa carrière s'il n'est pas soutenu par d'autres cadres importants de la compagnie. Si le *jiki-sho* est accepté par le haut management, celui qui avait tenté de l'enterrer peut se retrouver en mauvaise posture.

*Nippachi* — Le mot se compose de deux éléments, *ni* (deux), et *hachi* (huit). Il fait allusion à février et à août, les deux périodes de ralentissement des affaires. Nombre de compagnies encouragent leurs employés à partir en vacances en août et certaines compagnies sont fermées pendant une semaine ou plus. L'inconvénient du *nippachi* est que les hommes d'affaires s'en servent souvent comme excuse pour différer l'exécution d'un accord, ou le paiement des factures.

*Nuke gake* — Terme ancien faisant allusion à un guerrier qui s'esquivait de son camp pour attaquer l'ennemi le premier, en profitant de l'effet de surprise pour abattre le plus possible d'adversaires. Dans le monde des affaires, un *nuke gake* est une tentative de prendre une longueur d'avance sur ses collègues pour réaliser un "coup de maître" à l'insu de toute la compagnie. Les rares virtuoses qui réussissent un tel coup peuvent s'attirer les louanges de certains de leurs supérieurs, mais ils s'exposent inévitablement aux critiques de leurs collègues et peuvent se les "mettre à dos" pour le restant de leur carrière.

*Oitsuke ! Oikose !* — Dans les années 1850, lorsque le Japon rouvrit ses portes à l'Occident, ce slogan fit rapidement fureur. Il signifie "Rattraper et dépasser l'Occident !". Les Japonais l'ont pris très sérieusement à cœur.

*O-mono* — Littéralement, une "chose importante". Cette expression désigne un dirigeant remarquable, un "grand chef" qui règne sans gouverner directement et qui inspire un tel respect que ses souhaits sont exaucés sans qu'il ait besoin de donner d'ordres. Les *o-mono* jouissent d'une grande estime au Japon et on en trouve toujours un certain nombre en politique, dans les affaires et dans toutes les professions. Ils sont très intelligents et se présentent souvent comme des personnes très simples et parfois même ingénues, pour ne pas donner une impression d'arrogance à leurs employés ou à leurs disciples. Un véritable *o-mono* délègue son autorité mais assume toujours la responsabilité des actes de ses subordonnés.

***Onjin*** — Une personne envers qui on a des obligations. Quelqu'un qui vous a accordé son aide dans un domaine important — par exemple, pour entrer dans une école ou dans une compagnie renommée. L'*onjin* est ensuite "responsable" de la personne qu'il a aidée. Il peut jouer le rôle d'intermédiaire en cas de problème. La personne ainsi aidée contracte pour la vie une obligation envers son *onjin*.

***O'rei*** — L'étiquette qui veut que toute dette et toute faveur soit reconnue et compensée par des saluts, des remerciements, des cadeaux etc... C'est une partie essentielle de la vie sociale du Japon.

***Otoko ga tatanai*** — "Ma virilité ne s'en remettrait pas !" Cette expression est souvent employée par un homme, généralement jeune, qui demande qu'on lui accorde d'assumer telle tâche ou telle responsabilité, en mettant en jeu son honneur viril.

***Rikutsu-poi*** — *Rikutsu* signifie "logique, rationnel", et *poi* "trop", "en excès". Une personne *rikutsu-poi* n'est pas assez humaine et ne tient pas suffisamment compte du versant émotionnel des choses. Pour les Japonais, la plupart des étrangers et surtout les Américains souffrent de ce travers. Il leur est donc très difficile de bien s'entendre avec eux. Comme les Américains s'enorgueillissent de leur logique et de leur rationalité, on assiste à des conflits fondamentaux lors des rencontres mixtes. Lorsqu'un homme d'affaires américain rencontre une résistance dans des négociations avec des Japonais, sa tendance naturelle est "d'emporter le morceau" à grand renfort de logique et d'arguments rationnels. Lorsqu'il s'aperçoit que cette tactique échoue, il est souvent perplexe et contrarié.

***Saji wo nageru*** — Au Japon, on ne jette pas l'éponge, on jette la cuiller, et c'est ce que font nombre d'hommes d'affaires étrangers lorsqu'ils se heurtent aux techniques de négociations japonaises.

***Sasen*** — Signifie littéralement "descendre dans l'ordre des sièges". L'expression renvoie à la période féodale ou le rang social et politique était souvent indiqué par la place qu'occupait chacun en présence du seigneur, du shogun ou des membres de la famille impériale. Aujourd'hui, ce mot est l'un des plus redoutés du vocabulaire des managers japonais, parce qu'il signifie être déclassé, soit par une affectation à un poste où l'on a moins d'employés sous ses ordres, voire plus aucun, soit par un transfert dans une filiale sans avoir été promu à un grade supérieur.

***Seijitsu*** — Signifie "sincérité" — à la sauce japonaise, bien sûr. Au Japon, le mot a un sens plus large et plus profond que nulle part ailleurs. Pour les Japonais la sincérité est la base de toute confiance, et la confiance est la base de tout échange. Les Américains seraient prêts à traiter avec le diable s'il leur proposait un bon produit à un bon prix. Les Japonais font passer la sincérité et la confiance avant la valeur du produit et avant son prix. Ils refusent de travailler avec une compagnie dont le management ne passerait pas avec succès leurs tests de sincérité et de confiance.

***Seijitsu wa domo arigato gozaimasu*** — Une expression rituelle qui joue un rôle important dans les manières et l'éthique japonaises. Elle signifie "merci pour la dernière fois" et se dit à propos d'un dîner ou d'une sortie où l'on vous a invité. En répétant cette formule, vous signifiez à votre hôte que vous vous sentez redevable de cette dette envers lui et que vous avez l'intention de vous en acquitter à l'avenir (pas nécessairement par une autre invitation). Si un accord d'affaires s'est conclu pendant ce repas ou cette sortie, cette phrase standard convient également pour exprimer votre gratitude.

***Sensei*** — Maître. C'est le titre que l'on donne aux enseignants et à d'autres experts, tels que les juristes, ou à quiconque atteint un haut niveau dans un domaine quel qu'il soit. Utilisé de la manière la plus courante, c'est un terme de respect, mais on peut aussi s'en servir au deuxième degré, ironiquement, ouvertement ou à l'insu de la personne dont on se moque. Les Japonais donnent souvent aux étrangers le titre de *sensei* pour manifester leur respect ou pour les flatter et même les "embobiner", s'ils ne sont pas avertis des différentes nuances que peut prendre le terme.

***Sente wo utsu*** — Terme dérivé du jeu de go. Un jeu comparable aux échecs, très populaire parmi les hommes d'affaires. Il désigne une manœuvre qui accule l'adversaire à une position intenable, d'où il ne peut plus que vous laisser l'avantage. L'expression est utilisée à propos des négociations d'affaires ou dans toutes les situations avec la nuance de "mener le jeu".

***Senyu koraku*** — Littéralement "D'abord se battre. Nous nous amuserons plus tard". Ce slogan exprime l'éthique professionnelle japonaise. C'est un facteur toujours vivant de leur économie, particulièrement si l'on considère le nombre d'heures que fournissent les Japonais sans être payés en heures supplémentaires, ou le pourcentage important d'employés et surtout de cadres qui ne prennent pas toutes les semaines de vacances auxquelles ils ont droit.

*Sha-fu* — Les règles non écrites qui régissent la conduite des employés dans une compagnie. Comment s'habiller ? Comment se comporter avec les clients et le public ? Quelle image donner d'eux ? Le terme recouvre aussi l'image qu'a une compagnie auprès du public — conservatrice, progressiste, innovatrice etc ... — Les compagnies sont très chatouilleuses à ce sujet. Elles font de gros efforts pour modeler leurs nouveaux employés et les rendre conformes à cette image. Une fois ternie par un scandale, ou pour d'autres raisons, l'image d'une compagnie est extrêmement difficile à réhabiliter.

*Shakun* — *Sha* signifie "compagnie" et *kun* "principe". Le *shakun* est la philosophie de base d'une compagnie. En d'autres termes, ses "dix commandements". *Shaze* est une expression similaire qui signifie plus ou moins "ce qui est bon pour la compagnie". Il s'agit généralement de principes ou d'idéaux exprimés sous forme de slogans. Nombre de compagnies ont à la fois des *shakun* et des *shaze*.

*Sha-nai* — L'expression signifie littéralement "au sein de la compagnie" et renvoie aux nombreuses activités qui sont considérées comme "confidentielles" ou réservées aux employés. Chaque compagnie japonaise est une sorte de société indépendante, une communauté refermée sur elle-même et l'étiquette *sha-nai* y a une importance plus grande qu'elle pourrait en avoir dans une compagnie occidentale type. Parmi les choses *sha-nai* qui se retrouvent dans pratiquement toutes les compagnies japonaises, citons les *sha-nai ryoko*, les voyages organisés par la compagnie, les *sha-nai kekkon*, les mariages internes et le *sha-nai yokin*, le système d'épargne et de prêts réservés aux employés.

*Shintai ukagai* — Lorsqu'un membre d'une compagnie japonaise commet une erreur grave, ou que sa conduite nuit à la réputation de sa compagnie, il écrit une lettre de "démission officieuse", *shintai ukagai* dans laquelle il reconnaît ses torts et ses responsabilités, il exprime ses regrets et il propose de donner sa démission. Si la personne en cause refuse d'écrire cette lettre, ses collègues ou ses supérieurs peuvent le presser de le faire, sachant que s'il fait cette démarche de lui-même, les directeurs se montreront plus cléments et qu'il ne lui en coûtera peut-être qu'une réprimande symbolique ou un châtiment bénin. Au Japon, présenter des excuses et exprimer ses regrets pour une faute que l'on a commise est considéré comme "la moitié du pardon". En revanche, quelqu'un qui aurait enfreint les lois de la compagnie et qui refuserait de reconnaître sa culpabilité risque une punition très sévère.

*Shiri* — Le mot veut dire "fesse", "postérieur", "train arrière" ou "cul", selon l'intention et l'inflexion de voix du locuteur. C'est l'un des mots les plus utiles de la langue. Une personne lente ou paresseuse est *shiri ga omoi* (cul de plomb). Si quelqu'un est très pressé, son *shiri ni hi ga tsuite imasu* (il a le feu aux fesses). Si vous devez rattraper les erreurs d'un collègue incompétent vous lui *shiri nugui* (essuyez le derrière). Une femme dont le *shiri ga karui* a la... cuisse légère. On dit aussi qu'une personne timide ou inconsistante a le *shiri no ana ga chiisai* (le trou du cul étroit).

***Shita-uke*** — Une compagnie sous-traitante. Une compagnie qui dépend d'autres firmes, généralement plus importantes pour tout ou partie de son chiffre d'affaires. La plupart des grands fabricants japonais font ainsi travailler des douzaines de compagnies sous-traitantes dont certaines sont dirigées par d'anciens employés. Ce système remonte très loin dans le passé du Japon.

***Shokuba no hana*** — "Fleur du lieu de travail". Ce sont généralement de jeunes et jolies employées de bureau, qui fleurissent un peu partout au Japon. L'expression a deux interprétations. Les femmes sont agréables à regarder et elles apportent une touche de fraîcheur dans la compagnie, mais elles ne sont généralement que des "pots de fleurs" à qui l'on ne confie aucune responsabilité.

***Shonen kyu*** — Le salaire de départ pour les nouveaux employés. Littéralement, l'expression signifie les "revenus de la première année". Ils varient selon la taille de la compagnie, le niveau d'étude etc...

***Shuchu-go-uh*** — Expression caractéristique signifiant "torrentiel" ou "diluvien". On l'emploie parfois pour qualifier le type d'exportation des Japonais, dans le sens où les exportateurs japonais inondent littéralement le marché d'un produit particulier, submergeant pratiquement tous leurs concurrents.

***Shukko shain*** — *Shukko* signifie "être prêté" et *shain* "travailleur" ou "employé". Un *shukko shain* est donc un employé qu'une compagnie envoie travailler dans l'une de ses filiales. Le terme suggère que l'employé reviendra à la compagnie-mère, mais il arrive souvent que le transfert soit permanent, surtout lorsque la compagnie-mère veut se débarrasser de l'employé concerné. Mais dans la plupart des cas, les employés ainsi "prêtés" le sont parce que la compagnie affiliée a besoin d'un apport spécialisé dans un domaine : comme les compagnies japonaises n'engagent que rarement des spécialistes extérieurs, elle demande de l'aide à sa compagnie-mère. Il est courant pour des banques d'envoyer des *shukko shain* à des compagnies qui ont d'énormes dettes et qui ont des difficultés à rembourser. Le système des *shukko shain* permet de renforcer des liens entre les compagnies-mères et les compagnies-filles, ainsi qu'avec leurs compagnies alignées ou affiliées. C'est une partie importante du système de réseau sur lequel fonctionne le monde des affaires japonais.

***Shumu kisoku*** — "Les règles de l'emploi". Les travailleurs japonais doivent lire et signer le règlement avant d'être engagés. Dans les plus petites compagnies, les employés sont généralement plus intéressés que ceux des grandes firmes par ces règlements, car ils ont d'avantage besoin de la protection légale qu'ils constituent pour eux.

***Shunto*** — En 1955, les principaux syndicats japonais imaginèrent une stratégie coopérative pour aider les travailleurs des différents secteurs industriels à obtenir des augmentations annuelles. Cette stratégie reçut le nom de *shunto* (la lutte du printemps). Plusieurs mois avant les périodes de *base-up* qui se situent au printemps, les dirigeants syndicaux se réunissent pour décider des revendications et d'une éventuelle stratégie de grèves. Vers janvier, les syndicats sont généralement parvenus à un accord et leur comité de coordination annonce quels seront les objectifs du prochain *shunto*. Le management et les syndicats sont tout à fait conscients des dégâts que provoquent les grèves et ils s'arrangent pour trouver un terrain d'entente avant la "lutte de printemps". Lorsque la grève est décidée, ce n'est souvent qu'une démonstration de force. Les grèves sont soigneusement orchestrées. Elles ne durent qu'une heure ou deux et sont prévues pour provoquer aussi peu de perturbations que possible. Ces dernières années, le travailleur japonais moyen a perdu moins de 60 minutes de travail par an, pour cause de grève. Les seuls syndicats qui ont lancé des grèves prolongées, d'une semaine ou plus, sont le plus souvent les syndicats de la fonction publique.

***Sobetsu kai*** — Une fête d'adieu. Ces cérémonies sont très courantes et très populaires. Elles marquent le départ d'un employé qui va travailler à l'étranger ou dans une région éloignée, le transfert de quelqu'un dans un autre département, un départ à la retraite etc... Parfois, les fêtes d'adieu et celles de bienvenue pour l'arrivée de nouveaux employés, les retours ou les remplacements *(kangei kai)* sont combinées, auquel cas on les appelle des *kansogei kai*.

***Soko wo nantoku*** — Si votre interlocuteur prend une mine douloureuse et vous dit *soko wo nantoku*, c'est qu'il vous demande de faire un compromis ou de céder un peu de terrain sur un point particulier, parce qu'il est allé aussi loin qu'il pouvait se le permettre, et qu'il ne pourra continuer à négocier si vous ne faites pas de concessions. S'il ajoute *magete* (pliez) à l'expression (*Soko wo magete nantoka*) cela la renforce d'autant.

***Soroban to awanai*** — Littéralement, "le boulier n'est pas d'accord". C'est l'expression qui était autrefois utilisée pour signifier qu'un prix est trop élevé, ou qu'une proposition d'affaires ne serait pas rentable. On l'entend encore assez souvent dans des contextes informels ou détendus.

*Taigu* — Un service, un divertissement particulièrement soigné, une qualité réservée habituellement à l'élite. Un dîner somptueux, par exemple. Le mot apparaît aussi sur les cartes de visites de certaines personnes, où il indique que le propriétaire de la carte a le rang de chef de département (quel que soit son titre), pour ce qui est de son salaire ou de son statut, même s'il n'a pas d'employés sous ses ordres. Le titre de *taigu* a été créé pour permettre aux personnes justifiant d'une certaine ancienneté d'être promues, même s'il n'y a pas de section ou de service disponible qu'ils puissent diriger.

*Tamamushi* — Un insecte capable de changer de couleur selon son environnement. Un contrat ou une décision *tamamushi* a la particularité de changer selon le point de vue des individus qu'il concerne. Le contrat, ou la décision, est exprimé de manière telle qu'il peut être interprété de différentes manières. Les deux parties n'ont plus ensuite qu'à accorder leur conduite en s'arrangeant pour que tout aille bien.

*Tana ni ageru* — Les Japonais n'aiment pas dire "non". Ils ont toute une gamme de subterfuges pour éviter de refuser quelque chose ou de contrarier quelqu'un. L'un deux consiste à "accepter" une proposition puis de *tana ni ageru* (la mettre dans un tiroir). La forme abrégée *tana-age* s'emploie lorsqu'on diffère une réponse ou qu'on ignore délibérément un problème.

*Tanshin funin-sha* — Quelqu'un qui part seul pour une nouvelle affectation. L'expression désigne des centaines de milliers de Japonais qui sont transférés tous les ans par leur compagnie dans des filiales situées à l'autre bout du pays et qui partent sans leur famille. Dans le jargon populaire, ces hommes sont surnommés les "célibataires d'affaires". Ils sont à la fois la cible de blagues et l'objet d'une grande sympathie à cause des inconvénients que cela leur impose, en particulier s'ils sont mariés. Il y a quelques années, un homme qui avait été transféré dix fois par sa compagnie, écrivit un petit guide qu'il distribua gratuitement à ses collègues. Il y expliquait comment se débrouiller dans une telle situation. L'un de ses conseils était : "Pensez à acheter au moins 20 sous-vêtements de chaque type".

*Tarai-mawashi* — C'est l'art de faire des "réponses de Normands". Il est particulièrement répandu au Japon et surtout dans l'administration publique, mais aussi dans les affaires et dans tous les autres domaines. Le terme fait référence aux tours de jonglerie qui consistent à faire tourner un baquet de bois sur ses pieds, après s'être couché sur le dos. Lorsque vous vous rendez dans les locaux de l'administration, surtout si vous venez faire état d'une réclamation, on vous renvoie d'un service à l'autre, parce que personne ne veut prendre la responsabilité d'accepter votre réclamation ou d'y remédier. Les hommes d'affaires étrangers qui vont voir des compagnies japonaises sans avoir soigneusement préparé leur arrivée, se sentent parfois victimes d'un tel *tarai-mawashi* parce qu'ils ne savent pas au juste qui aller voir ni dans quel service et se sentent reçus "comme des chiens dans un jeu de quilles"

***Tataki-dai*** — Littéralement "une tribune où s'exprimer". Dans le contexte des affaires, l'expression désigne une suggestion ou un plan proposé par un cadre des premiers échelons comme point de départ d'une discussion pour tous les cadres concernés dans la compagnie. S'ils arrivent à un accord, le plan peut être adopté, un peu comme un *ringi-sho* verbal, pourrait-on dire.

***Teiki-saiyo*** — Tous les ans en avril, les principales compagnies Japonaises engagent des dizaines ou des centaines de nouveaux employés frais émoulus de leurs universités ou de leurs lycées, selon un système connu sous le nom de *teiki-saiyo* — l'embauche régulière. Les plus grosses compagnies n'engagent pas pour pourvoir des postes spécifiques. Elles calculent plutôt le nombre de leurs nouvelles recrues en fonction de leur taux de croissance, du renouvellement de leur force de travail, et de leur plan stratégique à long terme. Les compagnies amorcent habituellement le processus à l'automne précédent, en invitant les élèves de dernière année à des interviews informelles (voir *aota-gai*). Elles se sont engagées à ne pas faire démarrer les tests de sélection d'embauche avant octobre, mais officieusement, nombre d'étudiants parmi les plus brillants peuvent déjà compter sur un emploi peu après le début de l'année scolaire. Les tests ont lieu au début de janvier. Lorsqu'ils entrent dans leur nouvelle compagnie, les nouveaux employés suivent différents programmes de formation, y compris dans certains cas des stages comparables à des camps d'entraînement militaire, où ils sont soumis à une préparation non seulement intellectuelle et émotionnelle, mais aussi physique.

***Tei shisei*** — Lorsque quelque chose "sent le roussi", ou lorsqu'on ne veut pas s'impliquer dans une affaire, l'attitude la plus commune est de *tei shisei* — d'adopter un profil bas, de "faire le mort", en espérant que les ennuis s'éloigneront d'eux-mêmes. C'est aussi fréquent dans la vie professionnelle que dans la vie privée, et on s'en aperçoit généralement assez vite.

***Tonosama shobai*** — Dans le Japon féodal, les *tonosama* étaient des seigneurs, des chefs de clans (*daimyo*), qui refusaient de se mêler des affaires (*shobai*). Ils devaient cependant traiter avec des marchands pour gérer leurs fiefs, qui vivaient principalement en autarcie. Ils n'avaient aucune expérience du commerce, et leurs privilèges sociaux les rendaient arrogants et présomptueux. En face des astucieux marchands d'Osaka, de Nagoya ou d'Edo, ils ne "faisaient pas le poids". Aujourd'hui, on dit que les compagnies qui ont eu leur heure de gloire, mais qui ne font plus d'efforts pour développer de nouveaux produits et se maintenir au niveau de leurs concurrents plus jeunes, font du *tonosama shobai.* Les grandes compagnies étrangères qui se sont implantées au Japon et qui comptent sur leur envergure et sur la réputation qu'elles ont dans leur pays d'origine peuvent aussi être accusées de se comporter en *tonosama.* La loi en vigueur au Japon pour toutes les compagnies est de se conduire "comme un apprenti" (*maedare*) : travailler avec humilité, diligence et honnêteté.

***Tsugo ga warui-no de*** — "A cause d'un fâcheux contretemps". C'est l'excuse la plus courante pour annuler un rendez-vous, ou un engagement à faire quelque chose ou à aller quelque part, lorsqu'on ne peut ou ne veut pas le faire, et quelle qu'en soit la raison. Toute autre explication serait inutile — tout comme il est inutile d'en attendre une autre.

***Tsuketodoke*** — Le terme signifie littéralement "payer une facture", mais il désigne les cadeaux que l'on fait à ses supérieurs et à ses bienfaiteurs au milieu et à la fin de l'année, avec la nuance plus subtile de s'acquitter d'une obligation. Les *tsuketodoke* jouent un rôle important dans l'entretien des relations personnelles et professionnelles.

***Tsumiawase*** — Les "cadeaux d'entreprise" (alcool, fruits, etc...) que les compagnies offrent à leurs clients et à leurs partenaires au milieu et à la fin de l'année, pour entretenir de bonnes relations de travail. Ces cadeaux sont censés supprimer toutes les tensions qui auraient pu se développer pendant les mois précédents, et témoigner de la bonne volonté et de l'estime de la compagnie qui les offre. Seul, *awase* signifie "ajuster", "faire correspondre". Dans ce contexte, il prend le sens d'équilibrer et d'entretenir les relations.

***Tsuru no hitokoe*** — Dans une compagnie japonaise, lorsqu'un groupe ne parvient pas à un consensus sur un sujet ou sur un problème, le blocage est parfois levé par un *tsuru no hitokoe* — un "signal d'un guide", c'est-à-dire du président ou de quelque autre personnalité haut placée dont l'autorité est reconnue par tous. L'expression signifie littéralement "le signal de la grue" et provient de l'habitude qu'ont ces oiseaux, lorsque qu'ils se posent pour manger, de laisser un garde en faction, avec pour mission d'avertir les autres à grands cris en cas de danger.

***Uchi*** — Littéralement "intérieur". Le mot désigne communément la maison ou le foyer, mais il est aussi synonyme de "notre", ou de "mon" et sert à exprimer une distinction très fine entre les groupes. *Uchi no kaisha* — notre, ou ma compagnie. Seul, *uchi no* signifie "qui appartient à", "qui fait partie" de ma famille, de ma compagnie, de mon école ou de mon groupe, quel qu'il soit. Il est essentiel de comprendre les nuances et l'importance d'*uchi* pour comprendre le comportement de groupe et l'attitude générale des Japonais.

***Uchi-age*** — Lorsque les Japonais concluent un accord après une période de négociations, ou lorsqu'ils atteignent un but qu'ils s'étaient fixé, ils organisent une "fête copieusement arrosée" — un *uchi-age* — pour célébrer leur réussite et réaffirmer leurs liens de camaraderie et de coopération. Le terme signifie, en fait, "mettre à feu", comme dans le cas d'une fusée de feu d'artifice, avec l'idée que la fête en question doit être enthousiaste et animée.

***Uchi-awase*** — Littéralement, "façonner un accord" et par extension "parvenir à une entente parfaite". Le terme, indispensable au Japon, désigne une session de planification et s'applique aussi bien au travail qu'aux loisirs. Pratiquement tous les événements, y compris les rencontres avec les hommes d'affaires étrangers, sont précédés d'un ou de plusieurs *uchi-awase*, pendant lesquels les participants prévoient ce qu'ils vont faire et comment ils vont le faire. Les *uchi-awase* qui préparent les négociations avec des compagnies étrangères peuvent durer des jours, voire même des mois. Tout y est prévu dans les moindres détails.

***Uka kosaku*** — "Agir en coulisses". Au Japon, c'est une pratique courante lorsqu'on cherche à obtenir quelque chose du gouvernement, ou qu'on négocie un accord d'affaires.

***Undo-kai*** — Rencontres sportives. Elles sont très populaires au Japon et jouent un rôle important dans le maintien de la camaraderie et de la solidarité entre employés. Les managers y assistent en même temps que leurs subordonnés.

***Wakaramashita*** — "Je comprends" ou "Entendu..." Lorsqu'un Japonais vous dit "*Wakaramashita...*", il sous-entend souvent un "mais..." qui signifie qu'il a certes bien compris ce que vous lui avez dit, mais qu'il n'est pas tout à fait d'accord.

***Wah-puro*** — Japanisation de "word processor" — traitement de texte. Un ordinateur personnel est un *paso kon*, et un micro-ordinateur un *mai-kon*.

***Wa-kon ! Yo-sai !*** — Ce slogan a connu son heure de gloire pendant la période Meiji (1868-1912), lorsque les Japonais commencèrent à unir leurs efforts pour rattraper la technique et l'industrie occidentales. Il signifie "L'esprit japonais ! L'enseignement de l'Occident !".

***Yakutoku*** — Ce sont les cadeaux, ou les autres avantages en nature que les employés reçoivent de leur compagnie en fonction de leur statut dans la firme. Ce sont parfois les fournisseurs, ou d'autres compagnies qui travaillent, ou qui veulent travailler avec la compagnie du destinaire, qui lui offrent les *yakutoku*. Ils peuvent se présenter sous forme de cadeaux, de sorties ou de voyages. Ces avantages en nature sont une tradition, et on les considère comme essentiels au maintien des bonnes relations humaines. Mais il ne faut toutefois pas en abuser. S'ils dépassent une certaine valeur, ils peuvent être interprétés comme une tentative de corruption par le destinataire, qui les rejette alors. Il est donc important de savoir exactement ce qu'il convient d'offrir à qui et selon les circonstances. En cas de doute, consultez toujours un ami averti, ou un Japonais qui puisse vous conseiller.

***Yaku tsuki*** — Littéralement, "avec titre". Le terme désigne un gradé, un manager ou un cadre. Il s'applique à toute personne au-dessus du rang de *sha-in* (simple employé).

***Yoroshiku*** — L'un des mots les plus fréquemment employés de la langue japonaise. Il signifie "Veuillez faire tout ce qui est en votre pouvoir pour moi", et il s'emploie dans toute circonstance où vous avez besoin de la coopération, de l'aide ou de la bienveillance de quelqu'un. On peut l'employer dans une multitude de cas, en modulant son sens pour l'adapter à la situation. La formule de politesse complète est *Yoroshiku onegaishimasu*.

***Yukitsuke no ba*** — Un "bar favori". Pratiquement tous les hommes d'affaires japonais en ont un (ou deux, ou plus...). Pour travailler au Japon, entretenir de bonnes relations avec des patrons de bars, des barmans ou des hôtesses est indispensable. Cela permet d'éviter de se faire "pigeonner" dans les bars tenus par la pègre, de pouvoir compter sur un bon accueil lorsqu'on invite ses clients ou ses subordonnés, et de montrer à ses hôtes qu'on a "pignon sur rue". Ses "bars favoris" constituent une partie importante du "réseau personnel" de chaque homme d'affaires.

***Yuryokusha*** — Une personnalité influente — c'est-à-dire quelqu'un qui a le bras assez long pour faire entrer le fils d'un ami ou d'un parent dans une compagnie intéressante, ou pour atteindre des objectifs de toutes sortes.

***Zaibatsu*** — "Clique financière". Un grand conglomérat industriel, souvent monopolistique en pratique, sinon en principe. Plus de 50% du volume d'import-export japonais sont contrôlés par une dizaine de *zaibatsu* japonais (Mitsubishi, Mitsui, C. Itoh, etc...).

***Zaikai jin*** — *Zaikai* signifie à peu près "haute finance" ou "milieux financiers", et *jin* signifie "personne". Combinés, ces termes font référence à un homme généralement très riche et distingué, d'âge mûr, parfois en retraite après avoir travaillé dans les hautes sphères des affaires ou de la finance, et qui joue le rôle d'un conseil neutre auprès de grandes firmes ou de grands groupes dans les transactions importantes. *Zaikai shidosha* est une variante de ce terme, que l'on utilise aussi pour parler de ces médiateurs de haut niveau. *Shidosha* signifie "leader" ou "expert".

***Zensho shimazu*** — Un terme fréquemment mal interprété par les diplomates et les hommes d'affaires occidentaux, et qui est pour eux une grande source de frustration. Il veut dire "Je vais faire de mon mieux...", et on le comprend parfois comme "Je vais m'en occuper", ce qui est très différent. Un premier ministre japonais répondit "*Zensho shimazu*" à un Président américain qui insistait pour qu'il fasse quelque chose. Le Président américain revint à Washington convaincu d'avoir obtenu gain de cause. Lorsqu'il s'avéra que le premier ministre n'avait rien fait de ce qu'il attendait de lui, le Président en fut très contrarié. Les hommes d'affaires doivent toujours avoir à l'esprit que le revers de "je vais faire de mon mieux", c'est "ce que vous me demandez est impossible, mais ça ne m'empêchera pas de faire de mon mieux !"

*Imprimé en France.* — JOUVE, 18, rue Saint-Denis, 75001 PARIS
N° 13496. Dépôt légal : Septembre 1990
N° d'éditeur : 5142